A conserve

©

CHATEAUBRIAND ILLUSTRE

MÉLANGES

Le spectre des batailles apparaissant à Fingal.

PRÉFACE.

Le succès des poëmes d'Ossian en Angleterre fit naître une foule d'imitateurs de Macpherson. De toutes parts on prétendit découvrir des poésies erses ou galliques; trésors enfouis que l'on déterrait, comme ceux de quelques mines de la Cornouailles, oubliées depuis le temps des Carthaginois. Les pays de Galles et d'Irlande rivalisèrent de patriotisme avec l'Écosse; toute la littérature se divisa : les uns soutenaient avec Blair que les poëmes d'Ossian étaient originaux; les autres prétendaient avec Johnson qu'Ossian n'était autre que Macpherson. On se porta des défis; on demanda des preuves matérielles : il fut impossible de les donner, car les textes imprimés des chants du fils de Fingal ne sont que des traductions galliques des prétendues traductions anglaises d'Ossian. Lorsqu'en 1793 la révolution me jeta en Angleterre, j'étais grand partisan du barde écossais : j'aurais, la lance au poing, soutenu son existence envers et contre tous, comme celle du vieil Homère. Je lus avec avidité une foule de poëmes inconnus en France, lesquels, mis en lumière par divers auteurs, étaient indubitablement, à mes yeux, du père d'Oscar tout aussi bien que les manuscrits runiques de Macpherson. Dans l'ardeur de mon ad-

miration et de mon zèle, tout malade et tout occupé que j'é-
tais (1), je traduisis quelques productions *ossianiques* de John
Smith. Smith n'est pas l'inventeur du genre; il n'a pas la noblesse et la verve épique de Macpherson; mais peut-être son
talent a-t-il quelque chose de plus élégant et de plus tendre. Au
reste, ce pseudonyme, en voulant peindre des hommes barbares
et des mœurs sauvages, trahit à tout moment, dans ses images et
dans ses pensées, les mœurs et la civilisation des temps modernes.

J'avais traduit Smith presque en entier : je ne donne que les
trois poëmes de *Dargo*, de *Duthona* et de *Gaul*. C'est pour l'art
une bonne étude que celle de ces auteurs ou de ces langues qui
commencent la phrase par tous les bouts, par tous les mots, depuis le verbe jusqu'à la conjonction, et qui vous obligent à conserver la clarté du sens, au milieu des inversions les plus auda-
cieuses. J'ai fait disparaître les redites et les obscurités du texte
anglais : ces chants qui sortent les uns des autres, ces histoires
qui se placent comme des parenthèses dans des histoires, ces
lacunes opposées d'un manuscrit inventé, peuvent avoir leur mérite chez nos voisins; mais nous voulons en France des choses
qui se conçoivent bien et qui s'énoncent clairement. Notre langue
a horreur de ce qui est confus, notre esprit repousse ce qu'il ne
comprend pas tout d'abord. Quant à moi, je l'avoue, le vague et
le ténébreux me sont antipathiques : un nominatif qui se perd,
des relatifs qui s'embarrassent, des amphibologies qui se forment,
me désolent. Je suis persuadé qu'on peut toujours dégager une
pensée des mots qui la voilent, à moins que cette pensée ne soit
un lieu commun guindé dans des nuages : l'auteur qui a la conscience de ce lieu commun n'ose le faire descendre du milieu
des vapeurs, de crainte qu'il ne s'évanouisse.

Je répète ici ce que j'ai dit ailleurs : je ne crois plus à l'au-
thenticité des ouvrages d'Ossian, je n'ai plus aussi pour ceux-là
même l'enthousiasme : j'écoute cependant encore la harpe du
barde, comme on écouterait une voix monotone, il est vrai, mais
douce et plaintive. Macpherson a ajouté aux *chants des Muses*
une note jusqu'à lui inconnue; c'est assez pour le faire vivre.
Œdipe et Antigone sont les types d'Ossian et de Malvina, déjà
reproduits dans le *Roi Léar*. Les débris des tours de Morven,
frappés des rayons de l'astre de la nuit, ont leur charme ; mais
combien est plus touchante dans ses ruines la Grèce éclairée,
pour ainsi dire, de sa gloire passée !

DARGO.

POÈME.

CHANT PREMIER.

Dargo est appuyé contre un arbre solitaire; il écoute le vent
qui murmure tristement dans le feuillage ; l'ombre de Crimina
se lève sur les flots azurés du lac. Les chevreuils l'aperçoivent
sans en être effrayés, et passent avec lenteur sur la colline; aucun chasseur ne trouble leur paix, car Dargo est triste, et les
ardents compagnons de ses chasses étaient inutilement à ses
côtés. Et moi aussi, ô Dargo! je sens tes infortunes. Les larmes
tremblent dans mes yeux comme la rosée sur l'herbe des prairies, quand je me souviens de tes malheurs.

Comhal était assis au lieu où les daims paissent maintenant sur
sa tombe : un chêne sans feuillage, et trois pierres grisâtres rangées par la mousse des ans, marquent les cendres du héros. Les
guerriers de Comhal étaient rangés autour de lui : penchés sur
leurs boucliers, ils écoutaient la chanson du barde. Tout à coup

(1) Voyez la préface de l'*Essai historique*.

ils tournent les yeux vers la mer : un nuage paraît parmi les
vagues lointaines ; nous reconnaissons le vaisseau d'Inisfail ; au
haut de ses mâts est suspendu le signal de détresse. « Déployez
« mes voiles ! s'écrie Comhal ; volons pour secourir nos amis ! »

La nuit nous surprit sur l'abime. Les vagues enflaient leur
sein écumant, et les vents mugissaient dans nos voiles : la nuit
de la tempête est sombre, mais une île déserte est voisine, et ses
bras se courbent comme mon arc lorsque j'envoie la mort à l'ennemi. Nous abordons à cette île ; là nous attendons le retour de
la lumière ; là les matelots rêvent aux dangers qui ne sont plus.

Nous sommes dans la baie de Botha. L'oiseau des morts crie ;
une voix triste sort du fond d'une caverne. « C'est l'ombre de
« Dargo qui gémit, dit Comhal ; de Dargo que nous avons perdu
« en revenant des guerres de Lochlin. »

« Les vagues confondaient leurs sommets blanchis parmi les
« nuages, et leurs flancs bleuâtres s'élevaient entre nous et la
« terre. Dargo monte au haut du mât pour découvrir Morven,
« mais il ne voit point Morven ; les cuirs humides glissent dans
« ses mains, il tombe et s'ensevelit dans les flots ; un tourbillon
« chasse au loin nos navires ; notre chef échappe à nos yeux.
« Nous chantâmes un chant à sa gloire; nous invitâmes les ombres
« de ses pères à le recevoir dans leur palais de nuages. Ils n'é-
« coulèrent point nos vœux. L'ombre de Dargo habite encore les
« rochers ; elle n'est point errante sur les blondes collines, dans
« les détours verdoyants des vallées. Chante, ô Ullin ! les louanges
« du héros : il reconnaîtra ta voix, et se réjouira au bruit de sa
« renommée. »

Ainsi parle Comhal, et le barde saisit sa harpe : « Paix à ton
« ombre, toi qui as soutenu quelquefois seul les efforts de toute
« une armée! paix à ton ombre, ô Dargo! que ton sommeil soit
« profond, enfant de la caverne, sur un rivage étranger! »

A peine Ullin a-t-il cessé ses chants, qu'une voix se fait entendre : « M'ordonnes-tu de demeurer sur ces roches désertes,
« ô barde de Comhal? les guerriers de Morven abandonnent-ils
« leurs amis dans l'infortune? » Ainsi disait Dargo lui-même
en descendant de la colline.

Galchos, ancien ami de Dargo, reconnaît sa voix ; il y répond
par les cris joyeux dont jadis il appelait son ami à la poursuite
des hôtes des forêts : il est déjà dans les bras de Dargo ; les étoiles
virent entre les nuages brisés le bonheur des deux guerriers.
Dargo se présente à Comhal. « Tu vis! s'écria Comhal ; comment
« échappas-tu à l'Océan lorsqu'il roula ses flots sur ta tête? »

— « La vague, répondit Dargo, me jeta sur ces bords. Depuis
« ce temps, la lune a vu sept fois s'éteindre et sept fois se ral-
« lumer sa lumière ; mais sept années ne sont pas plus longues
« sur la cime rembrunie de Morven. Toujours assis sur le rocher,
« en murmurant les chants de nos bardes, je prêtais l'oreille, ou
« au bruit des vagues, ou au cri de l'oiseau qui planait sur leurs
« déserts, en jetant des voix plaintives. Ce temps marcha peu,
« car lents sont les pas du soleil, et paresseuse la lumière de la
« lune sur cette rive solitaire. »

Dargo s'interrompit tout à coup. « Pourquoi, reprit-il en re-
« gardant Comhal, pourquoi ces larmes silencieuses, pourquoi
« ces regards attendris? Ah! ils ne sont pas pour le récit de mes
« peines, ils sont pour la mort d'Evella! Oui, je le sais, Evella
« n'est plus; j'ai vu son ombre glisser dans la vapeur abaissée,
« lorsque l'astre des nuits brillait à travers le voile d'une légère
« ondée, sur la surface unie de la mer. J'ai vu mon amour, mais
« son visage était pâle; des gouttes humides tombaient de ses
« beaux cheveux, comme si elle eût sorti du sein de l'Océan; le
« cours de ses larmes était tracé sur ses joues. J'ai reconnu Evella,
« J'ai presque senti son malheur. En vain j'ai appelé mon
« amante; les ombres des vierges de Morven me l'ont ravie;
« elles chantaient autour d'elle ; leurs voix ressemblaient aux
« derniers soupirs du vent dans un soir d'automne, lorsque la
« nuit descend par degrés dans la vallée de Cona, et que de
« faibles murmures se font entendre parmi les roseaux qui
« bordent les ondes. Evella suivit les gracieux fantômes; mais

« elle me jeta un regard douloureux sur mon rocher. La suave
« musique cessa, la belle vision s'évanouit. Depuis ce temps, je
« n'ai cessé de pleurer au lever du soleil, de pleurer au coucher
« du soleil. Quand te reverrai-je, Évella? Dis-moi, Combal,
« quelle fut la destinée de la fille de Morven?

— « Évella apprit ton malheur, répondit Combal. Durant
« trois soleils, elle reposa sa tête inclinée sur son bras d'albâtre;
« au quatrième soleil, elle descendit sur le rivage de la mer, et
« chercha le corps de Dargo. Les filles de Morven la virent du
« sommet de la colline; elles essuyèrent leurs larmes avec les
« boucles de leur chevelure. Elles s'avancèrent en silence pour
« consoler Évella; mais elles la trouvèrent affaissée comme un
« monceau de neige, et belle encore comme un cygne du rivage.
« Les filles de Morven pleurèrent, et les bardes firent entendre
« des chants. Puisses-tu, ô Dargo! vivre comme Évella dans la
« renommée! puisse ainsi durer notre mémoire, quand nous
« nous enfoncerons dans la tombe! »

Ainsi dit Combal. Mais nous apercevons une grande lumière
dans Inisfail; nous découvrons le signal qui annonce le danger
du roi. Aussitôt nous nous précipitons dans nos vaisseaux; Dargo
est avec nous, nous quittons l'île déserte; nous nous hâtons pour
disperser les ennemis d'Inisfail.

Les vents de Morven viennent à notre aide; ils remplissent le
sein de nos voiles; les mariniers se courbent et se redressent sur
la rame, qui brise, en écumant, la tête sombre et mobile des flots.
Chaque héros a les yeux fixés sur le rivage : toutes les âmes sont
déjà dans le champ du carnage; mais l'on est encore à quelque
distance d'Inisfail. Dargo seul ne ressent point la joie du péril;
ses yeux sont baissés, son front est appuyé sur un bras, qui repose sur le bord d'un bouclier. Combal observe la tristesse de ce
chef; il fait un signe à Ullin, afin que le chant du barde réveille
le cœur de Dargo. Ullin chante au bruit des vaisseaux qui sillonnent
les vagues :

« Colda vivait aux jours de Trenmor. Il poursuivait les daims
« autour de la baie d'Étha : les rochers, couverts de forêts, ré-
« pondaient à ses cris, et les fils légers de la montagne tom-
« bèrent. Mélina l'aperçut d'un autre rivage : elle veut traverser
« la baie sur un esquif bondissant. Un tourbillon descend du ciel,
« et renverse la nef; Mélina s'attache à la carène. Je meurs!
« s'écrie-t-elle : Colda, mon guerrier, viens à mon secours !

« La nuit déploya ses ombres; plus faiblement sa voix
« murmura des plaintes, plus faiblement encore elle fut répétée
« par les échos du rivage; elle s'évanouit enfin dans les ténèbres.
« Colda trouva Mélina à demi ensevelie dans le sable; il éleva
« pour elle la pierre du tombeau sous un chêne, auprès d'un
« torrent : le chasseur aime ce lieu solitaire, il s'y repose à
« l'ombre quand le soleil brûle la plaine. Colda fut longtemps
« triste; il s'égarait seul à travers les bois des coteaux d'Étha;
« chaque nuit, les oiseaux des mers écoutaient ses soupirs : mais
« l'ennemi vint, et le bouclier de Trenmor retentit; Colda saisit
« sa lance, et fut vainqueur. La joie reparut peu à peu sur son
« visage, comme le soleil sur la bruyère quand la tempête est
« passée.

— « Le souvenir de ce chef, dit Dargo, revit dans ma mé-
« moire, mais comme les faibles traces d'un songe depuis long-
« temps enfui. Colda conduisit souvent les pas de mon enfance
« au chêne d'Étha; les larmes tombaient de ses yeux, en s'avan-
« çant sur les grèves abandonnées. Je lui demandais pourquoi il
« pleurait; il me répondait: C'est ici que dort Mélina. Ô Colda!
« je me suis reposé sur sa tombe et sur la tienne! Puisse ma re-
« nommée me survivre, de même que la gloire est restée après
« toi, lorsque je serai errant dans les nuages avec la belle Évella! »

— « Oui, ton nom demeurera parmi les hommes, dit Combal.
« Mais nous touchons au rivage. Vois-tu ces boucliers roulant
« comme la lune à travers le brouillard? Leurs bosses reluisent
« aux rayons du matin. Les guerriers d'Inisfail sont là; le roi
« regarde par la fenêtre. De son palais il aperçoit un nuage
« grisâtre : des larmes tombent sur la pierre de la fenêtre. Nos

« voiles sont le nuage grisâtre; le roi les a reconnues; la joie
« éclate dans ses yeux; il s'écrie : Voici Combal! »

Les chefs de Lochlin ont aussi reconnu les guerriers de Morven,
qui viennent au secours d'Inisfail. Leur armée se courbe, et
s'avance à la rencontre de ces guerriers. Armor la conduit : il
s'élève au-dessus des héros comme le chef rougeâtre au-dessus
des troupeaux de biches dans les bois de Morven. Combal s'écrie :
« Ceignez vos épées; rappelez les jours de votre gloire, et les
« anciennes batailles de Morven. Dargo, présente ton large bou-
« clier; lève cette lance, ô Connal! qui si souvent joncha la
« terre de morts; et toi, Ullin, que ta voix nous anime aux com-
« bats sanglants! »

Nous fondons sur l'ennemi : il était immobile comme le chêne
de Malaor, que ne peut ébranler la tempête. Inisfail nous vit, et
se précipita dans la vallée pour se joindre à nous. Lochlin plie
sous les coups de l'orage; ses branches arrachées couvrent les
champs. Armor combattit le chef d'Inisfail, mais la lance du roi
cloua le bouclier d'Armor à sa poitrine. Lochlin, Morven et Inisfail pleurèrent la mort du jeune chef sitôt abattu. Son barde en-
tonna le chant de la tombe :

« Ta taille, ô Armor! était celle du pin. L'aile de l'aigle marin
« n'égalait pas la rapidité de ta course; ton bras descendait sur les
« guerriers comme le tourbillon de Loda, et mortelle était ton
« épée comme les brouillards du Légo.

« Pourquoi, ô mon héros! es-tu tombé dans ta jeunesse? com-
« ment apprendre à ton père qu'il n'a plus de fils? comment dire
« à Crimoïna qu'elle n'a plus d'amant? Je vois ton père courbé
« sous le poids des années : sa main est incertaine sur le bâton
« qui l'appuie; sa tête, qu'ombragent encore quelques cheveux
« gris, vacille comme la feuille du tremble. Chaque nuage éloigné
« trompe ses débiles regards, lorsqu'ils cherchent ton navire sur
« les flots.

« Comme un rayon de soleil sur la fougère desséchée, l'espé-
« rance brille sur le front du vieillard. Quand le vénérable
« guerrier s'adressant aux enfants qui jouent autour de lui, leur
« dit : Ne vois-je pas le vaisseau de mon fils? les enfants re-
« gardent aussitôt la mer bleuâtre, et ils répondent au vieillard :
« Nous n'apercevons qu'une vapeur passagère.

« Crimoïna, tu souris dans le songe du matin, tu crois recevoir
« ton amant dans toute sa beauté; tes lèvres l'appellent par des
« mots à demi formés; tes bras s'entr'ouvrent, et s'avancent pour
« le presser contre ton sein : ah! Crimoïna, ce n'est qu'un songe!
« Armor est tombé, il ne reverra plus sa terre natale; il dort
« dans la poussière d'Inisfail.

« Crimoïna, tu sortiras de ton sommeil; mais quand Armor
« se réveillera-t-il?

« Quand le son du cor fera-t-il tressaillir le jeune chasseur?
« quand le choc des boucliers l'appellera-t-il au combat! En-
« fants des forêts, Armor est couché; n'attendez pas qu'il se lève.
« Fils de la lance, la bataille rugira sans Armor.

« Ta taille était comme celle du chêne, ô chef de Lochlin! l'aile
« de l'aigle marin était moins rapide que ta course; ton bras
« descendait sur les guerriers comme le tourbillon de Loda, et
« mortelle était ton épée comme les brouillards du Légo. »

Ainsi chantait le barde. La tombe d'Armor s'élève; les guerriers de Lochlin fuient; leurs vaisseaux, repassant les mers,
pèsent sur l'abîme : par intervalles on entendait la chanson des
bardes étrangers; leurs accents étaient tristes.

CHANT II.

L'histoire des temps qui ne sont plus est pour le barde un trait
de lumière; c'est le rayon de soleil qui court légèrement sur les
bruyères, mais rayon bientôt effacé, car les pas de l'ombre le
poursuivent; ils le joignent sur la montagne : le consolant rayon

a disparu. Ainsi le souvenir de Dargo brille rapidement dans mon âme, de nouveau bientôt obscurcie.

Après la bataille où tomba le vaillant Armor, Morven passa la nuit dans les tours grisâtres d'Inisfail; par intervalles une plainte lointaine frappait nos oreilles. « Bardes, dit Comhal, Ullin, et « vous, Salma, cherchez l'enfant des hommes qui gémit. » Nous sortons, nous trouvons Crimoïna assise sur le tombeau d'Armor; elle avait suivi en secret son amant aux champs d'Inisfail. Après la bataille, elle se fit un lit de douleur de la dernière couche de son héros : nous l'enlevâmes de ce lieu funeste. Nos larmes descendaient en silence : l'infortune de cette femme était grande, et nous n'avions que des soupirs. Nous transportâmes Crimoïna dans la salle des fêtes. La tristesse, comme une obscure vapeur, se répandit sur tous les visages. Ullin saisit sa harpe; il en tira des sons mélodieux : ses doigts erraient sur l'instrument; une douce et religieuse mélancolie semblait s'échapper des cordes tremblantes. La musique attendrit les âmes, elle endort le chagrin dans les cœurs agités. Il chantait :

« Quelle ombre se penche ainsi sur sa nue vaporeuse? La pro« fonde blessure est encore dans sa poitrine; le chevreuil aérien « est à ses côtés. Qui peut-elle être, cette ombre, si ce n'est celle « du beau Morglan?

« Morglan vint avec l'ennemi de Morven. Son amante l'accom« pagnait, la fille de Sora, Minona à la main blanche, à la « longue chevelure. Morglan poursuivit les daims sur la colline; « Minona demeure sous le chêne. L'épais brouillard descend; la « nuit arrive avec tous ses nuages; le torrent rugit, les ombres « crient le long de ses rives profondes. Minona regarde autour « d'elle : elle croit entrevoir un chevreuil à travers le brouillard, et « pose sur l'arc sa main de neige. La corde est tendue, la flèche « vole : ah! que n'a-t-elle erré loin du but! La flèche s'est enfoncée « dans le jeune sein de Morglan.

« Nous élevâmes la tombe du héros sur la colline : nous pla« çâmes la flèche et le bois d'un chevreuil dans l'étroite demeure. « Là fut aussi couché le dogue de Morglan, pour poursuivre de« vant l'ombre du chasseur les cerfs dans les nuages. Minona « voulait dormir auprès de son amant; nous la transportâmes au « palais de ses pères; longtemps elle y parut triste. Les rapides « années emportent la douleur : à présent Minona se réjouit avec « les filles de Sora, bien qu'elle soupire quelquefois encore. »

Ainsi chantait le barde. L'aube peignit de sa lumière d'albâtre les rochers d'Inisfail : « Ullin, dit Comhal, conduis sur ton vais« seau Crimoïna à sa patrie; qu'au milieu de ses compagnes elle « puisse encore se lever comme la lune, lorsqu'elle montre sa « tête au-dessus des nuages, et qu'elle sourit aux vallées silen« cieuses. »

— Béni soit, dit Crimoïna, le chef de Morven, l'ami du faible « dans les jours du danger! Mais que ferait Crimoïna aux champs « de ses pères, où chaque rocher, chaque arbre, chaque ruisseau « réveillerait ses chagrins assoupis? Les jeunes filles me di« raient : Où est ton Armor? Vous pourrez le dire, ô jeunes « filles! mais je ne vous entendrai pas. J'irai vivre dans une « terre éloignée; j'achèverai mes jours avec les vierges de Mor« ven : leur cœur, comme celui de leur roi, s'ouvre aux pleurs « des infortunés. »

Nous emmenâmes Crimoïna avec nous dans notre patrie; nous joignîmes sa main à celle de Dargo; mais la fille étrangère ne souriait plus : elle confiait souvent des soupirs au cours d'une onde ignorée. Crimoïna, tes heures furent rapides : les cordes de ta harpe sont humides quand le barde soupire ton histoire.

Un jour, comme nous poursuivions les daims sur les bruyères de Morven, les vaisseaux de Lochlin apparurent avec leurs voiles blanches et leurs mâts élevés. Nous crûmes qu'ils venaient réclamer Crimoïna. « Je ne combattrai pas pour elle, dit Connas, « un de nos chefs, avant que je ne sache si cette étrangère aime « notre race. Perçons le sanglier, teignons avec son sang la robe « de Dargo; nous porterons Dargo au palais : Crimoïna déplo« rera-t-elle sa perte? »

O malheur! nous écoutons l'avis de Connas! nous terrassons le sanglier écumant; Connas le frappe de son épée. Nous enveloppons Dargo dans une robe ensanglantée; nous le portons sur nos épaules à Crimoïna. Connas marchait devant nous avec la dépouille du sanglier : « J'ai tué le monstre, disait-il; mais aupa« ravant sa dent mortelle a percé ton amant, ô Crimoïna! »

Crimoïna écouta ces paroles de mort : silencieuse et pâle, elle reste immobile comme les colonnes de glace que l'hiver fixe au sommet du Mora. Elle demande sa harpe; elle la fait résonner à la louange du héros qu'elle croyait expiré. Dargo voulait se lever; nous l'en empêchâmes jusqu'à la fin de la chanson, car la voix de Crimoïna était douce comme la voix du cygne blessé, lorsque ses compagnons nagent tristement autour de lui.

« Penchez-vous, disait Crimoïna, sur le bord de vos nuages, « ô vous ancêtres de Dargo! et transportez votre fils au palais de « votre repos. Et vous, filles des champs aériens de Trenmor, « préparez la robe de vapeur transparente et colorée. Dargo, « pourquoi m'avais-tu fait oublier Armor? Pourquoi t'aimais-je « tant? Pourquoi étais-je tant aimée? Nous étions deux fleurs qui « croissaient ensemble dans les fentes du rocher; nos têtes hu« mides de rosée souriaient aux rayons du soleil. Ces fleurs « avaient pris racine dans le roc aride. Les vierges de Morven di« saient : Elles sont solitaires, mais elles sont charmantes. Le « daim dans sa course s'élançait par-dessus ces fleurs, et le che« vreuil épargnait leurs tiges délicates.

« Le soleil de Morven est couché pour moi. Il brilla pour moi, « ce soleil, dans la nuit de mes premiers malheurs, au défaut du « soleil de ma patrie; mais il vient de disparaître à son tour; il « me laisse dans une ombre éternelle.

« Dargo, pourquoi t'es-tu retiré si vite? pourquoi ce cœur brû« lant s'est-il glacé? Ta voix mélodieuse est-elle muette? Ta main, « qui naguère maniait la lance à la tête des guerriers, ne peut « plus rien tenir; tes pieds légers, qui ce matin encore devan« çaient ceux des compagnons, sont à présent immobiles comme « la terre qu'ils effleuraient.

« Partout sur les mers, au sommet des collines, dans les pro« fondes vallées, j'ai suivi ta course. En vain mon père creusât « mon retour, en vain ma mère pleura mon absence; leurs yeux « mesurèrent souvent l'étendue des flots, souvent les rochers ré« pétèrent leurs cris. Parents, amis, je fus sourde à votre voix! « toutes mes pensées étaient pour Dargo; je l'aimais de toute la « force de mes souvenirs pour Armor. Dargo, l'autre nuit j'ai « goûté le sommeil à tes côtés sur la bruyère. N'est-il pas de place « cette nuit dans ta nouvelle couche? Ta Crimoïna veut reposer « auprès de toi, dormir pour toujours à tes côtés. »

Le chant de Crimoïna allait en s'affaiblissant à mesure qu'il approchait de sa fin; par degrés s'éteignait la voix de l'étrangère : l'instrument échappa aux bras d'albâtre de la fille de Lochlin. Dargo se lève : il était trop tard! L'âme de Crimoïna avait fui sur les sons de la harpe. Dargo creusa la tombe son épouse auprès de celle d'Évella, et prépara pour lui-même la pierre du sommeil.

Dix étés ont brûlé la plaine, dix hivers ont dépouillé les bois, durant ces longues années, l'enfant du malheur, Dargo, a vécu dans la caverne; il n'aime que les accents de la tristesse. Souvent je chante au chef infortuné des airs mélancoliques dans le calme du midi, lorsque Crimoïna se penche sur le bord de sa nue pour écouter les soupirs du barde.

DUTHONA.

POÈME.

« Pourquoi, ô mers! élevez-vous votre voix parmi les rochers « de Morven? Vent du midi, pourquoi épuises-tu ta rage sur mes « collines? Est-ce pour retenir ma voile loin des rivages de l'en«

« nemi, pour arrêter le cours de ma gloire ? Mais , ô mers ! vos
« flots mugissent en vain ; vent du midi, tu peux souffler, mais tu
« n'empêcheras point les vaisseaux de Fingal de voler à la con-
« trée lointaine de Dorla : ta fureur se calmera , et la surface
« azurée de l'Océan deviendra tranquille et brillante. Oui, le
« bruit de la tempête cessera, mais la mémoire de Fingal ne pé-
« rira point. »

Ainsi parla le roi, et ses guerriers se rangèrent autour de lui.
Le vent siffle dans les cheveux touffus de Dumolach ; Leth se
penche sur son bouclier d'airain, tout ridé de mille cicatrices ;
Molo agite dans les airs sa lance étincelante ; la joie de la bataille
est dans les yeux de Gormalon.

Nous cinglons à travers l'écume houleuse de l'Océan : les baleines effrayées plongent au fond de l'abîme, les îles fuient; elles
s'abaissent tour à tour derrière nous sous l'onde, et Duthona sort
peu à peu devant nous du sein des flots. Les vagues roulantes et
élevées nous en dérobent de temps en temps la vue. « C'est la
« terre de Connar, dit Fingal, le pays de l'ami de mon peuple. »

La nuit descend, le ciel est ténébreux, le pilote cherche en vain
de ses regards l'étoile qui nous guide ; il l'entrevoit quelquefois à
travers le voile déchiré d'un nuage : mais l'ouverture se referme,
et le flambeau de notre route se cache. « Les pas de la nuit sur
« l'abîme, dit Fingal, sont menaçants ; que notre vaisseau se re-
« pose au rivage jusqu'au retour de la lumière. »

Nous entrons dans la baie de Duthona. Quelle ombre terrible
se tient sur le rocher, en s'appuyant sur un pin ? Son bouclier est
un nuage ; derrière ce bouclier passe la lune errante. L'ombre a
pour lance une colonne de brouillard d'un bleu sombre , sur-
monté d'une étoile sanglante ; un météore lui sert d'épée ; les
vents, dans leurs jeux, élèvent la chevelure du fantôme comme
une fumée ; deux flammes qui sortent de deux cavernes creusées
dans les nuages sont les yeux menaçants de cet enfant de la nuit.
Souvent Fingal a vu se manifester ainsi le signe de la bataille ;
mais qui pourrait y croire dans la patrie de Connar, ami du
peuple de Fingal ?

Le roi monte sur le rocher, le glaive de Luno jette dans sa main
des ondes de lumière ; Carrill marche derrière le roi. Le fantôme
aperçoit Fingal, sur l'aile d'un tourbillon s'envole ; le héros le
poursuit du geste et de la voix. Cette voix est entendue sur les
collines de Duthona, qui s'agitent avec tous leurs rochers et tous
leurs arbres ; le peuple tressaille, se réveille en rêvant le péril, et
les feux d'alarme sont allumés de toute part.

« Levez-vous, dit le roi revenant parmi ses guerriers ; levez-
« vous : que chacun endosse son armure et place devant lui son
« bouclier. Il nous faut combattre. Nos amis nous vont attaquer
« au milieu de la nuit ; Fingal ne leur dira pas son nom, car nos
« ennemis s'écrieraient ensuite : Les guerriers de Morven furent
« effrayés ! ils dirent leur nom pour éviter le combat ! que cha-
« cun endosse son armure et place devant lui son bouclier ; mais
« que nos lances errent loin du but, que nos flèches soient em-
« portées par les vents. A la lumière du matin , nos amis nous
« reconnaîtront, et la joie sera grande dans Duthona.

Nous rencontrâmes la colonne errante et sombre des guerriers de Duthona. Comme la grêle échappée des flancs de l'orage,
leurs flèches tombent sur nos boucliers ; ils nous environnent
comme un rocher entouré par les flots. Fingal vit que son peuple
allait périr, ou qu'il serait forcé de combattre : il descendit de la
colline, ainsi qu'une ombre qui se plaît à rouler avec les tempêtes. La lune, dans ce moment, leva sa tête au-dessus de la montagne, et réfléchit sa lumière sur l'épée de Luno ; l'épée étincelle
dans la main du roi, comme un pilier de glace pendant l'hiver,
à la chute devenue muette du Lora. Duthona, vit la flamme, et
n'en put supporter la splendeur ; ses guerriers se retirèrent comme
les ténèbres devant le jour ; ils s'enfoncèrent dans un bois.

Avançant à leur suite, nous nous arrêtâmes au bord d'un profond ruisseau qui coulait devant nous à travers la bruyère. Son
lit se creusait entre deux rivages semés de fougères et ombragés
de quelques bouleaux vieillis. Là, nous nous entretînmes du ré-

cit des combats et des actions des premiers héros. Carrill redit les
faits du temps passé, Ossian célébra la gloire de Connar : sa harpe
ne put oublier la tendre beauté de Minla.

Les chants cessèrent, une brise murmura le long du ruisseau ;
elle nous apporta les soupirs de l'infortune : ils étaient doux comme
la voix des ombres au milieu d'un bois solitaire, quand elles
passent sur la tombe des morts.

« Allez, Ossian, dit le roi ; quelque guerrier languit sur son
« bouclier ; qu'il soit apporté à Fingal : s'il est blessé, qu'on ap-
« plique la tendre beauté de la montagne sur sa plaie. Aucun nuage
« ne doit obscurcir notre joie sur la terre de Duthona.»

Je marchai guidé par la chanson du malheur.

« Triste et abandonnée est ma demeure, disait la chanson;
« aucune voix ne s'y fait entendre, si ce n'est celle de la chouette.
« Nul barde ne charme la longueur de mes nuits ; les ténèbres
« et la lumière sont égales pour moi. Le soleil ne luit point dans
« ma caverne ; je ne vois point flotter la chevelure dorée du ma-
« tin, ni couler les flots de pourpre que verse l'astre du jour à
« son couchant. Mes yeux ne suivent point la lune à travers les
« pâles nuages ; je ne vois point ses rayons trembler à travers
« les arbres dans les ondes du ruisseau : ils ne visitent point la
« caverne de Connar.

« Ah ! que ne suis-je tombé dans la tempête de Dorla ! ma re-
« nommée ne serait pas évanouie comme le silencieux rayon de
« l'automne qui court sur les champs jaunis entre les ombres et
« les brouillards. Les enfants sous le chêne ont senti un moment
« la chaleur du rayon, et l'ont bénie ; mais il passe : les enfants
« poursuivent leurs jeux, et le rayon est oublié.

« Oubliez-moi aussi, enfants de mon peuple, si vous n'êtes pas
« tombés comme moi, si Dorla qui a envahi Duthona n'a point
« soufflé sur vous dans votre jeunesse, comme l'haleine d'une
« gelée tardive sur les bourgeons du printemps. Que n'ai-je au-
« trefois trouvé la mort à vos yeux, quand je marchai avec Fin-
« gal au-devant des forces de Swaran ! Le roi eût élevé ma
« tombe, Ossian eût chanté ma gloire ; les bardes des futures an-
« nées, en s'asseyant autour du foyer, eussent dit à l'ouverture
« de la fête : Écoutez la chanson de Connar.

« A présent, enchaîné dans cette caverne, je mourrai tout en-
« tier : ma tombe ne sera point connue ; le voyageur écartera
« sous ses pas, avec la pointe de sa lance, une herbe longue et
« flétrie ; il découvrira une pierre poudreuse : Qui dort dans cette
« étroite demeure ? demandera-t-il à l'enfant de la vallée ; et l'en-
« fant de la vallée lui répondra : Son nom n'est point dans la
« chanson.

« — Ton nom sera dans la chanson, m'écriai-je ; tu ne seras
« point oublié par Ossian. Sors de la caverne où t'a caché la
« destinée, et viens lever encore la lance dans la bataille. Viens,
« Fingal sera auprès de toi ; il te vengera. Viens, les oppresseurs
« de Duthona sécheront à ton aspect comme la fougère atteinte
« par la brise : ton nom refleurira comme le chêne qui ombrage
« les salles de tes fêtes, quand, après les rigueurs de l'hiver, il
« se rajeunit au printemps. »

Connar prit la voix d'Ossian pour celle d'une ombre : «Ta voix
« m'est agréable, enfant de la nuit, dit-il, car les fantômes n'ef-
« fraient point mon âme; ta voix est douce à Connar abandonné.
« Converse avec moi dans la caverne ; notre entretien sera de la
« tombe et de la demeure aérienne des héros. Nous ne parlerons
« point de Duthona ; nous serons silencieux sur ma gloire , elle
« s'est évanouie. Mes amis aussi sont loin : ils dorment sur leurs
« boucliers ; mon souvenir ne trouble point leur repos ! Ah !
« qu'ils continuent de sommeiller en paix !

« Ombre amie, ma demeure sera bientôt avec la tienne. Nous
« visiterons ensemble les enfants du malheur dans leur caverne ;
« nous leur ferons oublier leurs chagrins dans les illusions des
« songes : nous les conduirons en pensée dans les champs de
« leur renommée : ils croiront briller dans les combats ; leur tu-
« nique d'esclave s'allongera en robe ondoyante ; leurs prisons
« souterraines deviendront les nobles salles de Fingal ; le mur-

« mure du vent sera pour eux et pour nous la mélodie des harpes,
« le frissonnement des gazons deviendra le soupir des vierges.
« Ombre amie, en attendant que je m'unisse à toi dans les nuages,
« descends souvent à la caverne de Connar! Fantôme de la nuit,
« ta voix est charmante à mon cœur. »

Je me plonge dans la caverne de Connar; je coupe les liens
dont les guerriers de Dorla avaient entouré les mains du chef; je
conduis le roi délivré à Fingal; leurs visages brillèrent de joie
au milieu de leurs cheveux gris, car Fingal et Connar se souviennent de leurs jeunes années, de ces premiers jours de la vie
où ils tendaient ensemble leurs arcs au bord du torrent. « Con-
« nar, dit Fingal, qui a pu confiner l'ami de Morven dans la
« caverne ? Puissant devait être son bras, inévitable, son épée.
— « Dorla, répondit Connar, apprit que la force de mon bras
« s'était évanouie dans la vieillesse. Il attaqua mes salles pen-
« dant la nuit, lorsque j'étais seul avec ma fille Niala, et que
« mes guerriers étaient absents. Je combattis : le nombre préva-
« lut. Dorla est resté dans Duthona, et mes peuples sont dispersés
« dans leurs vallons ignorés. »

Fingal entendit les paroles de Connar : il fronce le sourcil : les
rides de son front sont comme les nuages qui couvent la tempête. Il agite dans sa main sa lance mortelle, et regarde l'épée
de Luno.

« Il n'est pas temps de reposer, s'écrie-t-il, quand celui qui
« dépouilla mon ami est si près. Les guerriers de Dorla sont
« nombreux; ils nous ont attaqués cette nuit, et nous avons cru,
« en les respectant, que c'étaient les bataillons de Connar. Ossian
« et Gormalon, avancez le long du rivage. Dumolach et Leth,
« volez aux salles de Connar; et si vous y trouvez Niala, éten-
« dez devant elle vos boucliers protecteurs. Molo, observe l'en-
« nemi, afin qu'il ne puisse livrer ses voiles au vent sans com-
« battre. Et toi, Carrill, où es-tu ? Barde aux douces chansons,
« reste auprès du chef de Duthona avec ta harpe : sa mélodie est
« un rayon de lumière qui se glisse au milieu de l'orage. »

Carrill vint avec sa harpe : les sons de cette harpe étaient légers comme le mouvement des ombres glissant dans un air pur
sur les rivages de Lara. Coulez en silence, ruisseaux de la nuit,
que nous entendions la chanson du barde.

« Au bord des torrents de Lara se penche un chêne qui laisse
« tomber de ses feuilles, sur le courant d'eau, les pleurs de la
« rosée. Là, on voit errer deux ombres, lorsque le soleil illumine
« la plaine et que le silence est dans Morven : l'une est ton
« ombre, vénérable Uval; l'autre est celle de ta fille, la belle
« chasseresse. Les jeunes guerriers de Lara poursuivaient les
« chevreuils; ils célébraient la fête dans la cabane lointaine du
« désert. Colgar les découvrit, et parut subitement à Lara comme
« le torrent qui fond du haut d'une montagne, quand l'ondée
« est encore sur les hauts sommets, et n'a point descendu dans
« la vallée. — Fille d'Uval, dit Colgar, il te faut me suivre;
« j'enchaînerai ici ton père, car il frapperait sur le bouclier, et
« les jeunes guerriers pourraient entendre le son dans la solitude.
— « Colgar, je ne t'aime pas, dit la fille d'Uval, laisse-moi
« avec mon père : ses yeux sont tristes, ses cheveux, blanchis. »
« Colgar est sourd à la prière; la fille d'Uval est obligée de le
« suivre, mais ses pas sont tardifs. Un chevreuil bondit auprès
« de Colgar; ses flancs bruns se montrent à travers les vertes
« bruyères. — Colgar, dit la fille d'Uval, prête-moi ton arc, j'ai
« appris à percer le chevreuil. Colgar crut la beauté déjà conso-
« lée, et, plein d'amour, il donne son arc. La fille d'Uval tend
« la corde, la flèche part, Colgar tombe. La fille d'Uval retourne
« à Lara : l'âme de son père fut réjouie. Le soir de la vie d'Uval
« se prolongea; il fut comme le coucher du soleil sur la montagne
« des sources limpides; les derniers jours d'Uval tombèrent
« comme les feuilles d'automne dans la vallée silencieuse. Les
« années de la fille d'Uval furent nombreuses; quand elle s'étei-
« gnit, elle dormit en paix avec son père. »

Ainsi chantait Carrill; et moi Ossian je m'avançais avec Gormalon sur le rivage, selon les ordres de Fingal. Au pied d'un ro-

cher nous trouvons un jeune homme : son bras, sortant d'une
brillante armure, reposait sur une harpe brisée; le bois d'une
lance était à ses côtés. A travers les herbes chevelues du rocher,
la lune éclairait la tête du jeune homme : cette tête était penchée;
elle s'agitait lentement dans la douleur, comme la cime d'un pin
qui se balance aux soupirs du vent.

« Quel est celui, dit Gormalon, qui demeure ici solitaire? Es-
« tu un des compagnons de Dorla, ou l'un des guerriers de
« Connar?
— « Je suis, » répondit le jeune homme tremblant comme
« l'herbe dans le courant d'un ruisseau, « je suis un des bardes
« qui chantaient dans les salles de Connar. Dorla écouta mes
« chansons, et épargna ma vie après avoir livré bataille sur les
« champs de Duthona.
— « Souviens-toi de Dorla, si tu le veux, répliqua Gormalon;
« mais que peux-tu dire à sa louange? Il attaqua Connar lorsque
« les amis du roi étaient absents; son bras est faible dans le dan-
« ger, fort quand personne ne le repousse. Dorla est un nuage
« qui se montre seulement dans le calme, un brouillard qui ne
« se lève jamais du marais que quand les vents de la vallée se
« sont retirés. Mais la tempête de Fingal joindra ce nuage; et le
« déchirera dans les airs.
— Je me souviens de Fingal, dit le jeune homme; je le vis
« jadis dans les salles de Duthona; je me souviens de la voix
« d'Ossian et des fiers héros de Morven; mais Morven est loin de
« Duthona. »

Les soupirs étouffèrent la voix du jeune homme; ses sanglots
éclatèrent comme la glace qui se fend sur le lac du Légo, ou
comme les vents de la montagne dans la grotte d'Arven.

« Faible est ton âme, dit Gormalon indigné : non, tu n'es pas
« l'enfant des salles de Connar; tu n'es pas des bardes du roi
« du roi. Ceux-ci chantaient les actions de la bataille; la joie du
« danger enflait leurs âmes, de même que s'enflent les voiles
« blanches de Fingal dans les tourbillons de la mer de Morven.
« Tu es des amis de Dorla; va donc le rejoindre, enfant du
« faible, et dis-lui que Morven le poursuit : jamais il ne reverra
« les collines de sa patrie.
— « Gormalon, disais-je alors, n'outrage pas la jeunesse : l'âme
« du brave peut quelquefois faillir, mais elle se relève. Le so-
« leil sourit du haut de sa carrière lorsque la tempête est passée;
« le pin cesse alors de secouer dans les airs sa pyramide de ver-
« dure, la mer calme sa surface azurée, et les vallées se réjouis-
« sent aux rayons de l'astre éclatant. »

Je pris le jeune homme par la main, et le conduisis vers Carrill, roi des chansons. La lumière commençait alors à briller sur
l'armée de Dorla; ses guerriers pâles et muets regardaient la
lance de Morven et l'épée de Connar; ils demeuraient immobiles :
lorsque le chasseur est surpris par la nuit sur la colline de Cromla,
la terreur des fantômes l'environne; une sueur froide perce son
front, ses pas tremblants se refusent à sa fuite, ses genoux flé-
chissent au milieu de sa course.

Dorla vit les yeux égarés de son peuple; une grosse larme
roule dans les siens. « Pourquoi, dit-il à ses guerriers, demeu-
« rez-vous dans ce silence, comme les arbres qui s'élèvent au-
« tour de nous? Votre nombre ne surpasse-t-il pas celui des
« fils de Morven? Ils peuvent avoir leur renommée; mais n'a-
« vons-nous pas aussi combattu avec les héros? Si vous songez
« à la fuite, où est le chemin de nos vaisseaux, si ce n'est à tra-
« vers l'ennemi! Fondons sur eux dans notre colère; que nos
« bras soient courageux, et la joie de mes amis sera grande
« quand nous retournerons chez nos pères. »

Connar, au milieu des héros de Morven, frappa sur le bouclier de Duthona. Ses guerriers dispersés entendirent le signal
du roi; ils levèrent la tête dans leurs vallons ignorés, comme
les ruisseaux de Selma : dans les jours de sécheresse, ces ruisseaux se cachent sous les cailloux de leur lit; mais, quand les
tièdes ondées descendent, ils sortent tout à coup de leur retraite,
rugissent, inondent et surmontent de leurs eaux les collines.

On combat : Dorla est abattu par la lance de Connar. Fingal le vit tomber ; il s'avance alors dans sa clémence, et parle aux guerriers de Dorla, qui n'est plus.

« Fingal, leur dit-il, ne se plaît point dans la chute de ses ennemis, quoiqu'ils l'aient forcé de tirer l'épée. Ne venez jamais « à Morven, ne vous présentez plus aux rivages de Duthona. Ra-« pide est le jour du peuple qui ose lever la lance contre Fin-« gal ; une colonne de fumée chassée par la tempête est la vie de « ceux qui combattent contre les héros de Morven. Retirez-vous : « emportez le corps de Dorla.

« Pourquoi es-tu si matinale, épouse de Dorla? continua Fingal. « Que fais-tu, immobile sur le rocher? Tes cheveux sont trempés « de la rosée du matin : tes regards sont errants sur les vagues « lointaines : ce que tu vois n'est pas l'écume du vaisseau de « Dorla, c'est la mer qui se brise autour du flanc des baleines. « Les deux enfants de l'épouse de Dorla sont assis sur les ge-« noux de leur mère ; ils voient une larme descendre le long de « la joue de la femme ; ils lèvent leur petite main pour saisir la « perle brillante : Mère, diront-ils, pourquoi pleures-tu? Où « notre père a-t-il dormi cette nuit?

« Ainsi peut-être, ô Ossian! ton Everalline est maintenant in-« quiète pour toi. Elle conduit peut-être ton Oscar au sommet de « Morven, afin de découvrir la pleine mer. Ossian, souviens-« toi d'Oscar et d'Everalline ; ô mon fils! épargne le guerrier « qui, comme Dorla, peut laisser derrière lui une épouse dans « les larmes. Hélas! Dorla, pourquoi es-tu déjà tombé? »

Ainsi me parlait Fingal, aux jours du passé, dans la terre de Duthona; ainsi, pour m'enseigner la pitié, il mettait devant mes yeux l'image d'Everalline mon épouse, d'Oscar mon jeune fils. Everalline! Oscar! rayons de joie maintenant éteints! comment m'avez-vous précédé dans l'étroite demeure! Comment Ossian peut-il faire retentir la harpe et chanter encore les guerriers, lorsque votre souvenir, comme l'étoile qui tombe du ciel, traverse tout à coup son âme? Oh! que ne suis-je le compagnon de votre course azurée, brillants voyageurs des nuages? Quand nos ombres se rejoindront-elles dans les airs! quand glisseront-elles avec les brises sur la cime ondoyante des pins! Quand élève-rons-nous nos têtes ornées d'une chevelure brillante, comme les astres de la nuit dans le désert? Puisse ce moment bientôt arriver! Ce qu'est le lit de bruyère au chasseur fatigué sera la tombe au barde appesanti par les ans : je dormirai! la pierre de ma derrière couche gardera ma mémoire.

Mais, ô pierre du tombeau! la saison de ta vieillesse arrivera aussi; tu t'enfonceras toi-même dans le lieu où les guerriers reposent pour jamais. L'étranger demandera où était ta place; les fils du faible ne la connaîtront point.

Peut-être la chanson aura gardé le souvenir de cette pierre. La chanson se perdra à son tour dans la nuit des temps; le brouillard des années enveloppera sa lumière. Notre mémoire passera comme l'histoire de Duthona, qui déjà s'éclipse dans l'âme d'Ossian.

Le peuple de Dorla fend la mer en silence; les sons d'aucune chanson ne roulent devant lui sur les flots; les bardes penchent la tête sur leur harpe, et leurs cheveux argentés errent avec leurs armes le long des cordes humides. Les marins sont enfoncés dans leurs sombres pensées; le rameur distrait suspend soudain la rame qu'il allait plonger dans les flots.

Nous montâmes au palais de Connar : mais le chef est triste malgré sa victoire; son sein oppressé soulève son armure comme la vague qui renferme la tempête, son œil éteint ne lance plus son regard brillant à travers la salle des fêtes. Personne n'ose demander au héros pourquoi il est triste, car absente est l'étoile de la nuit, la fille de Connar, la charmante Niala. Fingal voyait la douleur du chef, et cachait la sienne sous le panache de son casque. « Carril, dit à voix basse, qu'as-tu fait de tes chants? « viens avec ta harpe soulager l'âme du roi. »

Carril s'avance au milieu des salles de la fête, appuyé d'une main sur son bâton blanc, de l'autre portant sa harpe; derrière

lui marche le jeune barde de Duthona, qu'Ossian et Gormalon avaient trouvé sur le rivage pendant la nuit. Tout à coup son armure tombe à terre ; il lève une main pour cacher son trouble. Quelle est cette main si blanche? Ce visage sourit si gracieusement à travers les boucles de ses beaux cheveux! « Niala! « s'écria Connar, est-ce toi? » Elle jette ses bras charmants autour de son père ; la joie revient au banquet des guerriers. Connar donna la beauté à Gormalon, et nous déployâmes nos voiles et nos chants pour Morven. Ossian est seul aujourd'hui dans les ruines des tours de mon Oscar, Malvina, la douce Malvina, ne sourira plus à son père.

Vallée de Cona, les sons de la harpe ne se font plus entendre le long de tes ruisseaux, dont la voix s'élève à peine sur les collines silencieuses. La biche dort sans frayeur dans la hutte abandonnée du chasseur; le faon bondit sur la tombe guerrière, dont il creuse la mousse avec ses pieds. Je suis resté seul de ma race : je n'ai plus qu'un jour à passer dans un monde qui ne me connaît plus

GAUL.

POÈME.

Le silence de la nuit est auguste. Le chasseur repose sur la bruyère ; à ses côtés sommeille son chien fidèle, la tête allongée sur ses pieds légers ; dans ses rêves, il poursuit les chevreuils ; dans la joie confuse de ses songes, il aboie et s'éveille à moitié.

Dors en paix, fils bondissant de la montagne, Ossian ne te troublera point ton repos : il aime à errer seul ; l'obscurité de la nuit convient à la tristesse de son âme ; l'aurore ne peut apporter la lumière à ses yeux depuis longtemps fermés. Retire tes rayons, ô soleil! comme le roi de Morven a retiré les siens ; éteins ces millions de lampes que tu allumes dans les salles azurées de ton palais lorsque tu reposes derrière les portes de l'occident. Ces lampes se consumeront d'elles-mêmes : elles te laisseront seul, ô soleil! de même que les amis d'Ossian l'ont abandonné. Roi des cieux, pourquoi cette illumination magnifique sur les collines de Fingal, lorsque les héros ont disparu, et qu'il n'est plus d'yeux pour contempler ces flambeaux éblouissants?

Morven, le jour de ta gloire a passé; comme la lueur du chêne embrasé de tes fêtes, l'éclat de tes guerriers s'est évanoui ; les palais ont croulé ; Témora a perdu ses hauts murs ; Tura n'est plus qu'un monceau de ruines, et Selma est muette. La coupe bruyante des festins s'est brisée ; le chant des bardes a cessé ; le son des harpes ne se fait plus entendre. Un tertre couvert de ronces, quelques pierres cachées sous la mousse, c'est tout ce qui rappelle la demeure de Fingal. Le marin au milieu des flots n'aperçoit plus les tours qui semblaient marquer les bornes de l'Océan, et le voyageur qui vient du désert ne les aperçoit plus.

Je cherche les murailles de Selma ; mes pas heurtent leurs débris : l'herbe croît entre les pierres, et la brise frémit dans la tête du chardon. La chouette voltige autour de mes cheveux blancs ; je sens le vent de ses ailes : elle éveille par ses cris la biche sur son lit de fougère ; mais la biche est sans frayeur, elle a reconnu le vieil Ossian.

Biche des ruines de Selma, la mort n'est point dans la pensée du barde : tu lèves de la même couche où dormirent Fingal et Oscar? Non, la mort n'est point le désir du barde! J'étends seulement la main dans l'obscurité vers le lieu où était suspendu au dôme du palais le bouclier de mon père, vers ces voûtes que remplace aujourd'hui la voûte du ciel. La lance qui sert d'appui à mes pas rencontre à terre ce bouclier ; il retentit : ce bruit de l'airain plaît encore à mon oreille ; il réveille en moi la mémoire des anciens jours, ainsi que le souffle du soir ranime dans la ramée des bergers la flamme expirante. Je sens revivre mon génie ;

mon sein se soulève comme la vague battue de la tempête, mais le poids des ans le fait retomber.

Retirez-vous, pensées guerrières! souvenirs des temps évanouis, retirez-vous! Pourquoi nourrirais-je encore l'amour des combats, quand ma main a oublié l'épée? La lance de Témora n'est plus qu'un bâton dans la main du vieillard.

Je frappe un autre bouclier dans la poussière. Touchons-le de mes doigts tremblants. Il ressemble au croissant de la lune : c'était ton bouclier, ô Gaul ! le bouclier du compagnon de mon Oscar. Fils de Morni, tu as déjà reçu toute ta gloire, mais je te veux chanter encore : je veux pour la dernière fois confier le nom de Gaul à la harpe de Selma. Malvina, où es-tu? Oh ! qu'avec joie tu m'entendrais parler de l'ami de ton Oscar !

« La nuit était sombre et orageuse, les ombres criaient sur la bruyère, les torrents se précipitaient du rocher; les tonnerres à travers les nuages roulaient comme des monts qui s'écroulent, et l'éclair traversait rapidement les airs. Cette nuit même nos héros s'assemblèrent dans les salles de Selma, dans ces salles maintenant abattues : le chêne flamboyait au milieu; à sa lueur on voyait briller le visage riant des guerriers à demi cachés dans leur noire chevelure. La coquille des fêtes circulait à la ronde; les bardes chantaient, et la main des vierges glissait sur les cordes de la harpe.

« La nuit s'envola sur les ailes de la joie : nous croyions les étoiles à peine au milieu de leur course, et déjà le rayon du matin entr'ouvrait l'orient nébuleux. Fingal frappa sur son bouclier : ah ! qu'il rendait alors un son différent de celui qu'il a parmi ces débris! Les guerriers l'entendirent; ils descendirent du bord de tous leurs ruisseaux. Gaul reconnut aussi la voix de la guerre ; mais le Strumon roulait ses flots entre lui et nous : et qui pouvait traverser ses ondes terribles ?

« Nos vaisseaux abordent à Ifrona; nous combattons, nous arrachons des mains de l'ennemi les dépouilles de notre patrie. Pourquoi ne restais-tu pas au bord de ton torrent, toi qui levais le bouclier d'azur? Pourquoi, fils de Morni, ton âme respirait-elle les combats? Sur quelque champ que ce fût, Gaul voulait moissonner. Il prépare son vaisseau dompteur des vagues, et déploie ses voiles au premier souffle du matin, pour suivre à Ifrona les pas du roi.

« Quelle est celle que j'aperçois au bord de la mer, sur le rocher battu des flots! Elle est triste comme le pâle brouillard de l'aube; ses cheveux noirs flottent en désordre ; des larmes roulent dans ses yeux, fixés sur le vaisseau fugitif de Gaul. De ses bras aussi blancs que l'écume de l'onde, elle presse sur son sein un jeune enfant qui lui sourit; elle murmure à l'oreille du nouveau-né un chant de son âge, mais un soupir entrecoupe la voix ma-

ternelle, et la femme ne sait plus quelle était la chanson.

« Tes pensées, Évircoma, n'étaient point pour des airs folâtres : elles volaient sur les flots avec ton amour. On n'aperçoit plus qu'à peine le vaisseau diminué : des nues abaissées étendent maintenant entre lui et le rivage leurs fumées onduleuses; elles le cachent comme un écueil lointain sous une vapeur passagère.

« Que ta course soit heureuse, dompteur des vagues écumantes! « Quand te reverrai-je, ô mon amant? »

« Évircoma retourne aux salles de Strumon ; mais ses pas sont tardifs, son visage est triste : on dirait d'une ombre solitaire qui traverse la brume du lac. Souvent elle se retourne pour regarder le vaste Océan. « Que ta course soit heureuse, dompteur des « vagues écumantes! Quand te reverrai-je, ô mon amant? »

« La nuit surprit le fils de Morni au milieu de la mer ; la lune n'était point au ciel ; pas une étoile ne brillait dans la profondeur des nuages. La barque du chef glissait sur les flots en silence, et nous passons sans la voir, en retournant à Morven.

Gaul aborde au rivage d'Ifrona. Ses pas étaient sans inquiétude : il erre çà et là ; il écoute; il n'entend point rugir la bataille : il frappe avec sa lance sur son bouclier, afin que ses amis se réjouissent de son arrivée : il s'étonne du silence.

« Fingal dort? s'écrie Gaul « en élevant la « voix ; le combat « n'est-il pas commencé? Héros de « Morven, êtes-« vous ici? »

Évella pleurant la mort de Dargo.

Que n'y étions-nous, fils de Morni ! cette lance l'aurait défendu, ou Ossian serait tombé avec toi. Lance aujourd'hui sans force dans ma main, innocent appui de ma vieillesse, jadis ferme soutien de ceux qui versaient des larmes, tu étais la lance de Témora, tu étais le météore briseur du chêne orgueilleux. Ossian n'était pas comme aujourd'hui un roseau desséché qui tremble dans un étang solitaire ; je m'élevais comme le pin, avec tous mes rameaux verdoyants autour de moi. Que n'étais-je auprès du chef de Strumon, quand l'orage d'Ifrona descendit !

Ombres de Morven, dormiez-vous dans vos grottes aériennes ou vous amusiez-vous à faire voler les feuilles flétries, quand vous nous laissâtes ignorer le danger de Gaul? Mais non; ombres amies de nos pères, vous prîtes soin de nous avertir ; deux fois vous repoussâtes nos vaisseaux au rivage d'Ifrona : nous ne comprîmes pas ce présage, nous crûmes que des Esprits jaloux s'opposaient à notre retour. Fingal tira son épée, et sépara les pans de leur robe de vapeur ; à l'instant les ombres passèrent sur nos têtes. « Allez, impuissants fantômes, leur dit le chef, allez chas-« ser le duvet du chardon dans une terre lointaine; vous joue-« rez avec les fils du faible. »

Les ombres amies méconnues s'envolèrent avec le vent : leurs voix ressemblaient aux soupirs de la montagne quand l'oiseau de mer prédit la tempête. Quelques-uns de nos guerriers crurent entendre le nom de Gaul à demi formé dans le murmure des ombres. . . . .

. . . .

(Le traducteur, ou plutôt l'auteur anglais, suppose qu'il y a ici une lacune dans le texte.)

« Je suis seul « au milieu de « mille guerriers: « n'est-il point « quelque épée « pour briller avec « la mienne? Le « vent souffle vers « Morven en bri- « sant le sommet « des vagues. Gaul « remontera-t-il « sur son vaisseau? « ses amis ne sont « point auprès de « lui. Mais que di- « rait Fingal, mais « que diraient les « bardes, si un « nuage envelop- « pait la réputation « du fils de Morni? « Mon père, ne « rougirais-tu pas, « si je me retirais « sans combattre? « En présence des « héros de notre « âge, tu cache- « rais ton visage « avec tes che- « veux blancs, et « tu abandonne- « rais tes soupirs « au vent solitaire « de la vallée, les « ombres des fai- « bles te verraient, « et diraient: Voi- « là le père de « celui qui a fui « dans Ifrona. « Non, ton fils « ne fuira point, « ô Morni! son « âme est un rayon « de feu qui dévo- « re. O mon Évir- « coma! ô mon « Ogal!... Eloi- « gnous ces souve- « nirs: le calme « rayon du jour ne se mêle point à la tempête; il attend que les « cieux soient rassérénés. Gaul ne doit respirer que la bataille. « Ossian, que n'es-tu avec moi comme dans le combat de Lath- « mor! Je suis le torrent qui précipite ses ondes dans les mille « vagues de l'Océan, et qui, vainqueur, s'ouvre un passage à « travers l'abîme. »

Gaul frappe sur son bouclier, alors non rongé par la rouille des âges.

Ifrona tremble; ses nombreux guerriers entourent le héros

Gaūl blessé à la suite de son combat.

de Strumon : la lance de Morni est dans la main de Gaul; elle fait reculer les rangs ennemis.

Tu as vu, Malvina, la mer troublée par les bonds d'une immense baleine, qui, blessée et furieuse, se débat à la surface écumante des flots; tu as vu une troupe de mouettes affamées nager autour de la terrible fille de l'Océan, dont elles n'osent encore approcher, bien qu'elle soit expirante : ainsi s'agitent et se serrent les guerriers épouvantés d'Ifrona, hors de la portée du bras du héros.

Mais la force du chef de Strumon commence à s'épuiser; il s'appuie contre un arbre; des ruisseaux de sang errent sur son bouclier; cent flèches ont déchiré sa poitrine; sa main tient sa redoutable épée, et les ennemis frémissent.

Enfants d'Ifrona, quelle roche essayez-vous de soulever? est-ce pour marquer aux siècles à venir votre renommée ou votre honte? La gloire des braves n'est pas à vous; vous êtes barbares, et vos cœurs sont inflexibles comme le fer. A peine sept guerriers peuvent détacher la roche du haut de la colline; elle roule avec fracas, et vient heurter les pieds affaiblis de Gaul : il tombe sur ses genoux; mais au-dessus de son bouclier roulent encore ses yeux terribles. Les ennemis n'ont pas l'audace de se jeter sur lui; ils le laissent languir dans la mort, comme un aigle resté seul sur un rocher quand la foudre a brisé ses ailes. Que ne savions-nous dans Selma la destinée! que nous auraient fait alors les chansons des vierges et le son de la harpe des bardes! la lance de Fingal n'eût pas reposé si tranquillement contre les murs du palais; nous n'eussions pas été surpris, dans cette nuit funeste, de voir le roi se lever à moitié du banquet, en disant : « J'ai cru que la lance d'une « ombre avait touché mon bouclier; ce n'est qu'une brise passa- « gère. » O Morni! que ne vins-tu réveiller Ossian! que ne vins-tu lui dire : « Hâte-toi de traverser la mer! » Malheureux père, tu avais volé dans Ifrona pour pleurer sur ton fils.

Le matin sourit dans la vallée de Strumon ; Évircoma sort du trouble d'un songe ; elle entend le bruit de la chasse sur les coteaux de Morven. Surprise de ne point distinguer la voix de Gaul au milieu des cris des guerriers, elle prête, le cœur palpitant, une oreille encore plus attentive ; mais les rochers ne renvoient point le son d'une voix connue ; les échos de Strumon ne répètent que les plaintes d'Évircoma.

Le soir attrista la vallée de Strumon : aucun vaisseau ne parut sur la mer. L'âme d'Évircoma était abattue : « Qui retient mon « héros dans l'île d'Ifrona? Quoi! mon amour, n'es-tu point re- « venu avec les chefs de Morven? Ton Évircoma sera-t-elle « longtemps assise seule sur le rivage? les larmes descendront- « elles longtemps de ses yeux? Gaul, as-tu oublié l'enfant de notre « tendresse? il demande le sourire accoutumé de son père. Ses « pleurs coulent avec les miens, ses soupirs répondent à mes « soupirs. Si Gaul entendait son fils balbutier son nom, il préci- « piterait son retour pour protéger son Ogal. Je me souviens de « mon songe ; je crains que le jour du retour ne soit passé.

« Il me sembla voir les fils de Morven poursuivant les che- « vreuils. Le chef de Strumon n'était point avec eux. Je l'aperçus « à quelque distance, appuyé sur son bouclier. Un pied seule- « ment soutenait le héros ; l'autre paraissait être formé d'une va- « peur grisâtre. Cette image variait au souffle de chaque brise : « je m'en approchai ; une bouffée de vent vint du désert, le fan- « tôme s'évanouit. Les songes sont enfants de la crainte. Chef de « Strumon, je te verrai encore, tu t'élèveras encore devant moi « ta belle tête, comme le sommet de la colline religieuse de Cromla, « éclairée des premiers rayons de l'aurore. Le voyageur, égaré « la nuit sur la bruyère, tremble au milieu des fantômes ; mais « au doux éclat du jour les esprits de ténèbres se retirent, le pè- « lerin rassuré reprend son bâton et poursuit sa route. »

Évircoma crut voir un vaisseau sur les vagues lointaines ; elle crut voir un mât blanchi, semblable à l'arbre qui, pendant l'hiver, balance sa cime couverte d'une neige nouvellement tombée. Ses yeux humides n'aperçoivent que des objets confus, bien qu'elle essayât de tarir ses larmes. La nuit descendit ; Évircoma se confia à un léger esquif, pour trouver son amant dans les replis des ombres. Elle vole sur les vagues, mais elle ne rencontre point de vaisseau ; elle avait été trompée par un nuage, ou par la barque aérienne de l'ombre d'un nautonier décédé, qui poursuivait en- core les plaisirs des jours de sa vie.

La nacelle d'Évircoma fuit devant la brise ; elle entre dans la baie d'Ifrona, où la mer s'étend à l'ombre d'une épaisse forêt. Errant de nuage en nuage, la lune se montrait entre les arbres de la rive. Par intervalle, les étoiles jetaient un regard à travers le voile déchiré qui couvrait le ciel, et se cachaient de nouveau sous ce voile : à leur faible lumière, Évircoma contemplait la beauté d'Ogal. Elle donne un baiser à son enfant, le laisse couché dans la nacelle, et va chercher Gaul dans les bois.

Trois fois elle s'éloigne avec lenteur de son fils, trois fois elle revient en courant à lui. La colombe qui a caché ses petits dans la fente du rocher d'Oualla veut cueillir la baie mûrie qu'elle dé- couvre dans la bruyère au-dessous d'elle ; mais le souvenir de l'épervier la trouble ; vingt fois elle revole vers ses petits pour les voir encore, et s'assurer de leur repos. L'âme d'Évircoma est partagée entre son époux et son enfant, comme la vague que bri- sent tour à tour les vents et les rochers.

Mais quelle est cette voix que l'on entend parmi le murmure des flots? Vient-elle de l'arbre solitaire du rivage?

« Je péris seul. A qui la force de mon bras fut-elle utile dans « la bataille? Pourquoi Fingal, pourquoi Ossian, ignorent-ils « mon destin? Étoiles qui me voyez, annoncez-le dans Selma « par votre lumière sanglante, lorsque les héros sortent de la salle « des fêtes pour admirer votre beauté. Ombres qui glissez sur « les rayons de la lune, si votre course se dirige à travers les bois « de Morven, murmurez en passant mon histoire. Dites au roi

« que j'expire aussi ; dites-lui que dans Ifrona est ma froide de- « meure ; que depuis deux jours je languis blessé sans nourri- « ture ; qu'au lieu de la douce eau du ruisseau, je n'ai pour « éteindre ma soif que les flots amers.

« Mais, ombres compatissantes, gardez-vous d'apprendre mon « sort aux murs de Strumon ; éloignez la vérité de l'oreille « d'Évircoma. Que vos tourbillons passent loin de la couche « de mon amour ; ne battez point violemment des ailes en rasant les « tours de mon père : Évircoma vous entendrait, et quelque pres- « sentiment s'élèverait dans son âme. Volez loin d'elles, ombres « de la nuit ; que son sommeil soit paisible ; le matin est encore « éloigné. Dors avec ton enfant, ô mon amour! Puisse mon sou- « venir ne point troubler ton repos! Toutes les peines de Gaul « sont légères, quand les songes d'Évircoma sont légers. »

— « Et penses-tu, » s'écrie l'épouse du fils de Morni, « qu'elle « puisse reposer en paix quand son guerrier est en péril? penses- « tu que les songes d'Évircoma puissent être doux lorsque son « héros est absent? Mon cœur n'est pas insensible ; je n'ai point « reçu la naissance dans la terre d'Ifrona. Mais comment te pour- « rai-je soulager, ô Gaul! Évircoma trouvera-t-elle quelque « nourriture dans la terre de l'ennemi? »

Évircoma soutenait Gaul dans ses bras ; elle rappela l'histoire de Conglas son père.

Lorsque Évircoma, jeune encore, était portée dans les bras maternels, Conglas s'embarqua une nuit avec Crisollis, doux rayon de l'amour. La tempête jeta le père, la mère et l'enfant sur un rocher : là s'élevaient seulement trois arbres qui secouaient dans les airs leur cime sans feuillage. A leurs racines rampaient quel- ques baies empourprées ; Conglas les arracha, et les donna à Cri- sollis ; il espérait saisir le lendemain le daim de la montagne : la montagne était stérile, et rien n'animait le sommet. Le matin vint et le soir suivit, et les trois infortunés étaient encore sur le rocher. Conglas voulut tresser une nacelle avec les branches des arbres, mais il était faible, faute de nourriture.

« Crisollis, dit-il, je m'endors ; quand la tempête s'apaisera, « retourne avec ton enfant à Idronlo : l'heure où je pourrai mar- « cher est éloignée. »

— « Jamais les collines ne me reverront sans mon amour, ré- « pliqua Crisollis. Pourquoi ne m'as-tu pas dit que ton âme était « défaillante? nous aurions partagé les baies de la bruyère ; mais « le sein de Crisollis nourrira son amant. Penche-toi sur moi ; « non, tu ne dormiras point ici. »

Conglas reprit ses forces au sein de Crisollis ; le calme revint sur les flots ; Conglas, Crisollis et la jeune Évircoma atteignirent les rivages d'Idronlo. Souvent le père conduisit la fille au tom- beau de Crisollis, en lui racontant la charmante histoire. « Évir- « coma, disait Conglas, aime de même ton époux, quand le jour « de la beauté sera venu. »

— « Oui, je l'aime ainsi, dit à Gaul Évircoma ; presse cette « nuit, pour te ranimer, ce sein gonflé du lait qui nourrit ton fils ; « demain nous serons heureux dans les salles de Strumon. »

« — Fille la plus aimable de la race, dit Gaul, retire-toi ; que les « rayons du soleil ne te trouvent point dans Ifrona. Rentre dans « ta nacelle avec ton fils. Pourquoi tomberait-il comme une fleur « dont le guerrier indifférent enlève la tête avec son épée? Laisse- « moi ici. Ma force, telle que la chaleur de l'été, s'est évanouie ; « je me fane comme le gazon sous la main de l'hiver, et je ne « renaîtrai point au printemps. Dis aux guerriers de Morven « de me transporter dans leur vallée. Mais non, car l'éclat de « ma gloire est couvert d'un nuage : qu'ils élèvent seulement « ma tombe sous cet arbre. L'étranger la découvrira en passant « sur la mer, et il dira : Voilà tout ce qui reste du héros. »

— « Et tout ce qui reste de la fille de Strumon, répondit Évir- « coma ; car je reposerai auprès de mon amant. Notre lit sera « encore le même ; nos ombres voleront unies sur le même « nuage. Voyageurs des ondes, vous verserez la double larme ; « car avec son bien-aimé dormira la mère d'Ogal. »

Les cris de l'enfant se firent entendre. Le cœur d'Évircoma

but à coups redoublés dans sa poitrine, et semble vouloir s'ouvrir un passage dans son étroite prison. Un soupir échappe aussi du sein de Gaul. Il a reconnu la voix de son fils : « Guerrier, dit « Évircoma, laisse-moi essayer de te porter à la barque où j'ai « déposé notre enfant; ton poids sera léger pour moi. Donne-« moi cette lance, elle soutiendra mes pas. »

La fille de Crisollis parvint à conduire son époux dans la nacelle. Le reste de la nuit elle lutta contre les vagues. Les dernières étoiles virent ses forces s'éteindre, elles s'évanouirent au lever de l'aurore, comme la vapeur des prairies se dissipe au lever du soleil.

Cette nuit même, il m'en souvient, Ossian dormait sur la bruyère du chasseur; Morni, le père de Gaul, paraît tout à coup dans mes songes; il s'arrête devant moi, appuyé sur son bâton tremblant : le vieillard était triste; les rides profondes que le temps avait creusées dans ses joues étaient remplies des larmes qui descendaient de ses yeux : il regarda la mer, et, avec un profond soupir : « Est-ce là, murmura-t-il faiblement, le temps du « sommeil pour l'ami de Gaul? » Une bouffée de vent agite les arbres; le coq de bruyère se réveille sous la racine du buisson, relève précipitamment la tête qu'il tenait cachée sous son aile, et pousse un cri plaintif. Ce cri m'arrache à mes songes, j'ouvre les yeux; je vois Morni emporté par le tourbillon. Je suis la route qu'il me trace; je fends la mer avec mon vaisseau; je rencontre la nacelle d'Évircoma; elle était arrêtée au rivage d'une île déserte : sur l'un des bords de la nacelle la tête de Gaul était inclinée. Je déliai le casque du héros; ses blonds cheveux, trempés de la sueur des combats, flottèrent sur son front pâli. Aux accents de ma douleur, elle essaya de soulever ses paupières; mais ses paupières étaient trop pesantes; la mort vint sur le visage de Gaul comme la nuit sur la face du soleil. O Gaul! tu ne reverras jamais le père de ton ami Oscar.

Près du fils de Morni repose la beauté expirante, Évircoma; son enfant était dans ses bras, et l'innocente créature promenait en se jouant sa faible main sur le fer de la lance de Gaul. Les paroles d'Évircoma furent courtes : elle se pencha sur la tête d'Ogal, et son dernier regard perça mon cœur. « Adieu, mon « pauvre orphelin! Ogal, Ossian te servira de père. » Elle expire.

—O mes amis! qu'êtes-vous devenus! Votre souvenir est plein de douceur, et pourtant il fait couler des larmes.

J'aborde au pied des tours de Strumon; le silence régnait sur le rivage; aucune fumée ne s'élevait en colonne d'azur du faîte du palais, aucun chant ne se faisait entendre. Le vent sifflait à travers les portes ouvertes, et jonchait le seuil de feuilles sèches; l'aigle déjà perché sur le comble des tours semblait dire : « Ici « je bâtirai mon aire. » Le faon de la biche se cache sous les boucliers sans maîtres; le compagnon des chasses de Gaul, la rapide Codula, croit reconnaître les pas du fils de Morni : dans sa joie il se lève d'un seul bond; mais lorsqu'il a reconnu son erreur, il retourne se coucher sur la froide pierre, en poussant de longs hurlements.

Qui racontera la douleur des héros de Morven? Ils vinrent silencieux de leurs ondoyantes vallées; ils s'avancèrent lentement, comme un sombre brouillard. Gaul, Évircoma et Ogal lui-même n'étaient plus. Fingal se place sous un pin; les guerriers l'environnent. Penché sur le front de Gaul, les cheveux gris de Fingal nous dérobent ses larmes; mais le vent les décèle, en les chassant de sa barbe argentée.

« Es-tu tombé, enfin, es-tu tombé, ô le premier de mes « héros? N'entendrai-je plus ta voix dans mes fêtes, le son de « ton bouclier dans mes combats? Ton épée n'éclairera plus « les sombres replis de la bataille? ta lance ne renversera-t-elle « plus des rangs entiers de mes ennemis? Ton noir vaisseau sur-« montait hardiment la tempête, tandis que tes joyeux rameurs « répétaient leurs chansons entre les montagnes humides. Les « enfants de Morven m'arrachaient à mes pensées en criant : « Voyez le vaisseau de Gaul! La harpe des vierges et la voix des « bardes annonçaient ton arrivée, tes bannières flottaient sur la

« bruyère Je reconnaissais le sifflement de la flèche et le bruit « de tes pas.

« Force des guerriers, qu'es-tu? Aujourd'hui tu chasses les « vaillants devant toi, comme des nuages de poussière, la mort « marque ton passage, comme la feuille séchée indique la course « des fantômes : demain le court songe de la valeur est dissipé; « la terreur des armées s'est évanouie; l'insecte ailé bourdonne « sa victoire sur le corps du héros.

« Fils du faible, pourquoi désirais-tu la force du chef de Stru-« mon, quand tu le voyais resplendissant sous ses armes? Ne « savais-tu pas que la force du guerrier s'évanouit? Quand le « chasseur regagne sa demeure, il contemple un nuage brillant « que traversent les couleurs de l'arc-en-ciel; mais les moments « fuient sur leurs ailes d'aigle, le soleil ferme ses yeux de lu-« mière, un tourbillon brouille les nues : une noire vapeur est « tout ce qui reste de l'arc étincelant. O Gaul! les ténèbres ont « succédé à ta clarté; mais ta mémoire vivra; il ne soufflera pas « un seul vent sur Morven qui ne parle de ta renommée.

« Bardes, élevez la tombe du père, de la mère et du fils. La « pierre moussue apprendra à l'étranger le lieu de leur repos, « le chêne leur prêtera son ombre. Les brises visiteront cet arbre « de la mort; sous les fraîches ondées du printemps, il se cou-« vrira de feuilles, longtemps avant que les autres arbres aient « repris leur parure, longtemps avant que la bruyère se soit ra-« nimée à ses pieds. Les oiseaux de passage s'arrêteront sur la « cime du chêne solitaire : ils y chanteront la gloire de Gaul, « tandis que les vierges des temps à venir rediront la beauté « d'Évircoma, et que les mères pleureront Ogal.

« Mais, ô pierre! quand tu seras réduite en poudre; ô chêne! « quand les vers t'auront rongé; ô torrent! lorsque tu cesseras « de couler, et que la source de la montagne ne fournira plus « son onde à ta course; lorsque vos chansons, ô bardes! seront « oubliées; lorsque votre mémoire et celle des héros par vous « célébrés auront disparu dans le gouffre des âges; alors, et seu-« lement alors, la gloire de Gaul périra, l'étranger pourra deman-« der quel était le fils de Morni, quel était le chef de Strumon. »

LETTRE

SUR L'ART DU DESSIN DANS LES PAYSAGES.

A MONSIEUR ***.

Londres, 1795.

Voilà le petit paysage que vous m'avez demandé. Je vous l'ai fait attendre; mais vous savez quels tristes soins m'appellent à d'autres études qui pourtant ne seront pas longues, s'il faut en croire les médecins (1); je suis prêt quand et comment il plaira à Dieu. Ces mêmes études m'ont fait abandonner cette grande vue du Canada, qui me plaisait par le souvenir de mes voyages. Quelle différence de ce temps-là à celui-ci! Lorsque mes pensées se reportent vers le passé, je sens si vivement le poids des peines, que je ne sais ce que je deviens. Pardonnez à cet épanchement de mon cœur. Il y a tant de charme à parler de ses souffrances quand ceux qui vous écoutent peuvent vous comprendre! Peu de gens me comprennent ici.

Le petit dessin que je vous envoie m'a fait faire quelques réflexions sur l'art du paysage : elles seront peut-être utiles. D'ailleurs nous sommes en hiver; vous avez du feu : grande ressource contre les barbouilleurs de papier.

Élevé dans les bois, les défauts de l'art et la sécheresse des

(1) Voyez la préface de l'*Essai historique*.

paysages m'ont frappé presque dès mon enfance, sans que je puisse dire ce qui constituait ces défauts. Lorsque je dessinais moi-même, je sentais que je faisais mal en copiant des modèles; j'étais plus content de moi, lorsque je suivais mes propres idées. Insensiblement cela m'engagea à rechercher les causes de cette bizarrerie; car enfin ce que je retraçais d'après les règles valait mieux que ce que je créais d'après ma tête. Voici ce que l'examen m'apprit, et la solution la plus satisfaisante que j'aie pu me donner de mon problème.

En général, les paysagistes n'aiment point assez la nature, et la connaissent peu. Je ne parle point ici des grands maîtres, dont au reste il y aurait encore beaucoup de choses à dire; je ne parle que des maîtres ordinaires, et des amateurs comme nous. On nous apprend à forcer ou à éclaircir les ombres, à rendre un trait net, pur, et le reste; mais on ne nous apprend point à étudier les objets mêmes qui nous flattent si agréablement dans les tableaux de la nature; on ne nous fait point remarquer que ce qui nous charme dans ces tableaux, ce sont les harmonies et les oppositions des vieux bois et des bocages, des rochers arides, et des prairies parées de toute la jeunesse des fleurs. Il semblerait que l'étude du paysage ne consiste que dans l'étude des coups de crayon ou de pinceau; que tout l'art se réduit à assembler certains traits, de manière à ce qu'il en résulte des apparences d'arbres, de maisons, d'animaux et d'autres objets. Le paysagiste qui dessine ainsi ne ressemble pas mal à une femme qui fait de la dentelle, qui passe de petits bâtons les uns sur les autres, en causant et en regardant ailleurs; il résulte de cet ouvrage des pleins et des vides qui forment un tissu plus ou moins varié: appelez cela un métier et non un art.

Il faut donc que les élèves s'occupent d'abord de l'étude même de la nature: c'est au milieu des campagnes qu'ils doivent prendre leurs premières leçons. Qu'un jeune homme soit frappé de l'effet d'une cascade qui tombe de la cime d'un roc, et dont l'eau bouillonne en s'enfuyant: le mouvement, le bruit, les jets de lumière, les masses d'ombres, les plantes échevelées, la neige de l'écume qui se forme au bas de la chute, les frais gazons qui bordent le cours de l'eau, tout se gravera dans la mémoire de l'élève. Ces souvenirs le suivront dans son atelier: il n'a pas encore touché le pinceau, et il brûle de reproduire ce qu'il a vu. Un croquis informe sort de dessous sa main: il se dépite; il recommence son ouvrage et le déchire encore. Alors il s'aperçoit qu'il y a des principes qu'il ignore; il est forcé de convenir qu'il lui faut un maître: mais un pareil élève ne demeurera pas longtemps aux principes, et il avancera à pas de géant dans une carrière où l'inspiration aura été son premier guide.

Le peintre qui représente la nature humaine doit s'occuper de l'étude des passions: si l'on ne connaît le cœur de l'homme, on connaîtra mal son visage. Le paysage a sa partie morale et intellectuelle, comme le portrait; il faut qu'il parle aussi, et qu'à travers l'exécution matérielle on éprouve ou les rêveries ou les sentiments que font naître les différents sites. Il n'est pas indifférent de peindre dans un paysage, par exemple, des chênes ou des saules: les chênes à la longue vie, *durando sæcula vincit*, aux écorces rudes, aux bras vigoureux, à la tête altière, *immota manet*, inspirent des sentiments d'une tout autre espèce que ces saules au feuillage léger, qui vivent peu, et qui ont la fraîcheur des ondes où ils puisent leur sève: *umbræ irrigui fontis amica salix*.

Quelquefois le paysagiste, comme le poète, faute d'avoir étudié la nature, voile le caractère des sites. Il place des pins au bord d'un ruisseau, et des peupliers sur la montagne; il répand la corbeille de la Flore de nos jardins dans les prairies; l'églantier d'une haie sauvage porte la rose de nos parterres, couronne trop pesante pour lui.

L'étude de la botanique me semble utile au paysagiste, quand ce ne serait que pour apprendre le *feuillé*, et ne pas donner aux feuilles de tous les arbres le même timbre et la même forme. Si le peintre qui doit exprimer sur la toile les tristes passions des hommes est obligé d'en rechercher les organes à l'aide de l'anatomie, plus heureux que lui, le peintre de paysage ne doit s'occuper que des générations innocentes des fleurs; des inclinations des plantes, et des mœurs paisibles des animaux rustiques.

Lorsque l'élève aura franchi les premières barrières, quand son pinceau plus hardi pourra errer sans guide avec ses pensées, il faudra qu'il s'enfonce dans la solitude, qu'il quitte ces plaines déshonorées par le voisinage de nos villes. Son imagination, plus grande que cette petite nature, finirait par lui donner du mépris pour la nature même; il croirait faire mieux que la création: erreur dangereuse par laquelle il serait entraîné loin du vrai dans des productions bizarres, qu'il prendrait pour du génie.

Gardons-nous de croire que notre imagination est plus féconde et plus riche que la nature. Ce que nous appelons *grand* dans notre tête est presque toujours du désordre. Ainsi, dans l'art qui fait le sujet de cette lettre, pour nous représenter le *grand*, nous nous figurons des montagnes entassées jusqu'aux cieux, des torrents, des précipices, la mer agitée, des flots si vastes que nous ne les voyons que dans le vague de nos pensées, des vents, des tonnerres; que sais-je? un million de choses incohérentes et presque ridicules, si nous voulions être de bonne foi, et nous rendre un compte net et clair de nos idées.

Cela ne serait-il point une preuve du penchant que l'homme a pour détruire? Il nous est bien plus facile de nous faire des notions du chaos que des justes proportions de l'univers. Nous avons toutes les peines du monde à nous peindre le calme des flots, à moins que nous n'y mêlions des souvenirs de terreur: c'est ce dont on se peut convaincre par la description de ces calmes où l'on trouve presque toujours les mots de *menaçant*, de *profond silence*, etc. Que, rempli de ces folles idées du sublime, un paysagiste arrive pendant un orage au bord de la mer qu'il n'a jamais vue, il est tout étonné d'apercevoir des vagues qui s'enflent, s'approchent et se déroulent avec ordre et majesté l'une après l'autre, au lieu de ce choc et de ce bouleversement qu'il s'était représenté. Un bruit sourd, mêlé de quelques sons rauques et clairs entrecoupés de quelques courts silences, a succédé au tintamarre que notre peintre entendait dans son cerveau. Partout des couleurs tranchantes, mais conservant des harmonies jusque dans leurs disparates. L'écume éblouissante des flots jaillit sur les rochers noirs; dans un horizon sombre roulent de vastes nuages, mais qui sont poussés du même côté: ce ne sont plus mille vents déchaînés qui se battent, des couleurs brouillées, des cieux escaladés par les flots, la lumière épouvantant les morts à travers les abimes creusés entre les vagues.

Notre poète ou notre jeune peintre s'écrie: « J'imaginais mieux que cela; » et il tourne le dos avec dédain. Mais, si son esprit est bon, il reviendra bientôt de ses notions exagérées: il rectifiera son imagination; rien ne lui paraîtra plus grand désormais que les ouvrages formés par une puissance première. Il renversera ces montagnes entassées dans sa tête, où tous les sites, tous les accidents, tous les végétaux étaient confondus. Ces montagnes idéales ne s'élèveront plus jusqu'aux étoiles, mais les neiges couvriront la tête des Alpes, les torrents s'écouleront de leur cime; les mélèzes, dans une région moins élevée, commenceront à décorer le flanc des rochers; des végétaux moins robustes, quittant le séjour des tempêtes, descendront par degrés dans la vallée; et la cabane du Suisse agricole et guerrier sourira sous les saules grisâtres au bord du ruisseau.

Fort alors de ses études et de son goût épuré, l'élève se livrera à son génie. Tantôt il égarera les yeux de l'amateur sous des pins où peut-être un tombeau couvert de lierre appellera en vain l'amitié; tantôt, dans un vallon étroit, entouré de rochers nus, il placera les restes d'un vieux château: à travers les crevasses des tours, on apercevra le tronc de l'arbre solitaire qui a envahi le bruit et des combats; le perce-pierre couvrira de ses croix blanches les débris écroulés, et les capillaires tapisseront les pans de murs encore debout. Peut-être un petit pâtre gardera dans ce lieu ses chèvres, qui sauteront de ruines en ruines.

Les paysages riants auront leur tour, quoique en général ils soient moins attachants dans leur composition ; soit que l'image du bonheur convienne peu aux hommes, soit que l'art ne trouve que de faibles ressources dans la peinture des plaisirs champêtres, réduits pour la plupart à des danses et à des chants. Il y a pourtant certains caractères généraux propres à ces sortes de *vues :* le feuillé doit être léger et mobile ; le lointain, indéterminé sans être vaporeux ; l'ombre peu prononcée ; et il doit régner sur toute la scène une clarté suave qui veloute la surface des objets.

Le paysagiste apprendra l'influence des divers horizons sur la couleur des tableaux : si vous supposez deux vallons parfaitement identiques, dont l'un regarde le midi et l'autre le nord, les tons, la physionomie, l'expression morale de ces deux vues semblables seront dissemblables.

La perspective aérienne est d'une difficulté prodigieuse ; cependant il y faut savoir placer la perspective linéaire des plans de la terre, et détacher sur les parties fuyantes les nuages, si différents aux différentes heures du jour. La nuit même a ses couleurs ; il ne suffit pas de faire la lune pâle pour la faire belle ; la chaste Diane a aussi ses amours, et la pureté de ses rayons ne doit rien ôter à l'inspiration de sa lumière.

Cette lettre est déjà d'une extrême longueur, et je n'ai encore qu'effleuré un sujet inépuisable. Tout ce que j'ai voulu dire aujourd'hui, c'est que le paysage doit être *dessiné* sur le *nu*, si on le veut faire ressemblant, et en accuser pour ainsi dire les muscles, les formes. Des études de cabinet, des copies sur des copies, ne remplaceront jamais un travail d'après nature. *Atticæ plurimam salutem.*

FIN DES MÉLANGES LITTÉRAIRES.

MELANGES HISTORIQUES.

PRÉFACE

(1826.)

Mes ouvrages historiques se composent de l'*Essai sur les Révolutions*, des *Mémoires touchant la vie et la mort de monseigneur le duc de Berry*, de quelques articles nécrologiques, d'une *Notice sur la Vendée*, et de mes *Discours servant d'introduction à l'Histoire de France* : ceux-ci formeront la base de mon *Histoire de France* proprement dite.

Ce n'est pas que dans mes ouvrages littéraires et dans mes *Voyages* on ne trouve des morceaux d'histoire, entre autres le dernier chapitre sur l'avenir des nations, dans le *Génie du Christianisme*, et la *Mort de saint Louis*, dans l'*Itinéraire* ; mais ces morceaux ne sont point isolés, et ne peuvent être publiés à part.

C'est à la tête de mes *Discours d'introduction à l'Histoire de France* que je placerai ma Préface générale sur l'Histoire. Je n'ai donc que quelques mots à dire ici du volume que je donne maintenant au public.

La mémoire de monseigneur le duc de Berry, de ce prince qui encourageait les talents, qui honorait la vertu militaire ; cette auguste mémoire ne sera point offensée que j'aie placé, comme sous sa protection, la mémoire de deux hommes illustres dans les lettres, celle d'un général célèbre, celle d'un jeune soldat malheureux, et le souvenir de cette Vendée, la France des Bourbons, quand il n'y avait plus pour eux d'autre France.

J'ai représenté la famille royale dans des jours de douleur ; les peintres ne manqueront pas pour les jours de prospérité : si mes portraits ne sont pas ceux d'un maître, ils sont du moins ressemblants. Monsieur, aujourd'hui le ROI, n'est-il pas toujours le prince *dont la conscience n'a rien à cacher à la terre ?* Monseigneur le duc d'Angoulême, aujourd'hui monseigneur le Dauphin, n'est-il pas toujours *ce juste sur la foi duquel on peut se reposer ?* La gloire qu'il a ajoutée à sa vie n'a pas changé le chrétien. MADAME, aujourd'hui madame la Dauphine, a-t-elle cessé d'être la femme représentée par ces traits : « Que lui importent « les périls ? est-il une douleur qui puisse se passer d'elle, une « adversité qui ait jamais fait reculer ? MADAME est accoutumée à

« regarder la révolution en face : ce n'était pas la première fois « que la fille de Louis XVI et de Marie-Antoinette prenait soin « d'un frère mourant. »

J'ai reçu, pour un travail trop au-dessous du sujet, une récompense que j'estime plus que tous les honneurs de la terre : la mère de monseigneur le duc de Bordeaux, cette jeune princesse, le charme et l'amour de la France, a enseveli les *Mémoires* avec le noble cœur qui fut percé du poignard : que n'ai-je pu le ranimer !

L'écrit (1) où j'ai exprimé les regrets et les espérances de la France devait se placer ici comme une page historique. En déplorant avec la patrie la mort du vénérable auteur de la Charte, je déplore celle de mon bienfaiteur.

Des pièces justificatives importantes ont été jointes aux Mémoires sur monseigneur le duc de Berry : ce sont des lettres de Louis XVIII, de Charles X, de monseigneur le Dauphin, de monseigneur le duc de Berry, de monseigneur le prince de Condé, et un fragment de journal inédit.

Depuis plusieurs années on a bien voulu me faire passer des réclamations très-justes, ou des documents très-précieux relatifs à ma *Notice sur la Vendée*. J'aurais voulu y faire droit, j'aurais voulu nommer tout le monde ; mais cela m'a été impossible : une *Notice* n'est point un *ouvrage complet*. Si jamais je puis conduire mon *Histoire de France* jusqu'à l'époque de la révolution, je réparerai les omissions auxquelles m'ont forcé les limites étroites d'un premier essai.

Depuis la restauration, on a beaucoup affecté de parler des Stuarts ; entendant leur nom sans cesse retentir à la tribune, j'ai voulu savoir ce qu'il en fallait croire.

L'*Essai historique* prouve que je m'étais autrefois occupé du règne de Charles Ier ; j'en avais même écrit l'histoire complète. J'ai relu attentivement les mémoires latins et anglais des contemporains sur la matière : les historiens de nos jours, MM. Guizot, Lingard, Mazure, ont éclairé ma marche et ajouté à mon instruction ; j'ai déterré quelques pièces peu connues. De tout cela il est résulté, non une histoire des Stuarts que je ne voulais pas faire, mais une sorte de traité où les faits n'ont été placés que

(1) *Le Roi est mort : vive le Roi.*

pour en tirer des conséquences politiques. Tantôt la narration est courte lorsque aucun sujet de réflexions ne se présente, ou qu'on n'est pas attaché par l'intérêt des événements; tantôt elle est longue quand les réflexions en sortent avec abondance, ou quand les événements sont pathétiques. Il n'y a personne qui n'ait lu quelque récit de la mort de Charles Ier; j'ose croire que de petits détails négligés des historiens frapperont les lecteurs dans la *Politique historique*; ils verront, par exemple, sur les anneaux scellés à l'échafaud, sur les deux hommes *masqués*, etc., des renseignements qui se trouvent consignés au procès des régicides, et qui ajoutent à l'épouvante de la scène.

J'ai tâché de faire sentir les principales ressemblances et différences des deux révolutions, de la révolution de 1640 et de 1688, et de la révolution de 1789 et de 1814. Je me suis proposé de signaler les écueils, afin d'en rendre l'évitée plus facile; mais l'homme pervertit souvent les choses à son usage, et quand on lui croit offrir des leçons on ne lui fournit que des exemples.

MÉMOIRES

SUR S. A. R. MONSEIGNEUR LE DUC DE BERRY.

AVERTISSEMENT

DE LA PREMIÈRE ÉDITION.

Les *Mémoires* ont été composés sur les documents originaux les plus précieux: on le verra suffisamment par les pièces citées ou rapportées en entier dans l'ouvrage. Plusieurs personnes, que nous n'avons pas l'honneur de connaître, ont bien voulu aussi nous envoyer des renseignements dont nous nous empressons de les remercier. Quant aux ouvrages imprimés, nous avons fait usage de l'excellent recueil connu sous le nom de *Mémoires pour servir à l'histoire de la maison de Condé*. L'ouvrage de M. le marquis d'Ecquevilly, *Campagnes du corps sous les ordres de S. A. R. monseigneur le prince de Condé*, nous a fourni une suite de dates et de faits exacts. Nous avons de plus consulté le *Moniteur*, les journaux et les écrits qui ont paru en France, en Angleterre et en Allemagne. Enfin, nous avons lu avec attention tout ce que le zèle et le talent ont dernièrement publié sur la vie et la mort de monseigneur le duc de Berry. Ces *Mémoires* serviront aux historiens qui voudront un jour écrire sur les affaires de notre temps; et, dès à présent, ils apprendront à ceux qui peuvent l'ignorer ce que faisaient les Bourbons à une époque où la révolution cherchait à justifier ses crimes par des calomnies, pour faire ensuite de ses calomnies le prétexte de ses crimes.

PREMIÈRE PARTIE.

VIE DE MONSEIGNEUR LE DUC DE BERRY HORS DE FRANCE.

LIVRE PREMIER.

Éducation et émigration du prince : sa vie militaire jusqu'à la retraite de l'armée de Condé en Pologne.

CHAPITRE PREMIER.

EXPOSITION.

Louis XIV emporta avec lui dans la tombe la splendeur de la monarchie. Le régent laissa perdre les mœurs; prince brave et voluptueux qui ne permettait pas qu'on troublât ses plaisirs, et qui du moins savait maintenir la paix à la longueur de son épée. Sous Louis XV, l'ordre naturel des choses se dérangea : la médiocrité passa dans les hommes d'État, la supériorité dans les hommes privés. Il n'y eut plus d'histoire de France au dehors : elle se renferma toute dans le cabinet des ministres, le salon des maîtresses, la société des gens de lettres. Les vanités, principes des crimes parmi nous, s'exaltèrent. La mollesse de la vie contrastait avec l'âpreté des doctrines : la monarchie tournait à la république, parce que la licence des mœurs amenait l'indépendance des opinions. La France fut enfin jetée par la révolution dans un abîme où elle a vécu trente ans. Elle eût été dévorée dans cette fosse aux lions, si elle ne se fût cachée derrière la vertu de quelques justes issus du sang des rois.

Nous ne doutons point que nous n'ayons été rachetés par le mérite des enfants de saint Louis : quand le sang des Bourbons a cessé de couler pour notre gloire, il a coulé pour notre salut. Un nouvel holocauste vient d'être offert. Les générations présentes, accoutumées aux meurtres, se souviennent encore de l'assassinat de Henri IV; mais par delà le couteau de Ravaillac, elles ne connaissent plus rien. Veulent-elles néanmoins se faire une idée de la grandeur du dernier sacrifice; veulent-elles apprendre tout ce qui a été immolé dans la personne de monseigneur le duc de Berry, il faut qu'elles connaissent la race de ce prince.

CHAPITRE II.

DES BOURBONS.

Saint Louis eut six fils. L'aîné, Philippe le Hardi, lui succéda, et sa postérité occupa le trône jusqu'à la mort de Henri III. Le dernier des fils de saint Louis, Robert, comte de Clermont, épousa Béatrix de Bourgogne, fille unique de Jean de Bourgogne et d'Agnès de Bourbon : celle-ci était l'héritière de la branche aînée des sires de Bourbon, ancienne lignée dite des Archambaults, d'où sortit, par Guillaume de Dampierre, la seconde maison des comtes de Flandre.

Charles le Bel érigea en duché-pairie le comté de Bourbon pour Louis Ier, comte de Clermont, fils aîné de Robert. Charles obligea Louis à quitter le nom de Clermont pour prendre celui de Bourbon, parce qu'il voulait réunir à la couronne la terre de Clermont où il était né, laquelle terre avait été donnée par saint Louis à son fils Robert. Philippe de Valois rendit le comté de Clermont aux descendants de Robert; mais le nom de Bourbon resta à cette branche royale. Dans les lettres d'érection du duché de Bourbon par Charles le Bel, on lit ces paroles prophétiques : « Le roi a érigé en duché-pairie le comté de Bourbon, en « considération des richesses, des services et de la générosité des « princes de cette maison. Comme ils sont du sang royal, il se « tient honoré de leur élévation, et il espère que ses successeurs « seront soutenus par la grandeur de ces princes. »

Ainsi Dieu, partageant les enfants de Robert le Fort, dans la personne de saint Louis, en deux familles, donna le sceptre à l'une, et mit l'autre en réserve dans un rang moins élevé, pour y conserver ces vertus qui s'usent quelquefois sur le trône. Sujets avant d'être rois, les Bourbons moururent pour les Français avant que les Français mourussent pour eux : Pierre de Bourbon fut tué à la journée de Poitiers, Louis de Bourbon à celle d'Azincourt, François de Bourbon à celle de Sainte-Brigide, Antoine de Bourbon au siège de Rouen. Les femmes de cette famille donnèrent de grands monarques à la France, en attendant le règne de la lignée masculine : Marguerite de Bourbon, duchesse de Savoie, fut l'aïeule de François Ier. Lorsque les Bourbons, alliés à plus de huit cents familles militaires, eurent reçu tout ce qu'il y avait d'héroïque dans le sang français, la Providence fit paraître Henri IV et les Condé.

CHAPITRE III.

GRANDEUR DE LA MAISON DE FRANCE.

Quand il n'y aurait dans la France que cette Maison de France dont la majesté étonne, encore pourrions-nous, en fait de gloire, en remontrer à toutes les nations, et porter un défi à l'histoire. Les Capets régnaient lorsque tous les autres souverains de l'Europe étaient encore sujets. Les vassaux de nos rois sont devenus rois : les uns ont conquis l'Angleterre, les autres ont régné en Écosse; ceux-ci ont chassé les Sarrasins de l'Espagne et de l'Italie, ceux-là ont formé les États de Portugal, de Naples et de Sicile. La Navarre et la Castille, les trônes de Léon et d'Aragon, les royaumes d'Arménie, de Constantinople et de Jérusalem ont été occupés par des princes du sang capétien. En 1380, plus de quinze branches composaient la Maison de France, et cinq monarques de cette Maison régnaient ensemble dans six monarchies diverses, sans compter un duc de Bretagne et un duc de Bourgogne. En tout, une seule famille produit cent quatorze souverains : trente-six rois de France depuis Eudes jusqu'à Louis XVIII; vingt-deux rois de Portugal, onze rois de Naples et de Sicile, quatre rois de toutes les Espagnes et des Indes, trois rois de Hongrie, trois empereurs de Constantinople, trois rois de Navarre de la branche d'Évreux, et Antoine de la maison de Bourbon; dix-sept ducs de Bourgogne de la première et de la seconde maison, douze ducs de Bretagne, deux ducs de Lorraine et de Bar. Il faut se représenter dans cette nation, plutôt que dans cette famille de rois, une foule de grands hommes: ces souverains nous ont transmis leurs noms avec des titres que la postérité a reconnus authentiques : les uns sont appelés *auguste, saint, pieux, grand, courtois, hardi, sage, victorieux, bien-aimé*; les autres, *père du peuple, père des lettres*. « Comme il est écrit par blasme, dit un « vieil historien (1), que tous les bons roys seroient aisément « pourtraits en un anneau, les mauvais roys de France y pour- « roient mieux tant le nombre en est petit! » Sous la famille royale, les ténèbres de la barbarie se dissipent, la langue se forme, les lettres et les arts produisent leurs chefs-d'œuvre, nos villes s'embellissent, nos monuments s'élèvent, nos chemins s'ouvrent, nos ports se creusent, nos armées étonnent l'Europe et l'Asie, et nos flottes couvrent les deux mers. Ajoutez plus de mille ans d'antiquité à cette race : hé bien! la révolution a livré tout cela au couteau de Louvel !

(1) DU TILLET, *Recueil des rois de France.*

CHAPITRE IV.

NAISSANCE ET ENFANCE DE MONSEIGNEUR LE DUC DE BERRY.

La France pleurera longtemps monseigneur le duc de Berry ; elle peut dire de lui ce que Plutarque dit de Philopœmen par rapport à la Grèce : « La Grèce l'aima singulièrement comme le dernier « homme de vertus qu'elle eût porté dans sa vieillesse. » Il na-quit à Versailles le 24 janvier 1778. Il eut pour père Charles-Philippe de France, comte d'Artois, aujourd'hui MONSIEUR, frère du roi, et pour mère Marie-Thérèse de Savoie. Son frère aîné, Louis-Antoine de France, duc d'Angoulême, était né à Versailles le 6 août 1775, et était par conséquent deux ans six mois dix-huit jours plus que lui.

Monseigneur le duc de Berry eut pour gouvernante madame la comtesse de Caumont. La première enfance du prince fut pénible. A l'âge de cinq ans et demi, il fut remis à la garde de M. le duc de Sérent, qui déjà exerçait la charge de gouverneur de monseigneur le duc d'Angoulême. Ce respectable vieillard se consolait encore, il y a quelques mois, d'avoir perdu ses deux fils dans les guerres de Bretagne, en voyant prospérer les deux autres

fils qu'il avait élevés pour la France : il ne se console plus aujourd'hui.

Les princes allèrent s'établir pour leur éducation à Beauregard : c'était un château où l'on voyait un de ces grands bois (1) de tout temps réservés en France pour l'ornement des maisons de campagne. Ce château et ces jardins existent encore, ainsi qu'une pièce d'eau à laquelle les enfants de France ont travaillé.

Ce fut dans cette solitude, tout auprès des pompes de Versailles, qui devaient bientôt cesser, que M. le duc de Sérent prépara sans le savoir, contre les rigueurs de l'infortune, ceux qu'il ne croyait avoir à défendre que des séductions de la prospérité. Les sous-gouverneurs des jeunes princes furent MM. de Bullevent, de La Bourdonnaie et d'Arbouville. Ils eurent pour sous-précepteurs l'abbé Marie, savant dans les mathématiques, et l'abbé Guénée, qui a su tourner contre Voltaire l'arme avec laquelle ce beau génie attaquait la religion. Les illustres élèves revenus en France n'ont point oublié leurs précepteurs : après vingt-cinq ans d'exil et la chute d'un empire, ils se sont rappelé, au milieu de tant de souvenirs, l'homme de bien dont ils reçurent les le-çons. Ces pieux disciples ont fait ériger à Fontainebleau, où l'abbé Guénée est mort, un monument à sa mémoire : il était touchant de les voir soutenir d'une main le trône rétabli, et de l'autre éle-ver la tombe de leur humble maître.

CHAPITRE V.

TRAITS DE L'ENFANCE DU PRINCE.

Les deux frères montrèrent des inclinations différentes : monseigneur le duc d'Angoulême avait un penchant décidé pour les sciences, monseigneur le duc de Berry pour les arts. Celui-ci offrait comme un mélange de l'esprit des Bourbons et des Valois: par sa mère et par ses aïeules, il tenait quelque chose du génie de l'Italie.

On raconte mille traits ingénieux de son enfance. Il était fou-gueux comme l'élève de Fénelon, mais plein de saillies d'esprit et d'effusions de cœur, « Si fut enfant plaisant de visage, et as-« sez coulouré. Si estoit ayenant, joyeux en tous ses infantibles « faicts (2), » On lut un jour au petit prince quelques scènes du *Misanthrope*; le lendemain un des maîtres composa une fable : la morale de cette fable était que monseigneur le duc de Berry n'apprenait rien, et ne se souvenait point de ses lectures. Le maître, ayant fini, demanda à Son Altesse Royale ce qu'elle pen-sait de ce morceau. L'enfant repartit brusquement :

« Franchement, il est bon à mettre au cabinet. »

Un M. Rochon, maître d'écriture des jeunes princes, avait éprouvé une perte considérable causée par un incendie. Mon-seigneur le duc de Berry pria son gouverneur de lui donner vingt-cinq louis pour le pauvre Rochon. M. le duc de Sérent y con-sentit, mais à condition que le prince satisferait son maître pendant quinze jours, sans lui parler des vingt-cinq louis. Voilà Monsei-gneur à l'ouvrage : il trace de grandes lettres, le moins de travers possible. Rochon s'émerveille à ce changement subit, et ne cesse d'applaudir à son élève. Les quinze jours se passent : monsei-gneur le duc de Berry reçoit les vingt-cinq louis, et les porte triomphant à Rochon. Celui-ci ne sachant si le gouverneur con-sentait à cette générosité, refuse de recevoir l'argent. L'enfant insiste ; le maître se défend. L'impatience saisit le jeune prince, qui s'écrie en jetant les vingt-cinq louis sur la table : « Prenez-« les; ils m'ont coûté assez cher : c'est pour cela que j'écris si « bien depuis quinze jours ! »

(1) *Arbores quæ ab antiquo servatæ et fotæ fuerant, propter decorem et amœnitatem manerioram.* (Ordonn. des rois de France.)
(2) *Mémoires de Boucicaut.*

CHAPITRE VI.

ÉMIGRATION DE MONSEIGNEUR LE DUC D'ANGOULÊME ET DE MONSEIGNEUR LE DUC DE BERRY.

Le temps du malheur approchait; monseigneur le duc d'Angoulême et monseigneur le duc de Berry ne devaient pas jouir même du repos de l'enfance. Leur éducation commençait à peine, que déjà la monarchie finissait. On leur enseignait à être rois, et l'adversité allait leur apprendre à devenir hommes.

Les têtes des premières victimes avaient été promenées dans Paris; la Bastille était tombée. La famille royale, menacée, fut obligée de se retirer : le roi même lui en donna l'ordre. Monseigneur le comte d'Artois partit pour les Pays-Bas (1), et laissa à M. le duc de Sérent le soin de lui amener ses deux fils.

Le péril était grand; il fallait traverser le royaume, sans escorte, au milieu des insurrections. Chargé de la fortune et de l'espoir de la France, M. le duc de Sérent cacha son projet aux jeunes princes. Il leur dit qu'il allait les mener voir en garnison un régiment de hussards qu'ils avaient aperçu sur le chemin, et dont ils ne cessaient de lui parler. Les enfants montent avec joie, la nuit, dans une chaise de poste qu'on avait préparée secrètement : ils croyaient aller à une fête, et ils quittaient leur patrie. M. le duc de Sérent ne dut son salut et celui de ses élèves qu'à la rapidité de sa course. A peine avait-il quitté Péronne, qu'une sédition éclata dans cette ville. Lorsqu'il fut prêt à passer la frontière, il apprit aux princes, toujours enchantés du voyage, le but réel de ce voyage, et la proscription dont ils étaient l'objet : ils jetèrent alors autour d'eux un regard attendri et étonné. Monseigneur le duc de Berry dit vivement à son gouverneur : « Nous reviendrons. » Malheureux prince, vous êtes revenu !

Des Pays-Bas, M. le duc de Sérent conduisit ses élèves à Turin (1), où ils furent reçus par leur oncle le roi de Sardaigne, qui, avec son auguste famille, ne cessa de montrer le plus généreux attachement à la Maison de France.

CHAPITRE VII.

MONSEIGNEUR LE DUC DE BERRY A TURIN.

Monseigneur le duc de Berry amusait toute la cour par ses reparties et sa vivacité. On retrouvait en lui, à cette époque, quelques-unes des singularités des divers personnages que l'on avait vus paraître à Turin, depuis le brillant comte de Grammont jusqu'à ces Vendômes, braves, spirituels, insouciants, qui, négligeant tout dans la vie, ne soignaient que leurs victoires.

Monseigneur le duc d'Angoulême et monseigneur le duc de Berry étudièrent un excellent plan d'éducation militaire, tracé par M. le duc de Sérent. Ce plan, formé pour la France, fut, par un changement devenu nécessaire, rendu applicable à un terrain étranger. On se servit des marches de Charles VIII, de Louis XII, de François Ier, et des campagnes de ce Catinat, héros à Marsaille, solitaire à Saint-Gratien, indifférent aux honneurs, parce qu'il les méritait tous.

Il y avait à Turin une bonne école d'artillerie; monseigneur le duc d'Angoulême et monseigneur le duc de Berry suivirent les exercices. Ils passèrent par tous les grades, depuis le rang de simple canonnier jusqu'à celui de capitaine. Ils chargeaient, pointaient et tiraient leurs pièces avec rapidité et précision. Ils

COFFIN   Tiévière

Le jeune duc de Berry au siége de Kehl.

(1) Le 16 juillet 1789.

(1) Octobre 1789.

Gironde et du Nord (1). Arrivé à Lille, monseigneur le duc de Berry prononça à l'ouverture du collége un discours remarquable par les sentiments et par la manière dont ils sont exprimés :

« Le plus aimé de vos rois, Henri IV, après de longues guerres
« intestines, rassembla les notables de son royaume à Rouen, et
« leur demanda des conseils ; ainsi que lui, le roi, mon auguste
« seigneur et on-
« cle, d'après la
« constitution qu'il
« a donnée lui-
« même à son peu-
« ple, s'adresse en
« ce moment à
« vous, et me
« nomme particu-
« lièrement pour
« être son organe
« auprès du dé-
« partement du
« Nord. Je ne par-
« lerai point de
« leur fidélité aux
« habitants d'un
« pays, berceau
« de la monar-
« chie : je ne re-
« mercierai point
« de son dévoue-
« ment ce peuple
« qui rappelle si
« bien ces Francs
« généreux et
« guerriers dont il
« est descendu le
« premier ; je me
« bornerai à vous
« dire, messieurs,
« que le roi, après
« vingt-six ans de
« troubles et de
« malheurs, a be-
« soin d'interro-
« ger le cœur de
« ses sujets, pour
« il juge d'après le
« sien. Ne pou-
« vant réunir au-
« tour de lui tous
« les Français,
« dont il est, vous
« le savez, bien•
« moins encore le
« monarque que
« le père, il vous
« demande de lui
« adresser, non
« ceux de vous
« qui l'aiment da-
« vantage, ce

Premier combat livré par les Vendéens aux troupes républicaines.

« choix serait impossible, et vous y voleriez tous, mais ceux
« qui, dignes interprètes de votre pensée, porteront au pied de
« son trône cet oubli du passé, cette connaissance du présent, ce
« coup d'œil dans l'avenir, ce respect pour la charte constitu-
« tionnelle, cet amour pour sa personne sacrée, enfin cette
« abnégation de soi-même qui seule peut assurer le bonheur
« de tous. »

(1) 15 août 1815.

Avant l'ouverture du collége électoral, monseigneur le duc de Berry avait voulu revoir et remercier la ville de Béthune et le sous-préfet, qui l'avaient si fidèlement reçu lors de sa retraite à Gand. Il envoya un présent à son hôte d'Alost, et une somme pour être délivrée aux indigents. Peu de fils de rois, rentrés dans leurs palais, se souviennent d'avoir été suppliants, d'avoir *pris dans leurs bras le petit enfant, de s'être jetés à genoux, joignant l'autel domestique* (1).

CHAPITRE VI.

MARIAGE DU PRINCE.

Enfin d'heureuses destinées semblèrent s'ouvrir pour monseigneur le duc de Berry, par son union avec la princesse Caroline - Ferdinande-Louise, fille aînée du prince royal des Deux-Siciles. Complimenté par la chambre des députés, il répondit à l'orateur : « J'aurai,
« je l'espère, des
« enfants qui,
« comme moi, por-
« teront dans leur
« cœur l'amour
« des Français. »
La France attendait cette lignée royale : la révolution l'attendait aussi.

Sur le rapport de M. de Castelbajac, qui fit observer à la chambre des députés que le mariage d'un fils de France était une fête de famille, la Chambre ajouta cinq cent mille francs au million demandé par les ministres pour l'apanage du prince. Monseigneur le duc de Berry abandonna cette somme pendant cinq ans aux départements qui avaient le plus souffert pendant la guerre.

Il avait écrit le 18 février à la princesse Caroline la lettre qu'on va lire, pour lui demander sa main. Les lettres de monseigneur le duc de Berry, que les espérances d'une longue vie promettaient de nous cacher longtemps, nous ont été révélées par sa mort. Ce prince appartient désormais à l'histoire, et l'on aime

(1) PLUT., in Themist.

à chercher dans ses sentiments intimes de nouveaux motifs d'admiration et de regrets.

Paris, 18 février 1816.

« MADAME MA SŒUR ET COUSINE,

« Il y avait bien longtemps que je désirais obtenir l'aveu du
« roi votre grand-père et du prince votre père, pour former une
« demande à laquelle j'attache le bonheur de ma vie ; mais de-
« vant que j'aie obtenu leur agrément, c'est Votre Altesse Royale
« que je viens solliciter de daigner me confier le bonheur de sa
« vie en s'unissant avec moi. J'ose me flatter que l'âge, l'expé-
« rience et une longue adversité m'ont assez formé pour me
« rendre digne d'être son époux, son guide et son ami. En quit-
« tant des parents si dignes de son amour, elle trouvera ici une
« famille qui lui rappellera le temps des patriarches. Que vous
« dirai-je du roi, de mon père, de mon frère, et surtout de cet
« ange, MADAME, duchesse d'Angoulême, que vous n'ayez entendu
« dire, sinon que leurs vertus, leurs bontés, sont fort au-dessus
« des éloges que l'on en peut faire? L'union la plus intime règne
« parmi nous, et n'est jamais troublée ; mes parents désirent tous
« impatiemment que Votre Altesse Royale comble mes vœux, et
« qu'elle consente à augmenter le nombre des enfants de notre
« famille. Veuillez, madame, vous rendre à mes prières, et pres-
« ser le moment où je pourrai mettre à vos pieds l'hommage des
« sentiments respectueux et tendres avec lesquels je suis, ma-
« dame ma sœur et cousine, de Votre Altesse Royale le très-
« affectionné frère et cousin, CHARLES-FERDINAND. »

Le jour de la célébration du mariage par procuration, il écrivit encore à la princesse la lettre suivante :

Paris, 25 avril 1816.

« Votre aimable lettre m'a fait un plaisir que je ne puis vous
« exprimer, madame et chère femme, car dès aujourd'hui nous
« nous sommes donné notre foi. De ce jour nous sommes unis
« par les liens sacrés du mariage ; liens que je chercherai tou-
« jours à vous rendre doux. Vous daignez me remercier de vous
« avoir choisie pour la compagne de ma vie ! que de remerci-
« ments ne dois-je pas à Votre Altesse Royale pour avoir si
« promptement accédé aux vœux de vos excellents parents. Je
« sens combien il doit vous en coûter de les quitter, de venir
« presque seule dans un pays étranger, mais qui ne le sera bientôt
« plus pour vous, pour vous unir à un homme que vous ne con-
« naissez pas. J'ai composé votre maison de dames dont la vertu
« et la douceur me sont connues : le roi a approuvé ce choix.
« Votre dame d'honneur, madame la duchesse de Reggio, est
« désespérée de ne pouvoir aller au-devant de vous. Madame de La
« Ferronnays, votre dame d'atours, sœur de madame la comtesse
« de Blacas, sera la première qui aura le bonheur de vous faire
« sa cour ; c'est un modèle de vertu et de l'amabilité la plus douce ;
« je vous la recommande particulièrement : elle vous présentera
« les dames pour accompagner. Le duc de Lévis, votre cheva-
« lier d'honneur, est un homme aussi distingué par ses qualités
« que par ses talents. Le comte de Mesnard, votre premier écuyer,
« est un loyal chevalier qui n'est rentré en France qu'avec moi.
« Enfin, j'espère que, lorsque vous les connaîtrez, vous les trou-
« verez dignes de l'honneur qu'ils ont de vous être attachés.
« Avec quelle impatience j'attends la nouvelle de votre arrivée
« en France ! Que je serai heureux, ma bien chère femme, lorsque
« je pourrai vous appeler de ce doux nom ! Tout ce que j'entends
« dire de vos qualités, de votre bonté, de votre esprit, de vos
« grâces, me charme et me fait brûler du désir de vous voir et
« de vous embrasser comme je vous aime.

« CHARLES FERDINAND. »

Cette fin de lettre est la formule de presque toutes les fins de

lettres de Henri IV, mais avec quelque chose de grave et de
chaste qui tient à la sainteté du lien conjugal. Le jour même où
monseigneur le duc de Berry écrivait cette lettre, la jeune princesse lui envoyait celle-ci du pied des autels :

Naples, 21 avril 1816

« C'est à l'autel que je viens, monseigneur, de prendre l'en-
« gagement solennel d'être votre fidèle et tendre épouse. Ce titre
« si cher m'impose des devoirs que très-volontiers je commence à
« remplir dès ce moment, en venant vous donner l'assurance
« des sentiments que mon cœur vous a déjà voués pour la vie ;
« elle ne sera remplie et occupée que de chercher les moyens de
« vous plaire, à me concilier votre amitié, mériter votre con-
« fiance. Oui ! vous aurez toute la mienne, toutes mes affections ;
« vous serez mon guide, mon ami, vous m'apprendrez à plaire
« à votre auguste famille ; vous adoucirez (je n'en doute pas) le
« chagrin si vif que je vais éprouver de me séparer de la mienne.
« C'est sur vous, enfin, que je me repose entièrement du soin de
« ma conduite pour la diriger vers tout ce qui pourra procurer
« votre bonheur. J'en ferai mon étude habituelle : puissé-je y
« réussir et vous prouver combien je mets de prix à être votre
« compagne ! C'est dans ces sentiments que je suis, pour la vie,
« votre affectionnée épouse, CAROLINE. »

CHAPITRE VII.

ARRIVÉE DE MADAME LA DUCHESSE DE BERRY A MARSEILLE.

Un détachement de la garde royale se rendit en Provence.
Madame la duchesse de Reggio, madame de La Ferronnays,
madame de Bouillé, madame de Gontaut, M. le duc d'Havré,
M. le duc de Lévis, M. le comte de Mesnard, attendaient à
Marseille l'arrivée de la princesse Caroline. Elle avait déjà as-
sisté à Naples à des fêtes brillantes, fêtes qui semblent éternel-
lement préparées sur les bords de ce golfe où tout ce qu'on
aperçoit, ciel, mer, campagne, palais, ruines, se rattache à des
plaisirs du moment ou à des joies passées. Embarquée sur un
vaisseau napolitain, madame la duchesse de Berry traversa la
mer qui avait vu passer son aïeule, Marguerite de Provence,
femme de saint Louis, revenant de la Terre-Sainte où elle avait
partagé les malheurs de son époux et de son roi. Marseille déploya à l'arrivée de la princesse cet enthousiasme qu'elle tient
du sang de l'Ionie, de la beauté de son soleil, des chansons de
ses troubadours, et du souvenir du bon roi René. Caroline de
Bourbon fut reçue comme Marie de Médicis, au-devant de laquelle Henri IV avait envoyé le connétable, le chancelier, le duc
de Guise et les princesses douairières de Guise et de Nemours.
Mais écoutons les deux époux : ils vont nous raconter leur histoire, et avec quel charme !

CHAPITRE VIII.

LETTRE DU PRINCE ET DE LA PRINCESSE. — MADAME LA DUCHESSE DE BERRY DÉCRIT LES FÊTES QU'ON LUI DONNE A MARSEILLE ET A TOULON.

Paris, 10 mai 1816.

« Je profite, madame, du départ de madame la duchesse de
« Reggio pour vous dire combien votre seconde lettre m'a tou-
« ché ; cette lettre que vous m'avez écrite en sortant de la céré-
« monie par laquelle vous avez confié votre destinée entre mes
« mains. Je suis chargé de votre bonheur, et ce sera la douce et
« constante occupation de ma vie. J'ai vu avec peine le retard
« de votre départ de Naples : la quarantaine que vous serez
« obligée de faire, quoiqu'elle soit abrégée autant que possible,
« me fait présumer que ce ne sera que dans les premiers jours
« du mois prochain que j'aurai le bonheur de vous voir. Que
« je regrette de n'avoir pas pu aller à Naples moi-même vous

« chercher! Mais il faut nous soumettre aux volontés de nos
« parents ; et, premiers sujets, nous devons l'exemple de l'obéis-
« sance. Toute la France vous attend avec la plus vive impa-
« tience, et moi plus que personne. Je vous recommande ma-
« dame la duchesse de Reggio, qui, malgré sa faiblesse, a voulu
« partir. Elle se trouve bien heureuse de pouvoir se rendre à
« son devoir auprès de vous.

« Adieu, madame; je suis impatient de recevoir une lettre de
« Votre Altesse Royale, datée de France. Le vent qui souffle
« avec violence me fait trembler.

                                « CHARLES-FERDINAND. »

                    Du lazaret de Marseille, 26 mai 1816.

« Vos aimables lettres, monseigneur, m'ont déjà habituée à
« votre intérêt. Je dois à Votre Altesse Royale de l'informer,
« avec la confiance qu'elle m'inspire, de tout ce que je fais ici,
« et d'abord de ma santé qui est très-bonne. Je me lève assez
« tard, parce que j'aime à dormir le matin; ainsi je n'entends
« la messe que de neuf à dix heures. Le bon duc d'Havré prend
« la peine de venir de bien loin pour y assister, ainsi que le
« préfet, M. de Villeneuve-Bargemont, M. de Montgrand,
« maire, et les députés de la santé, lorsque les affaires publiques
« le leur permettent. Ainsi ils viennent me voir à une distance
« très-respectueuse qu'imposent les lois de la quarantaine. Puis
« je me retire chez moi jusqu'au dîner, après lequel je profite
« de l'excellente société de madame de La Ferronnays; c'est à
« son attachement pour monseigneur que je dois sans doute la
« preuve si touchante de son dévouement de venir s'enfermer
« avec moi. J'y suis bien sensible, comme à la demande qu'en
« fit aussi madame la duchesse de Reggio. J'ai la permission de la
« voir au parloir avec mesdames de Gontaut, de Bouillé, et
« MM. de Lévis et de Mesnard, et tous ceux que M. le duc
« d'Havré m'a présentés; c'est une occupation de l'après-dîner,
« avant la promenade ou la pêche; plaisirs que les intendants
« de la santé m'ont procuré deux fois. Ils sont bien empressés
« d'employer tous les moyens d'adoucir ma retraite. Jeudi passé
« j'ai fait une jolie promenade sur mer dans un très-beau navire
« que M. le commandant de la marine a fait venir de Toulon; on
« a pu entrer dans le port; et comme il a paru que les bons ha-
« bitants de Marseille ont été contents que l'on ait trouvé ce
« moyen de me faire voir à eux, j'ai demandé de renouveler la
« promenade aujourd'hui si le temps le permet; l'on m'a fait en-
« tendre aussi plusieurs fois de la musique; enfin, monseigneur,
« l'on n'omet rien de ce qui peut m'être agréable. Je suis bien
« reconnaissante, je vous assure, et voudrais le montrer comme
« je le sens; mais je ne peux vaincre tout d'un coup ma timi-
« dité. Mon âge et le peu d'occasions que j'ai eues de paraître
« doivent me faire excuser par ceux qui savent ces raisons ; les
« autres ne me jugent peut-être pas avec tant d'indulgence. Je
« n'en serai affligée que par rapport à Votre Altesse Royale à
« qui je voudrais faire éprouver tous les genres de satisfaction.
« On doit me faire voir Toulon; je jouirai d'autant plus de ce
« plaisir que cette course n'est pas un retard, puisqu'elle ne
« fait qu'employer les jours de grâce que messieurs de la santé
« m'ont accordés; c'est un arrangement du excellent duc
« d'Havré. Je n'écris pas aujourd'hui au roi notre oncle, ni à
« votre père, pour ne les pas fatiguer; mais soyez assez bon
« pour être auprès d'eux l'interprète de mes sentiments de res-
« pect et d'attachement, ainsi que de ceux d'amitié à monsei-
« gneur le duc et à madame la duchesse d'Angoulême. Il me
« tarde bien de faire partie de cette famille qui m'est déjà si
« chère. Vous m'apprendrez à lui plaire, monseigneur ; vous
« me direz bien franchement tout ce que je dois faire pour cela,
« et surtout pour mériter votre tendresse.   CAROLINE. »

                    Paris, 26 mai 1816.

« Je ne puis vous exprimer, madame, combien je suis heu-

« reux d'apprendre votre arrivée à Marseille. J'aurais bien
« voulu abréger l'ennuyeuse quarantaine de Votre Altesse Royale,
« et je crains que vous ne trouviez le temps bien long. Vous
« avez déjà gagné les cœurs de ceux qui n'ont fait que vous en-
« trevoir. Vous êtes déjà si aimée en France! on désire tant
« vous voir ! Quand je sors à présent, l'on ne crie plus : vive le
« duc de Berry! mais, ce cri qui me fait bien plus de plaisir :
« vive la duchesse de Berry! vive la princesse Caroline!

« Je voudrais, madame, prévenir tous les désirs de Votre Al-
« tesse Royale, savoir ce qui pourrait lui plaire : vous aurez ici
« une habitation charmante, que toute la famille s'occupe à ar-
« ranger. Vous aimez à monter à cheval ; je vous cherche des
« chevaux bien sages. Je sais que vous ne craignez rien, mais
« moi j'ai peur pour vous. A propos du courage, vous avez été
« en grand danger sur mer, auprès de cette vilaine île d'Elbe,
« d'où sont partis tous nos maux l'année dernière. Cela m'a fait
« trembler; mais j'ai aimé à apprendre que vous n'aviez pas
« éprouvé la moindre frayeur. Le sang de Henri IV et de
« Louis XIV ne s'est pas démenti.

« Adieu, madame et bien chère amie, ma bonne et aimable
« femme ; en attendant le 15 de juin qui est encore si loin, je
« veux vous répéter que je vous aime, et que je ferai tout ce
« qui sera en moi pour vous rendre heureuse.

                                « CHARLES-FERDINAND. »

                    Marseille. 4 juin 1816.

« Quel plaisir pour moi, monseigneur, de recevoir à cinq
« jours de date vos lettres très-aimables, mais aussi écrites trop
« rapidement! Permettez-moi d'en faire un petit reproche à
« Votre Altesse Royale. Vous m'excuserez, puisque vous m'as-
« surez que vous désirez me donner toutes sortes de bonheur,
« et que vous retardez celui que j'ai à vous lire par l'étude
« qu'il faut que je fasse de votre écriture. N'allez pas d'après
« cela me juger difficile et grondeuse.

« Je suis arrivée hier soir de Toulon, où tous mes instants
« ont été employés à recevoir des hommages, des fêtes sur terre
« et sur mer. La ville entière était parée, décorée d'emblèmes,
« d'inscriptions allégoriques. Il est impossible de décrire l'en-
« thousiasme de ces bons habitants de Provence ; ils me gâtent;
« ils touchent sensiblement mon cœur par les expressions répé-
« tées de leur amour pour le roi et pour toute sa famille. Ils ont
« en même temps la délicatesse de joindre des acclamations
« pour mes parents de Naples : cela n'est-il pas charmant?
« Toutes les autorités sont excellentes, au dire général ; ce sont
« bien elles qui soutiennent ce bon esprit. J'ai vu avec plaisir ce
« brave Rousse de Toulon, le seul qui ait fait reconnaître
« Louis XVII, et qui continue, par un entier et désintéressé dé-
« vouement, à se rendre utile à son pays et à son roi.

« L'on m'a conduite dans les arsenaux. Celui de terre, qui
« n'existait pas il y a quatre mois, est maintenant en état d'ar-
« mer plus de trente mille hommes. On le doit à l'activité infa-
« tigable du colonel qui en est chargé, dont le nom est M. de
« Laferrière. En tout, ce petit voyage m'a intéressée. Nulle part,
« je crois, on ne peut prendre une idée plus juste des moyens et
« de la grandeur de la France qu'en visitant ce beau port. S'il
« a fait cet effet sur moi, qui n'y entends rien, que doit-il pro-
« duire sur les personnes qui ont des connaissances? C'est dans
« treize jours, monseigneur, je vous verrai, que je jugerai
« par moi-même de tout le bien que j'entends dire de votre
« cœur, de votre esprit, et que je vous répéterai que je suis et
« serai pour la vie votre fidèle et affectionnée

                                « CAROLINE. »

                    Paris, 31 mai 1816.

« Le prince de Castelcicala m'a remis hier, madame et
« bien chère amie, des lettres pour vous de vos chers parents;
« je ne perds pas un instant pour vous les envoyer. J'ai en-

« core reçu aujourd'hui des nouvelles de Marseille , du 23 ;
« je sais que vous enchantez tout ce qui vous entoure , et tout
« ce qui peut vous apercevoir. Votre promenade en bateau a
« eu un grand succès, et surtout la promesse que vous avez
« faite de la renouveler. Je ne vous écrirai pas aujourd'hui
« une longue lettre, en ayant tant à vous envoyer qui doivent
« vous intéresser davantage. Je m'occupe de vous chercher
« des chevaux, et j'espère vous en trouver qui vous con-
« viennent. Nous avons été voir la corbeille que le roi vous
« donne, et j'espère que vous en serez contente. Il y a surtout
« une robe de bal que je serai charmé de vous voir porter. Mon
« père rassemble votre bibliothèque ; mon frère et sa femme
« ornent votre chambre; chacun de nous se fait un si doux
« plaisir de vous être agréable ! Et qui le désire plus que celui
« qui vous est déjà uni par les liens les plus sacrés ? Je suis tou-
« jours effrayé de mes trente-huit ans ; je sais qu'à dix-sept je
« trouvais ceux qui approchaient de la quarantaine bien vieux.
« Je ne me flatte pas de vous inspirer de l'amour, mais bien du
« sentiment si tendre plus fort que l'amitié , cette douce con-
« fiance qui doit venir de l'amitié même. Je vois que je ne finis
« pas, et que vous avez toutes vos lettres à lire. Adieu ; encore
« quinze grands jours. Je baise les mains de ma femme comme
« je l'aime.   CHARLES-FERDINAND. »

Paris, 4 juin 1816.

« J'ai reçu hier, madame et bien chère amie , votre bonne et
« aimable lettre du 27. Tout le monde dit beaucoup de bien de
« vous; mais je juge encore plus de ce que vous valez par vos
« lettres, où je trouve tout ce qui est fait pour me charmer.
« Vous me demandez de vous donner des conseils ; je vous dirai
« tout ce que je croirai vous être utile. Vous vous plaignez de
« votre timidité ; elle sied à votre âge, et vous savez y mêler la
« bonté et la noblesse. Vous êtes entourée de l'amour des habi-
« tants du Midi, qui sont bien bons. Vous êtes un présage de
« bonheur pour la France, et *la terreur des factieux* (1).
« CHARLES-FERDINAND. »

CHAPITRE IX.

SUITE DES LETTRES. — MADAME LA DUCHESSE DE BERRY QUITTE MARSEILLE, ET CONTINUE
A PARLER DE LA FRANCE A MESURE QU'ELLE S'APPROCHE DE FONTAINEBLEAU.

Montélimart, 5 juin 1816.

« La lettre de monseigneur, du 31 mai, m'est parvenue avant
« qu'il m'ait été possible de finir ma réponse à celle du 26. Je
« vous remercie sensiblement de la seconde comme de la première.
« Vous m'avez fait un vrai plaisir de m'envoyer celle de mes
« parents.
« On continue à me faire voir la France parée. Dans tous les
« pays où je passe, les acclamations sont continuelles, ainsi que
« les compliments des autorités. J'y suis bien sensible ; mais je
« dirai tout bas à monseigneur, à celui pour qui je n'ai rien de
« caché, et pour lui seul, que je sens le poids de ces honneurs,
« et n'en serai jamais enivrée. Il me tarde de jouir d'une vie
« paisible en famille. Que Votre Altesse Royale reçoive, en atten-
« dant, l'assurance de ma tendresse : elle durera autant que ma
« vie.   CAROLINE. »

Lyon , 9 juin 1816.

« Votre lettre du 4 et du 5 juin, monseigneur, m'a été remise
« le soir de mon arrivée à Lyon ; je ne veux plus vous répéter
« que je vous en remercie : une fois pour toutes, comptez sur ma
« tendre reconnaissance, et soyez sûr que rien n'échappe à ma
« sensibilité : vous l'avez touchée vivement.
« Vous êtes content de moi, dites-vous. monseigneur. C'est

(1) Louvet l'a bien prouvé.

« sans doute pour me rassurer , car je sens qu'il me manque
« beaucoup, mais beaucoup pour être ce que je voudrais pour
« vous plaire, et pour répondre à l'idée trop flatteuse qu'on vous
« a donnée de Caroline. Croyez à son bon cœur, à son désir de
« répondre à votre confiance , en vous accordant la sienne tout
« entière. Voilà tout ce dont je puis vous répondre : vos soins,
« vos bontés feront le reste.
« Je suis bien sensible à tout ce qu'on fait pour embellir mon
« habitation et parer ma personne. Comment témoigner à tous
« ma reconnaissance? Vous m'aiderez, monseigneur ; ce n'est
« que vis-à-vis de vous que j'essaie déjà de n'avoir plus besoin
« d'interprète ; car je vous dis bien franchement que vous êtes
« cher à votre   CAROLINE. »

Paris, 9 juin 1816.

« C'est, madame et chère amie, par un des plus dévoués ser-
« viteurs de notre maison que je vous écris, par un homme bien
« heureux de notre union, le bon prince de Castelcicala. Je n'ai
« pas besoin de vous le recommander ; il me connaît bien, m'ayant
« vu si longtemps en Angleterre. Avec quel plaisir je prendrais
« sa place ! C'est donc dans six jours que je vous verrai ! J'ai tou-
« jours peur que vous ne me trouviez pas beau, car les peintres
« de Paris ne sont pas comme ceux de Palerme; ils flattent. Avec
« quel plaisir je presserai votre main ! Prenez aussi la mienne,
« si je ne vous déplais pas trop. La contrainte où nous serons
« pendant deux jours me gênera bien. Ma Caroline, je m'oc-
« cuper de votre bonheur, de vos plaisirs. Je sais que vous aimez
« le spectacle, j'ai des loges à tous les théâtres. J'ai une jolie cam-
« pagne dont on vous aura parlé , nous irons bien souvent en-
« semble. Je chasse souvent, vous y viendrez en calèche ; vous
« aimez la musique, je l'aime aussi beaucoup. Enfin, madame, je
« chercherai à vous rendre heureuse, et j'espère y parvenir. Vous
« avez, si je dois croire tout ce qui vous a vue, bonté , douceur,
« esprit et gaieté : que peut-on de mieux? Cependant nous nous
« trouverons des défauts : *tendre indulgence* sera notre devise.
« CHARLES-FERDINAND. »

Fontainebleau, 12 juin 1816.

« Votre lettre de Lyon, que je reçois de la main du roi, me fait
« un plaisir que je ne puis vous exprimer. Je suis charmé de
« vous me grondiez sur mon écriture : vous avez bien raison ;
« mais, en vous écrivant, mon cœur m'emporte ; et vous n'avez
« pas l'idée de l'effort que je suis obligé de faire pour être lisible.
« Encore trois jours! je brûle de vous voir. J'éprouve aussi au-
« jourd'hui un grand bonheur ; je possède votre portrait. Au
« moins celui-là ne vous défigure pas du tout ; et fût-il un peu
« flatté, l'on peut être encore fort agréable, sans être aussi jolie
« que le portrait. »

Ce 13.

« Le prince de Castelcicala me remet votre lettre de Moulins,
« qui est plus aimable encore que les autres. Enfin c'est demain
« que je verrai ma femme, celle dont le bonheur doit être mon
« ouvrage. »

Hélas ! le prince a fait le malheur de celle dont il comptait faire
la félicité : mais qui faut-il accuser? Comme ces deux jeunes
époux aimaient la France ! quelle reconnaissance bien sincère (car
elle était bien cachée dans ces lettres) des hommages qu'on leur
rend ! Ces lettres renferment-elles un seul mot que l'âme la plus
naïve, la plus noble et la plus tendre pût désavouer? Qui ne voudrait, en les lisant, avoir pour frère et pour sœur, pour fils et
pour fille, celui et celle qui les ont écrites?

Monseigneur le duc de Berry et madame la duchesse de Berry
offrirent un touchant rapport de destinées : sortis de la même
race, tous deux Bourbons, tous deux ayant vu la chute du trône
de leur famille , tous deux remontés à leur rang , ils n'avaient

guère connu avant leur mariage que l'exil et l'infortune. Battus de la même tempête, ils s'étaient unis pour s'appuyer. Après tant de calamités, ils cherchaient quelques moments de bonheur : leurs lettres prouvent combien il a été cruel de les leur ravir.

CHAPITRE X.

MADAME LA DUCHESSE DE BERRY ARRIVE A FONTAINEBLEAU. — CÉLÉBRATION DU MARIAGE A PARIS.

La princesse arriva le jour où monseigneur le duc de Berry l'attendait, comme on le voit dans sa dernière lettre. Sa marche à travers la France avait été une longue fête. Au terme de sa course elle trouva deux tentes dressées dans la forêt de Fontainebleau, à la croix de Saint-Hérem. Elle y fut reçue par le roi, MADAME, MONSIEUR, monseigneur le duc d'Angoulême et monseigneur le duc de Berry. Tout s'y passa avec les mêmes cérémonies et les mêmes étiquettes qu'au mariage de Louis XV. Dans cette famille de France rien ne change, quand même le mariage est changé : c'est ainsi qu'elle ramène à la longue, par son immobilité, les institutions à un point fixe, et donne au gouvernement une forme impérissable.

Les premières pompes du mariage de monseigneur et de madame la duchesse de Berry furent charmantes sous les arbres. On dirait que les descendants des rois chevelus ont conservé une prédilection secrète pour les forêts : ils ont aimé à placer leur palais dans la solitude, à promener les enchantements de leur cour sous de grands chênes. Que de souvenirs ce Fontainebleau, habité par vingt-neuf rois depuis Robert, n'offrait-il pas à la jeune princesse ! Saint Louis, l'auguste chef de sa race, y avait fait bâtir un hôpital pour les pauvres, *parmi lesquels il cherchait*, comme il le disait, *Jésus-Christ*. Aux travaux du saint, d'autres siècles ajoutèrent les ouvrages de Charles le Victorieux et de François, le Restaurateur des lettres. Henri IV datait ses lettres de *ses délicieux déserts* de Fontainebleau. Louis XIII les embellit encore. Vint l'infortuné Louis XVI, qui jeta des pins sur les rochers, comme un voile de deuil ; et trente ans après, on vit un pape prisonnier dans les bosquets où Louis XIV avait aimé La Vallière. Et toutes ces choses, qui sont de l'histoire pour le monde, ne sont pour cette maison de France que des traditions de famille.

Le mariage fut enfin célébré à Notre-Dame. Chacun, en voyant cette cérémonie, se souvenait d'une autre pompe ; chacun considérait combien peu de temps il faut pour changer les ris en larmes, pour mettre le maître du monde à la place de l'exilé, et l'exilé sur le trône du maître du monde. Ce qui paraissait devoir être plus durable que les empires, c'était la félicité de monseigneur le duc et de madame la duchesse de Berry. Jamais il n'y eut mariage mieux assorti, mari plus affectueux, femme plus dévouée et plus tendre. La France étant en paix avec l'Europe, monseigneur le duc de Berry put jouir enfin d'un repos qu'il avait bien acheté, et qui depuis longtemps était l'objet de ses vœux.

CHAPITRE XI.

VIE PRIVÉE DU PRINCE. — ANECDOTES DU COCHER, DU VALET DE PIED ET DU PIQUEUR. — PENSION DE M. DE PROVENCHÈRE.

Adoré de sa maison, monseigneur le duc de Berry y établit un ordre parfait ; non cet ordre naturel à la médiocrité de l'esprit, mais celui qui tient à la délicatesse de l'âme, et qui donne l'indépendance : il voulait que cet ordre, établi pour lui-même, se retrouvât encore parmi ses domestiques. Quand ils plaçaient une somme à la caisse d'épargne, il doublait cette somme, afin de les encourager à l'économie et de les rendre prévoyants pour l'avenir. Excellent maître, sa bonté n'avait d'autre défaut que d'être impatiente comme son humeur. Il avait plusieurs fois signifié à un cocher qu'il ne voulait plus être mené par lui. « Tu es trop vieux « pour travailler, lui disait-il brusquement ; va-t-en. » Le cocher, non moins déterminé à rester, déclarait qu'il avait une

nombreuse famille, et qu'il fallait qu'il travaillât. « Et que ne « disais-tu cela plus tôt ? s'écrie le prince : c'est une autre af- « faire. J'augmente de douze cents francs ta pension de retraite ; « mais, bon homme, je t'en prie, repose-toi. »

Depuis quelque temps le prince entendait toute sa maison retentir du nom d'un certain *Joseph*, qu'on ne cessait d'appeler dans les jardins, les cours, les vestibules. Il ordonne qu'on lui amène cet homme qu'il ne connaissait pas. « Hé bien, Joseph ! lui dit- « il, c'est donc toi qui mènes ma maison ? Tu me parais faire la « besogne de tout le monde. Es-tu marié ? as-tu des enfants ? » Joseph, tremblant, répond : « Oui, monseigneur. » Les gages de Joseph furent doublés.

Aubry était le premier piqueur du prince, souvent loué, souvent grondé, suivant la fortune de la chasse. Un rendez-vous est donné à Compiègne. Aubry reçoit l'ordre de s'y trouver à huit heures précises du matin. Le prince, arrivé plus tôt, ouvre la chasse à sept heures et demie. Aubry, exact à huit heures, entend la chasse au loin dans la forêt. A midi, monseigneur le duc de Berry rentre fatigué, le cerf égaré, les chiens en défaut. Il demande Aubry avec les marques de la plus vive impatience. On trouve Aubry qui se cachait : on l'amène tout interdit devant monseigneur. « Aubry, s'écrie le prince, quelle est la punition « des gens qui ne sont pas exacts. » Aubry ne peut répondre. « Tu ne le sais pas ? dit le prince : hé bien ! moi, je le sais ; c'est « de payer une amende, et je la paie. » Il lui remet une somme pour ses enfants.

Il n'oubliait jamais les services qu'on lui avait rendus. Sa reconnaissance alla chercher jusqu'en Amérique M. de Provenchère, son premier valet de chambre, que l'âge et les infirmités retenaient aux États-Unis. Par une rare délicatesse, monseigneur le duc de Berry nomma pour son trésorier ce vieux serviteur ; et c'est à ce titre qu'il recevait une pension, quoique le prince n'eût jamais ni trésor ni cassette.

CHAPITRE XII.

SUITE DE LA VIE PRIVÉE. — CHARITÉ DU PRINCE.

Les bontés de monseigneur le duc de Berry ne se renfermèrent pas dans sa maison. Dans toutes les parties de la France, il découvrait les misérables : son nom, comme celui de la charité même, se trouvait mêlé à toutes les œuvres de miséricorde : ce caractère est particulier à nos rois. Il nous reste des ordonnances qui prescrivent, dans les temps les plus désastreux, l'acquittement des aumônes avant les *assignations*, ou qui commandent de surseoir au paiement de toutes dettes, à l'exception des aumônes *exceptis eleemosynis* (1). Chaque soir on remettait à monseigneur le duc de Berry une feuille contenant l'analyse des pétitions qui lui étaient présentées dans le courant du jour ; et, selon les renseignements obtenus, il faisait droit à ces pétitions.

Il prenait sur ses goûts pour satisfaire sa générosité. C'est ainsi qu'il renonça à l'achat de quelques tableaux qu'on proposait de lui vendre à Anvers. « J'ai réfléchi à votre proposition, écrivait-il « à M. Despalières, et j'ajourne l'emplette. Dans un temps où « mes pauvres appellent ma sollicitude, je me reprocherais d'a- « cheter si cher un plaisir dont je puis me passer. » Une autre fois, disait-il au maire de son arrondissement : « Quand vos pauvres « auront besoin de moi, ne m'épargnez pas. »

Il donnait à la Société de bienfaisance, dont il était président, un secours de cinq cents francs par mois ; et, dans l'année 1816, il versa à la caisse de cette société la somme de onze mille francs comme don extraordinaire. A la mort de monseigneur le prince de Condé, il remplaça son général dans la présidence de l'association paternelle des chevaliers de Saint-Louis : c'était un droit. On a déjà dit que, par un testament fait en Angleterre, le prince de Condé avait légué le soin de sa compagnie d'armes à celui qui avait partagé leurs périls. En apprenant la mort du héros de Berstheim,

(1) *Ordonn. des rois de France*, tom. II, pag. 300-447.

monseigneur le duc de Berry laissa échapper ces paroles, qui disent tout : « Nous avons perdu notre vieux drapeau blanc. »

Les charités connues de monseigneur le duc de Berry se montaient à plus de cent mille écus par an, et beaucoup d'autres étaient cachées. Madame la duchesse de Berry secondait merveilleusement le penchant généreux du prince. On a calculé que leurs aumônes réunies, dans l'espace de six ans, se sont élevées à un million trois cent quatre-vingt-huit mille huit cent cinquante et un francs, somme énorme pour un prince dont le revenu était au-dessous de celui de plusieurs généraux, banquiers et propriétaires. Il faut ajouter à ce million trois cent quatre-vingt-huit mille huit cent cinquante et un francs les cinq cents francs que monseigneur le duc de Berry abandonnait par an aux départements qui avaient le plus souffert de la guerre ; ce qui fait deux millions dans le cours de quatre années : en tout, près de quatre millions d'aumônes.

Tous ces dons étaient accompagnés de soins qui en doublaient le prix. Le prince et la princesse, suivant le précepte de l'Évangile, visitaient les malheureux auxquels ils accordaient des secours ; quelquefois ils se cachaient mutuellement leurs bonnes œuvres. Comme ils sortaient un jour ensemble, une pauvre femme se présente à eux avec ses enfants. La plus jeune des filles de cette femme s'approche naïvement de la princesse. « Je m'en suis char- « gée », dit madame la duchesse de Berry en rougissant. « Bien, ré- « pondit le prince ; j'aime à vous voir augmenter notre famille. »

CHAPITRE XIII.

SUITE DE LA VIE PRIVÉE. — DIVERSES AVENTURES.

L'humanité suit la charité, ou plutôt elle en fait partie. Le cheval d'un des dragons de la garde qui accompagnaient le roi dans une promenade, s'abattit : le dragon eut la jambe cassée. Monseigneur le duc et madame la duchesse de Berry le rencontrèrent ; ils descendirent de voiture, y firent placer le blessé, ordonnèrent qu'on le conduisit à l'Élysée pour être soigné jusqu'à parfaite guérison, et s'en retournèrent à pied par un soleil ardent.

C'était le même prince qui, souvent manquant de tout, n'avait pas trouvé une main pour le secourir.

MONSIEUR avait donné à son jeune fils cette chaumière de Bagatelle qui fit tant parler au commencement de la révolution, et dont le dernier commis de Buonaparte aurait dédaigné les jardins et l'ameublement. Monseigneur le duc de Berry aimait cette petite retraite, où il nourrissait les pauvres des environs. Il y allait souvent le matin dans la belle saison. Un jour, traversant le bois de Boulogne, il rencontre un enfant chargé d'un panier. Le prince arrête son cabriolet : « Petit bonhomme, où vas-tu ? » dit-il à l'enfant. « A la Muette, porter ce panier, » répond celui-ci. « Il est trop lourd pour toi ce panier, dit le prince : donne-le-moi, « je le remettrai en passant. Le panier est placé dans le cabriolet, et le prince le dépose fidèlement à son adresse. Il va trouver ensuite le père de l'enfant, et lui dit : « J'ai rencontré votre pe- « tit garçon ; vous lui faites porter des paniers trop lourds ; vous « détruirez sa santé, et vous l'empêcherez de grandir. Achetez- « lui un âne pour porter son panier. » Et il lui donne de l'argent pour acheter l'âne.

Qu'un grand monarque, qu'un homme célèbre se mêlent inconnus à la foule, on aime à les y chercher ; mais pourtant rien de plus facile que les vertus de position qu'ils déploient dans ces aventures ; l'orgueil humain s'arrange de descendre pour remonter. Ce n'est point ce plaisir des contrastes qu'on éprouve en lisant la vie privée de monseigneur le duc de Berry. Il n'était point roi ; il n'avait point encore cet éclat de gloire que la mort lui a donné : accoutumé à l'obscurité, ce n'était point une chose nouvelle pour lui de se trouver au milieu des rangs inférieurs de la société. Ce qui fait donc le charme des mots et des actions dont il remplissait ses journées, c'est la supériorité même de sa nature : on aime et l'on admire l'homme dans le prince, indépendamment de la scène qui le fait connaître.

CHAPITRE XIV.

SUITE DES AVENTURES.

Par une matinée du mois de juin, qui semblait devoir être belle, monseigneur le duc de Berry et madame la duchesse de Berry allèrent se promener à pied sur le boulevard : survient un orage. Un jeune homme passe avec un parapluie ; le prince le prie de le lui prêter pour sa femme. « Volontiers, dit le jeune « homme ; madame me permettra-t-elle de l'accompagner ? — « Très-certainement, » dit le prince. Et le voilà qui marche auprès de la princesse avec l'étranger. Le chemin était long ; le jeune homme disait souvent : « est-ce ici ? — Encore quelques « pas, » répondait le prince. On approche de l'Élysée-Bourbon ; la garde reconnait LL. AA. RR., et prend les armes. Le jeune homme, dans la dernière confusion, balbutie des excuses ; monseigneur le duc de Berry le rassure et le remercie.

Dans une autre course avec madame la duchesse de Berry, il fut obligé de se réfugier dans la loge d'une portière, qui eut lieu de remercier le ciel de lui avoir envoyé de pareils hôtes.

Lorsqu'on transporta au Pont-Neuf la statue de Henri IV, un accident arrêta l'appareil dans l'avenue de Marigny. Monseigneur le duc de Berry, qui se trouvait sur la terrasse de son jardin, le long de cette avenue, aperçut MONSIEUR et monseigneur le duc d'Angoulême, au milieu du peuple, dans leur voiture : il descend tête nue, en habit bleu, et sans ordres. La foule, qui ne le connaissait pas, ne voulait pas le laisser passer. Par hasard, quelqu'un le nomme. Aussitôt la multitude ouvre ses rangs, et le prince passe en disant : « Je vous demande pardon, mes amis ; « c'est mon père et mon frère qui m'appellent. » Le peuple fut charmé de cette simplicité et de cette confiance. Ce prince était au milieu des Français sous la protection publique, comme ces riches moissons qui reposent dans nos champs sans gardes et sans défenseurs.

Il allait souvent aux incendies, travaillait, portait de l'eau, et ne se retirait que le dernier : il se trouvait ainsi continuellement mêlé aux aventures populaires. Il revenait avec un aide-de-camp d'une de ses promenades accoutumées, lorsque, remontant le long du quai au charbon, il aperçoit des charbonniers qui retenaient un de leurs camarades : celui-ci faisait des efforts pour se débarrasser et se jeter dans la Seine. Le prince approche, entre en conversation, et apprend que le charbonnier qui veut se noyer est un père de famille, livré au désespoir par la perte d'une somme de quatre cents francs. Le prince fend la foule, arrive à l'homme, emploie tous les raisonnements, et obtient de lui avec beaucoup de peine qu'il différera l'exécution de son dessein de quelques moments. Le traité conclu, Monseigneur confie le charbonnier à la garde de ses camarades : l'aide-de-camp court au palais, et apporte les quatre cents francs. Les charbonniers apprirent alors que l'inconnu avec lequel ils avaient causé si familièrement était le neveu du roi. Ces braves gens, qui ne pouvaient rien pour leur bienfaiteur pendant sa vie, ont fait éclater leur reconnaissance à sa mort : ils ont accompagné à sa dernière demeure le prince dont il leur avait sauvé les jours, comme il avait sauvé ceux de leur infortuné camarade.

Les artistes avaient leur bonne part des visites de monseigneur le duc de Berry. Il tombait tout à coup dans l'atelier de nos grands peintres, comme François Ier chez Léonard de Vinci : il y passait des heures entières à les voir travailler, mêlant à sa vive admiration d'utiles et savantes critiques. Si aucune remarque fine n'échappait à la délicatesse de son goût, aucun sentiment élevé n'était étranger à la noblesse de son cœur. Il apprit que les restes du château de Bayard étaient à vendre ; il désira les acquérir, mais sous la condition que le contrat ne serait pas fait en son nom. Après la chute et le rétablissement de la monarchie, un fils de France, traitant pour acheter en secret les débris du manoir du plus parfait des chevaliers, est une chose qui peint à la fois et le prince et le siècle. Il y a des temps où il n'est permis ni d'honorer des ruines, ni d'être sans reproche.

Les personnes les moins bienveillantes pour le prince étaient désarmées aussitôt qu'elles l'avaient vu : il ne sortait pas d'un musée, d'un atelier, d'une manufacture, sans y laisser un ami : ses moyens de succès étaient tirés de sa propre nature. Apercevait-il un enfant, il courait à lui, le prenait dans ses bras, le caressait, l'embrassait : voilà le père et la mère séduits. Lui présentait-on un objet d'art, il l'examinait curieusement : voilà le savant où l'artiste charmé. Enfin il suivait envers tout le monde, par bonhomie, le conseil de Nestor, qui recommande d'appeler chaque soldat par son nom, afin de lui prouver qu'on le connaît et qu'on estime sa race. Il y a des gens qui s'attendrissent encore aujourd'hui lorsqu'ils racontent que monseigneur le duc de Berry leur avait demandé des nouvelles de leur santé en les appelant par leurs noms. « Comment, disent-ils, voulez-vous qu'on résiste à cela? » Pourquoi ces choses étaient-elles admirables dans monseigneur le duc de Berry? parce que la simplicité est le génie dans une âme supérieure : dans une âme commune, la simplicité est le train de nature ; c'est tout juste la médiocrité.

CHAPITRE XV.

SUITE DU PRÉCÉDENT.

Gracieux, délicat, élégant, ingénieux dans ses souvenirs avec les personnes d'un rang plus élevé, monseigneur le duc de Berry trouvait toujours quelque chose d'heureux à leur dire. Il écrivait à M. le marquis de Gontaut : « En confiant à la vicomtesse « de Gontaut le soin de ce que j'aurai de plus cher au monde, « j'ai cru lui donner une marque de mon estime particulière ; et « j'ai saisi avec empressement cette occasion de montrer à tout « ce qui porte le nom de Biron combien je compte sur un zèle « et un dévouement auxquels nous sommes accoutumés depuis « des siècles. »

Le général Levavasseur venait de perdre son fils ; Monseigneur lui écrivit aussitôt : « J'apprends avec beaucoup de peine, mon « cher Levavasseur, la perte cruelle que vous venez de faire : « elle est du nombre de ces événements pour lesquels on ne « peut offrir des consolations. Si l'assurance du très-véritable in-« térêt que je prends à votre malheur en adoucissait l'amer-« tume, vous pouvez y compter positivement. Votre pauvre fils « annonçait des dispositions qui auraient fait votre bonheur. Il « vous en reste un ; toutes vos affections vont se concentrer sur « lui : il faut espérer qu'il s'en rendra digne, et vous dédomma-« gera, autant qu'il sera en lui, du chagrin que vous éprouvez « en ce moment. Je regrette que ce soit un si triste événement « qui me donne l'occasion, mon cher Levavasseur, de vous re-« nouveler l'assurance de mon attachement et de ma parfaite « estime. »

Quatre mois après, Monseigneur donne un bal ; il pense au général Levavasseur, et recommande de *ne pas lui envoyer d'invitation.* Quelle mémoire! Le jour même de sa mort, monseigneur le duc de Berry ne fut occupé que des moyens d'arranger les affaires d'un homme qu'il aimait et qu'il avait attaché à son service.

Cette vie simple n'était point perdue pour le trône. On s'apercevait d'un progrès sensible dans la raison du prince, d'un adoucissement graduel dans son caractère. Ses idées se fixaient : à l'écart des hommes, il les voyait mieux. La première partie de ses jours s'était passée tout en expériences, la seconde tout en réflexions : il recueillait pour son règne le fruit de ses malheurs et le résultat de ses jugements.

CHAPITRE XVI.

MADAME LA DUCHESSE DE BERRY PERD SES DEUX PREMIERS ENFANTS. — FATALITÉ DES NOMBRES.

Cependant la fatale destinée qui poursuivait le prince repassait de temps en temps comme pour conserver ses droits et empêcher la prescription. Madame la duchesse de Berry accoucha le 13 juillet 1817 d'une fille qui ne vécut point. La princesse se plaignait d'avoir donné le jour à une fille. « Ne vous désolez point, « lui dit Monseigneur, : si c'était un garçon, les méchants di-« raient qu'il n'est pas à nous, tandis que personne ne nous dis-« putera cette chère petite fille. »

Le 13 septembre 1818, la princesse accoucha de nouveau d'un garçon qui mourut au bout de deux heures. Monseigneur le duc de Berry, frappé, le 13 février 1820, d'un coup mortel, remarqua le retour de cette date ; il n'aurait pas souffert que l'on comptât pour un jour fatal le 13 avril 1814, jour qui le rendit à la France.

Lorsque Henri IV fut assassiné, on fit aussi des calculs sur le nombre 14 (1). On remarqua que Henri était né 14 siècles 14 décades et 14 ans après la nativité de Notre-Seigneur ; qu'il vit le jour un 14 décembre, et mourut un 14 mai ; qu'il y avait 14 lettres dans son nom ; qu'il avait vécu quatre fois 14 ans, quatre fois 14 jours et 14 semaines ; qu'il avait été roi, tant de France que de Navarre, 14 triétérides ; qu'il avait été blessé par Jean Chatel 14 jours après le 14 décembre, en l'année 1594, entre lequel temps et celui de sa mort il n'y a que 14 ans, 14 mois et 14 fois cinq jours ; qu'il avait gagné la bataille d'Ivry le 14 mars ; que le dauphin était né 14 jours après le 14 septembre ; qu'il avait été baptisé le 14 août ; que le roi avait été tué le 14 mai, 14 siècles 14 olympiades après l'Incarnation, que l'assassinat eut lieu deux fois 14 heures après que la reine était entrée en pompe dans l'église de Saint-Denis, pour y être couronnée ; que Ravaillac avait été exécuté 14 jours après la mort du roi, en l'année 1610, laquelle se divise justement par 14, car 115 fois 14 font 1610.

Monseigneur le duc de Berry, dernier prince des Bourbons, dans la ligne directe, fut tué d'un coup de couteau comme le premier roi Bourbon. Il expira le 14 février 1820, comme son aïeul le 14 mai 1610 : le premier Condé avait été assassiné d'un coup de pistolet : le dernier Condé a été fusillé. Presque tous les ducs de Berry (y compris Louis XVI qui porta ce nom) ont eu une fin malheureuse. L'histoire, dans tous les siècles, a fait de pareils rapprochements qui ne prouvent rien, sinon la ressemblance des adversités parmi les hommes.

CHAPITRE XVII.

PRESSENTIMENTS DE MONSEIGNEUR LE DUC DE BERRY COMPARÉS A CEUX DE HENRI IV.

Madame de Sévigné appelle le rossignol *le héraut du printemps :* la jeune princesse, fille de notre aimable prince, était venue nous annoncer le retour des beaux jours de la monarchie, et nous prédire un frère et un roi. La naissance de Mademoiselle avait redoublé la tendresse de monseigneur le duc de Berry pour sa femme ; il chérissait dans cette princesse la mère des monarques futurs qui devaient assurer le repos de l'État : l'amour de la patrie augmentait en lui l'amour paternel. Toutefois des pensées tristes l'assiégeaient.

Il existe en France une certaine classe d'hommes ou d'avortons révolutionnaires qu'on ne saurait définir : c'est, si l'on veut, la bassesse vivante et personnifiée ayant pour âme le crime. Ces hommes, ensevelis dans le mépris sous un gouvernement régulier, étouffent ; et, pour donner passage à la voix de leur con-

(1) *Journal de l'Étoile.*

science, ils ont recours aux lettres anonymes; ces lettres ne sont pour ainsi dire que la copie des pages de ce livre éternel où les forfaits de la pensée sont écrits. De pareilles lettres avaient souvent été adressées à monseigneur le duc de Berry; dans les derniers temps, elles s'étaient multipliées, et leur style devenait de plus en plus atroce. Le prince en était assez frappé, soit qu'il eût des pressentiments secrets, soit qu'il ne pût s'empêcher de reconnaître les symptômes d'une décomposition sociale.

Henri IV avait de même pressenti sa fin. « Pardieu, je mourrai « dans cette ville, répétait-il à Sully ; je n'en sortirai jamais : ils « me tueront. Je vois bien qu'ils mettent toute leur dernière « ressource dans ma mort (1). » Une autre fois, il dit à Marie de Médicis : « Ma mie, si ce sacre ne se fait jeudi, je vous assure « que vendredi passé vous ne me verrez plus. » Il lui dit encore dans une autre occasion : « Passez, passez, madame la régente ! » Un jour il répondit à M. de Guise qui s'entretenait avec lui :
« Vous ne me con-
« naissez pas main-
« tenant, vous au-
« tres ; mais je
« mourrai un de
« ces jours, et
« quand vous
« m'aurez perdu,
« vous connaîtrez
« lors ce que je
« valais. » Bas-
sompierre, qui était
présent, voulut le
ramener à des
idées moins tristes,
en lui faisant l'é-
numération de ses
félicités. Henri se
prit à soupirer, et
lui repartit : « Mon
« ami, il faudra
« quitter tout ce-
« la. » « Il fallait
« bien, dit Péré-
« fixe, qu'il y eût
« plusieurs cons-
« pirations sur la
« vie de ce bon
« roi, puisque de
« vingt endroits on
« lui en donnait
« avis; puisqu'on
« fit courir le bruit
« de sa mort en Espagne et à Milan ; puisqu'il passa un courrier « par la ville de Liége, huit jours avant qu'il fût assassiné, qui « dit qu'il portait nouvelle au prince d'Allemagne qu'il avait été « tué. » Quelle singulière ressemblance ! La mort de monseigneur le duc de Berry a été aussi annoncée d'avance par des voyageurs, des lettres, des courriers. Le bruit en était public à Londres huit jours avant l'événement. Enfin, monseigneur le duc de Berry devait périr, comme Henri IV, dans une fête.

(1) *Mémoires de Sully, Bassompierre, Journal de l'Étoile,* etc.

LIVRE SECOND.

Mort et funérailles du prince.

CHAPITRE PREMIER.

MONSEIGNEUR LE DUC DE BERRY EST BLESSÉ À L'OPÉRA.

Ce n'est pas la première fois que le sang chrétien a coulé dans ces spectacles que l'Église appelle le petit paganisme, *dans ces jours gras consacrés au vieillard portant la faux* (1). C'est pour les fidèles une tradition des jeux de l'amphithéâtre, un héritage du martyre.

Le dimanche 13 février, monseigneur le duc et madame la duchesse de Berry allèrent à l'Opéra,
où les danses et les
jeux étaient appro-
priés aux folies de
ce temps de l'an-
née. Ils profitèrent
d'un entr'acte pour
visiter, dans leur
loge, monseigneur
le duc et madame
la duchesse d'Or-
léans.

Monseigneur le
duc de Berry ca-
ressa les enfants,
et joua avec le petit
duc de Chartres.
Témoin de cette
union des princes,
le public applaudit
à diverses reprises.

Madame la du-
chesse de Berry,
en retournant à sa
loge, fut heurtée
par la porte d'une
autre loge qui vint
à s'ouvrir. Bientôt
elle se trouva fati-
guée, et voulut se
retirer : il était on-
ze heures moins

Les Vendéens coupent les cheveux des soldats républicains.

quelques minutes. Monseigneur le duc de Berry la reconduisit à sa voiture, comptant rentrer ensuite au spectacle.

Le carrosse de madame la duchesse de Berry s'était approché de la porte. Les hommes de garde étaient restés dans l'intérieur ; depuis longtemps le prince ne souffrait pas qu'ils sortissent : un seul, en faction, présentait les armes et tournait le dos à la rue de Richelieu. M. le comte de Choiseul, aide-de-camp de monseigneur, était à la droite du factionnaire, au coin de la porte d'entrée, tournant le dos à la rue de Richelieu.

M. le comte de Mesnard, premier écuyer de madame la duchesse de Berry, lui donna la main gauche pour monter dans son carrosse, ainsi qu'à madame la comtesse de Béthisy : monseigneur le duc de Berry lui donnait la main droite. M. le comte de Clermont-Lodève, gentilhomme d'honneur du prince, était derrière le prince en attendant que Son Altesse Royale rentrât, pour le suivre ou le précéder.

Alors un homme venant du côté de la rue de Richelieu, passe

(1) *Luctis polciferi Senis dichus* (MARTIAL, Épig.)

rapidement entre le factionnaire et un valet de pied qui relevait le marchepied du carrosse. Il heurte le dernier, se jette sur le prince, au moment où celui-ci se retournant pour rentrer à l'Opéra, disait à madame la duchesse de Berry : « Adieu, nous « nous reverrons bientôt. » L'assassin, appuyant la main gauche sur l'épaule gauche du prince, le frappe de la main droite, au côté droit, un peu au-dessous du sein.

M. le comte de Choiseul, prenant ce misérable pour un homme qui en rencontre un autre en courant, le repousse en lui disant : « Prenez « donc garde à ce « que vous faites. » Ce qu'il avait fait était fait.

Poussé par l'assassin sur M. le comte de Mesnard, le prince porta la main sur le côté où il n'avait cru recevoir qu'une contusion ; et tout à coup il dit : « Je « suis assassiné ! « cet homme m'a « tué ! — Seriez- « vous blessé, « monseigneur ? » s'écrie le comte de Mesnard. Et le prince répliqua d'une voix forte : « Je suis mort, je « suis mort : je « tiens le poi- « gnard ! »

Au premier cri du prince, MM. de Clermont et de Choiseul, le factionnaire nommé Desbiez, un des valets de pied, plusieurs autres personnes, avaient couru après l'assassin, qui s'était enfui par la rue de Richelieu. Madame la duchesse de Berry, dont le carrosse n'était pas encore parti, entend la voix de son mari, et veut se précipiter par la portière qu'on entr'ouvre. Madame la comtesse de Béthisy la retient par sa robe ; un des valets de pied l'arrête pour l'aider à descendre ; mais elle, s'écriant : « Laissez-moi, je vous ordonne de me laisser, » s'élance, au péril de sa vie, par-dessus le marchepied de la voiture.

Le prince s'efforçait de lui dire de loin : « Ne descendez pas ! »

Suivie de madame la comtesse de Béthisy, elle court à

Le duc de Berr et les grenadiers de la vieille garde.

monseigneur que soutenaient M. le comte de Mesnard, M. le comte de Clermont et plusieurs valets de pied. Le prince avait retiré le couteau de son sein, et l'avait donné à M. de Mesnard, l'ami de son exil.

Dans le passage où se tenait la garde, il y avait un banc ; on assit monseigneur le duc de Berry sur ce banc, la tête appuyée contre le mur, et l'on ouvrit ses habits pour découvrir la blessure. Elle rendait beaucoup de sang. Alors le prince dit de nouveau : « Je suis « mort ! un prê- « tre ! venez, ma « femme, que je « meure dans vos « bras. » Une défaillance survint. La jeune princesse se précipita sur son mari, et dans un instant ses habits de fête furent couverts de sang.

L'assassin, déjà arrêté par un garçon de café, nommé Paulmier ; par le factionnaire Desbiez, chasseur au 4e régiment de la garde royale ; et ensuite par les sieurs David, Lavigne et Boland, gendarmes, avait été amené à la porte où il avait commis son crime. Les soldats l'entouraient ; il était à craindre qu'ils ne le massacrassent. M. le comte de Mesnard leur cria de ne pas le toucher. M. le comte de Clermont donna l'ordre de le conduire au corps de garde, et l'y suivit. On le fouilla : on trouva sur lui un autre poignard avec sa gaine et la gaine du poignard laissé dans la blessure.

Ces objets furent donnés à M. le comte de Clermont, qui les remit à M. le comte de Mesnard.

CHAPITRE II.

PREMIER PANSEMENT DU PRINCE.

Tandis que monseigneur le duc de Berry était assis sur le banc dans le passage, M. le comte de Choiseul, un valet de pied, un ouvreur de loges, avaient couru pour chercher un médecin. On leur avait indiqué le docteur Blancheton : il demeurait dans le voisinage, et vint à l'instant même. M. Drogard, médecin, l'avait précédé. Ces deux hommes de l'art trouvèrent monseigneur le duc de Berry dans le petit salon de sa loge où il avait été porté. En entrant dans ce salon, le prince, qui avait repris sa connaissance, demanda si le coupable était un étranger. On lui répondit que non. « Il est cruel, dit le fils de France, de mourir de la main d'un Français ! »

Madame la duchesse de Berry s'adressa au docteur Blancheton pour connaître la vérité, promettant de la supporter avec courage : il répondit que le prince n'ayant pas rendu le sang par la bouche, c'était un favorable augure. M. Blancheton crut d'abord que la plaie était au bas-ventre où il trouva une grande quantité de sang épanché, mais il reconnut bientôt qu'elle était au-dessous du sein droit. Il la dégagea de sang caillé : le prince fut saigné au bras droit par M. Drogard. Monseigneur recouvra alors assez de force pour dire aux deux médecins : « Je suis bien sensible à vos soins, mais ils sont inutiles ; je suis perdu. » M. Blancheton essaya de lui persuader que la blessure n'était pas profonde. « Je ne me fais pas illusion, repartit le prince ; le poignard est entré jusqu'à la garde, je puis vous l'assurer. » Madame la duchesse de Berry arracha sa ceinture pour servir de bandage et d'appareil. Elle seule avait conservé sa présence d'esprit dans ce moment affreux, et déployait un caractère au-dessus des âmes communes. Le prince, dont la vue s'obscurcissait, disait de temps en temps : « Ma femme, êtes-vous là ? — Oui, répondait la princesse en essuyant ses pleurs ; oui, je suis là ; je ne vous quitterai jamais. »

M. Bougon, premier chirurgien ordinaire de Monsieur, instruit du malheur par M. Esquirolle, médecin de la Salpêtrière, se rendit en hâte auprès de monseigneur le duc de Berry : le docteur Lacroix venait d'arriver de son côté. Le prince reconnut M. Bougon qui l'avait suivi à Gand, et qui avait espéré lui donner ses soins sur un autre champ de bataille. « Mon cher Bougon, lui dit-il, je suis frappé à mort. » En attendant l'application des ventouses, le dévoué serviteur d'un si bon maître suça la blessure à diverses reprises. « Que faites-vous, mon ami, dit le royal patient ; la plaie est peut-être empoisonnée ! »

CHAPITRE III.

ARRIVÉE DE MONSEIGNEUR L'ÉVÊQUE DE CHARTRES, DE MONSEIGNEUR LE DUC D'ANGOULÈME, DE MADAME ET DE MONSIEUR. — SECOND PANSEMENT DE LA BLESSURE.

Monseigneur le duc de Berry n'avait cessé de demander un prêtre. M. le comte de Clermont était parti pour les Tuileries, d'où il ramena monseigneur l'évêque de Chartres, confident d'une conscience qui n'a rien à cacher à la terre. Le prélat, accoutumé à admirer le père, venait s'instruire auprès du fils. Il trouva le prince dans le cabinet de sa loge, assis dans un fauteuil, soutenu par ses gens, entouré de chirurgiens ; il avait toute sa connaissance. Le blessé tendit la main au respectable évêque, demanda les secours de la religion, en exprimant les plus vifs sentiments de foi, de repentir et de résignation. Monseigneur l'évêque de Chartres exhorta monseigneur le duc de Berry à la confiance en Dieu : il lui demanda un acte général de contrition, afin de pouvoir l'absoudre, calmer ses inquiétudes, et attendre le moment où il serait possible à S. A. R. de faire une confession plus détaillée.

M. le comte de Mesnard, se flattant encore que la blessure n'était pas mortelle, était allé chercher monseigneur le duc d'Angoulème. Ce prince, qui venait de se coucher, s'habilla à la hâte et se rendit au lieu de douleur. L'entrevue des deux frères ne peut s'exprimer. Monseigneur le duc d'Angoulème se jeta sur la plaie de monseigneur le duc de Berry, en la baisant et en l'inondant de ses larmes ; ses sanglots l'étouffaient : son malheureux frère était également incapable de parler.

Tout ceci se passait dans le petit salon de la loge. On résolut alors de porter le prince dans une pièce voisine, où l'on établit une espèce de lit sur quatre chaises, que l'on remplaça par un lit de sangle.

Monseigneur le duc d'Angoulème, craignant quelque nouveau danger, n'avait pas permis à Madame de l'accompagner lorsqu'il s'était rendu à l'Opéra ; mais Madame n'avait pas tardé à le suivre. Que lui importent les périls ? Est-il une douleur qui puisse se passer d'elle, une adversité qui l'ait jamais fait reculer ? Madame est accoutumée à regarder la révolution en face : ce n'était pas la première fois que la fille de Louis XVI et de Marie-Antoinette prenait soin d'un frère mourant.

Bientôt Monsieur arrive. Il faut connaître la bonté, la tendresse, le cœur paternel de ce prince pour savoir ce qu'il eut à souffrir. Monsieur s'était obstiné à venir seul ; mais il ne savait pas qu'un de ses meilleurs serviteurs, M. le duc de Maillé, avait trouvé moyen de l'accompagner, et de faire la place de l'honneur de la place la moins honorée. Monseigneur le duc de Berry témoigna le désir de donner sa bénédiction à Mademoiselle ; elle lui fut apportée par madame la vicomtesse de Gontaut. Alors le prince levant une main défaillante sur sa fille : « Pauvre enfant, lui dit-il, je souhaite que tu sois moins malheureuse que ceux de ma famille. » Monseigneur le duc d'Orléans, madame la duchesse d'Orléans, mademoiselle d'Orléans, qui s'étaient rencontrés au spectacle, n'avaient pas quitté le prince : le père du duc d'Enghien arriva à son tour.

On tenta les saignées de pied presque sans succès ; mais plusieurs applications successives des ventouses apportèrent quelque soulagement au prince. Le pouls se ranima, le visage se colora, le sang coula par les veines ouvertes : l'on se réjouit de voir couler ce sang !

M. le duc de Maillé et M. le comte d'Audenarde étaient allés chercher M. Dupuytren. Ce célèbre chirurgien arriva à une heure : quand il entra, il trouva le prince couché sur le côté droit : sa pâleur, ses traits altérés, sa respiration courte, le gémissement qui s'échappait de sa poitrine, la sueur froide qui couvrait son front, le désordre de ses mouvements, le bouleversement de son lit, le sang qui inondait ce lit, et, plus que tout cela, l'horrible blessure qui se présentait à découvert, frappèrent de consternation un homme pourtant accoutumé aux spectacles des douleurs humaines. Le prince ne reconnaissait point M. Dupuytren : il lui tendit affectueusement la main, en lui disant qu'il souffrait cruellement. M. Dupuytren examina la blessure, puis se retira à l'écart pour consulter avec les hommes de l'art, MM. Blancheton, Drogard, Bougon, Lacroix, Thercin, Caseneuve, Dubois, Baron, Roux, et Fournier, jeune chirurgien qui se fit distinguer par son zèle. On fut d'avis d'élargir la plaie, comme le seul moyen qui restât d'ouvrir une issue au sang épanché dans la poitrine.

M. Dupuytren se rapprocha du prince, et l'interrogea sur son état ; il ne put en obtenir de réponse. Il pria madame la duchesse de Berry de lui adresser quelques questions. La princesse, se penchant sur lui, dit à son mari : « Je vous en prie, mon ami, indiquez-moi l'endroit où vous souffrez. » Le prince se ranima à cette voix si chère, prit la main de sa femme, et la posa sur sa poitrine. Madame la duchesse de Berry reprit : « C'est là que vous souffrez ? — Oui, répondit-il avec peine ; j'étouffe. » Monsieur voulut éloigner sa fille pendant l'opération. « Mon père, dit-elle, ne me forcez pas à vous désobéir ; » et, se tournant vers les gens de l'art : « Messieurs, faites votre devoir. » Pendant l'opération elle était à genoux au bord du lit, tenant le prince par la main gauche. Lorsqu'on porta le fer dans la plaie, monseigneur le duc de Berry s'écria : « Laissez-moi, puisque je dois mourir. — Mon ami, dit sa femme en pleurs, souffrez pour l'amour de moi ! » Un mot de cette jeune et admirable princesse apaisait les douleurs de son mari ; quand monseigneur l'évêque de Chartres parlait de religion, tout se changeait alors en malheureux prince en acte de résignation à la volonté de Dieu.

L'opération faite, monseigneur le duc de Berry passa la main sur les cheveux de la princesse, et lui dit : « Ma pauvre femme, « que vous êtes malheureuse ! » On reconnut dans l'opération toute la profondeur de la plaie. Le couteau dont le prince avait été frappé avait six à sept pouces de longueur ; la lame en était plate, étroite, à deux tranchants, comme celle du couteau de Ravaillac, et extrêmement aiguë.

CHAPITRE IV.

DIVERSES PAROLES DU PRINCE. — IL ANNONCE LA GROSSESSE DE MADAME LA DUCHESSE DE BERRY. — LE PRINCE AVOUE UNE FAUTE.

Un moment de calme suivit l'élargissement de la plaie : les mourants près d'expirer éprouvent presque toujours un soulagement qui leur laisse le temps de jeter un dernier regard sur la vie ; c'est le voyageur qui s'assied un instant pour contempler le pays qu'il a parcouru, avant de descendre le revers de la montagne. Le prince tenait la main de M. Dupuytren, et le priait de l'avertir lorsqu'il sentirait le pouls remonter ou s'affaisser : vigilant capitaine, il posait une sentinelle expérimentée pour n'être pas surpris par la mort, et pour s'avancer courageusement au-devant de ce grand ennemi : *Mors, ubi est victoria tua?*

Dans cet intervalle de repos il adressa ces paroles à madame la duchesse de Berry : « Mon amie, ne vous laissez pas accabler « par la douleur ; ménagez-vous pour l'enfant que vous portez « dans votre sein. » Ce peu de mots fit un effet surprenant sur l'assemblée ; en présence de la douleur on sent naître malgré soi un mouvement de joie : l'attendrissement redouble en même temps pour le prince qui laisse à la patrie, pour dernier bienfait, cette dernière espérance. Il s'en va, ce prince ; il semble emporter avec lui toute une monarchie, et à l'instant même il en annonce une autre. O Dieu ! feriez-vous sortir notre salut de notre perte même? La mort cruelle d'un fils de France a-t-elle été résolue dans votre colère ou dans votre miséricorde? est-elle une dernière restauration du trône légitime, ou la chute de l'empire de Clovis? Le prince a-t-il fui l'avenir, ou est-il allé en solliciter un plus favorable pour nous auprès de celui qui laisse quelquefois désarmer sa colère?

Partout où monseigneur le duc de Berry tournait ses yeux à demi éteints, toute une marque de bonté ou de reconnaissance : tandis que M. Blancheton lui pressait la tête, pour comprimer l'horrible douleur qu'il y éprouvait, il aperçut à quelque distance, près de son lit, des domestiques fondant en larmes : « Mon père, dit-il à Monsieur, je vous recommande ces « braves gens et toute ma maison. »

Des vomissements survinrent. Le prince répéta plusieurs fois que le poignard était empoisonné. Quelque temps auparavant il avait demandé à voir son assassin : « Qu'ai-je fait à cet homme? « répétait-il ; c'est pour être un homme que j'ai offensé sans le « vouloir. — Non, mon fils, lui répondit Monsieur, vous n'avez « jamais vu, vous n'avez jamais offensé cet homme ; il n'avait « contre vous aucune haine personnelle. — C'est что c'est in-« sensé? » repartit le prince. O digne enfant de l'Évangile ! vous mettiez en pratique le dernier conseil du saint roi de France à son fils : « Si Dieu t'envoie adversité, reçois-la bénignement (1) ! »

Il s'informait souvent de l'arrivée du roi. « Je n'aurai pas le « temps, disait-il, de demander grâce pour la vie de l'homme. » Il ajoutait après, en s'adressant tour à tour à son père et à son frère : Promettez-moi, mon père; promettez-moi, mon frère, de « demander au roi la grâce de la vie de l'homme. »

On a déjà raconté que monseigneur le duc de Berry, libre en Angleterre, avait eu une de ces liaisons que la religion réprouve, et que la fragilité humaine excuse. On peut dire de lui ce qu'un historien a dit de Henri IV : « Il était souvent faible, mais tou-« jours fidèle, et l'on ne s'aperçut jamais que ses passions eussent « affaibli sa religion (2). Monseigneur le duc de Berry cher-

(1) JOINVILLE.
(2) *Vie du père Cotton*, par le père D'ORLÉANS.

chant en vain dans sa conscience quelque chose de bien coupable, et n'y trouvant que quelques faiblesses, voulait, pour ainsi dire, les rassembler autour de son lit de mort, pour justifier au monde la grandeur de son repentir et la rudesse de sa pénitence. Il jugea assez bien de la vertu de sa femme pour lui avouer ses torts, et pour lui témoigner le désir d'embrasser les deux innocentes créatures, filles de son long exil. « Qu'on les fasse ve-« nir, s'écria la jeune princesse, ce sont aussi mes enfants. » Les deux petites étrangères arrivèrent au bout de trois quarts d'heure ; elles se mirent à genoux en sanglotant au bord du lit de leur seigneur, les joues baignées de larmes et les mains jointes. Le prince leur adressa quelques mots tendres en anglais, pour leur annoncer sa fin prochaine, leur ordonner d'aimer Dieu, d'être bonnes et de se souvenir de leur malheureux père. Il les bénit, les fit se relever, les embrassa ; et, adressant la parole à madame la duchesse de Berry : « Serez-vous assez bonne, lui dit-il, pour prendre soin de ces orphelines? » La princesse ouvrit ses bras, où les petites filles se réfugièrent ; elle les pressa contre son sein, et, leur faisant présenter MADEMOISELLE, elle leur dit : « Embras-« sez votre sœur. — « Pauvre Louise! » s'écria monseigneur le duc de Berry en s'adressant à la plus jeune, « vous ne verrez « plus votre père ! » On était partagé entre l'attendrissement pour le prince et l'admiration pour la princesse. Madame la vicomtesse de Gontaut, qui n'était pas prévenue, paraissait étonnée. MADAME s'en aperçut, et lui dit : « Elle sait tout ; elle a été sublime. »

CHAPITRE V.

LE PRINCE FAIT UNE CONFESSION PUBLIQUE ET REÇOIT L'EXTRÊME-ONCTION. — DIVERSES PAROLES DU PRINCE.

Cependant on étendit le prince sur un matelas à terre, tandis qu'on remuait sa couche. Ce fut là qu'il se confessa d'abord en particulier à monseigneur l'évêque de Chartres, et qu'il fit ensuite un aveu public de ses fautes : on aurait cru voir saint Louis expirant sur son lit de cendre. Il demanda pardon à Dieu de ses offenses et des scandales qu'il avait pu donner. « Mon « Dieu, ajouta-t-il, pardonnez-moi, pardonnez à celui qui m'a « ôté la vie ! »

Il demanda ensuite à son père sa bénédiction. « Lors le doux « père remit et pardonna au fils les défauts et courroux, et avec « merveilleuse ferveur de foi lui donna sa bénédiction, et entre « ses saints baisers le salua et à Dieu le recommanda (1). » Ces princes trouvaient tous les exemples dans leur famille.

Le mourant était remis sur son lit, monseigneur le duc d'Angoulême se replaça à genoux à ses côtés. « Ah! mon frère, dit le « Machabée chrétien, vous êtes un ange sur terre ; croyez-vous « que Dieu me pardonne? — Vous pardonner! répondit mon-« seigneur le duc d'Angoulême, il fait de vous un martyr ! » Un rayon de joie parut sur le front du prince mourant ; il ne douta point qu'un frère si pieux ne connût les desseins de la Providence, et il se reposa de son bonheur sur la foi du juste.

Alors le curé de Saint-Roch, que M. le comte de Clermont avait été chercher, arriva avec les saintes huiles : partout où l'on trouve une douleur, on rencontre un prêtre chrétien. Monseigneur le duc de Berry demanda le viatique : l'évêque de Chartres lui dit avec un vif regret que les vomissements s'y opposaient. Le prince se résigna, fit un signe de croix, et attendit l'Extrême-Onction. Il commença son *Confiteor*, et frappa comme un coupable d'une main pénitente ce sein que le poignard semblait n'avoir ouvert que pour en faire sortir les innocents secrets, et d'où il ne s'écoulait que des vertus avec le sang de saint Louis.

Le prince voyait s'approcher sa dernière heure ; il ressentait des douleurs cruelles, et tombait à tout moment en défaillance. On l'entendait répéter à voix basse : « Que je souffre! que cette « nuit est longue! le roi vient-il? » Il appelait souvent son père;

(1) RENAUD, dans la *Vie de Philippe le Bel*.

et son père, étouffant de sanglots, lui disait : « Je suis là, mon « ami. » On lui apprit que les maréchaux étaient arrivés. « J'es-« pérais, répondit-il, verser mon sang au milieu d'eux pour la « France. » Dévoré d'une soif ardente, il ne buvait qu'à regret, et seulement pour se soutenir jusqu'à l'arrivée du roi. On lui annonça M. de Nantouillet. « Viens, mon bon Nantouillet, mon « vieil ami, » s'écria-t-il en faisant un effort ; « que je t'embrasse « encore une fois ! » Le *vieil ami* se précipita sur la main du prince et sentit amèrement l'impuissance de l'homme à rache-ter de ses jours les jours qu'il voudrait sauver.

Les compagnons de M. de Nantouillet, M. le comte de Cha-bot, M. le marquis de Coigny, M. le comte de Brissac, M. le vi-comte de Montélégier, M. le prince de Beaufremont, M. le comte Eugène d'Astorg, étaient accourus : ils se pressaient au-tour de leur prince expirant, comme ils l'auraient environné au champ d'honneur. Leur douleur était partagée par les autres loyaux serviteurs attachés au reste de la famille royale. M. le marquis de Latour-Maubourg se tint constamment debout au pied du lit de monseigneur le duc de Berry : ce guerrier, qui avait laissé une partie de son corps sur les champs de bataille, était là comme un témoin envoyé par l'armée pour assis-ter au dernier combat d'un héros.

Nuit d'épouvante et de plaisir ! nuit de vertus et de crimes ! Lorsque le fils de France blessé avait été porté dans le cabinet de sa loge, le spectacle durait encore. D'un côté on entendait les sons de la musique, de l'autre les soupirs du prince expi-rant ; un rideau séparait les folies du monde de la destruction d'un empire. Le prêtre qui apporta les saintes huiles traversa une foule de masques. Soldat du Christ, armé pour ainsi dire de Dieu, il emporta d'assaut l'asile dont l'Église lui interdisait l'entrée, et vint, le crucifix à la main, délivrer un captif dans la prison de l'ennemi.

Une autre scène se passait près de là : on interrogeait l'assas-sin. Il déclarait son nom, s'applaudissait de son crime ; il dé-clarait qu'il aurait frappé monseigneur le duc de Berry pour tuer en lui toute sa race ; que si lui, meurtrier, s'était échappé, il se-rait allé *se coucher*, et que le lendemain il eût renouvelé son attentat sur la personne de monseigneur le duc d'Angoulême. *Se coucher !* pour dormir, malheureux ! votre bienveillante vic-time avait-elle jamais troublé votre sommeil ? Dans la suite de son interrogatoire, cette brute féroce, sans attachement même sur la terre, a déclaré qu'il n'en mouraît qu'un mot ; qu'elle n'a-vait d'autre regret que de ne pas avoir sacrifié toute la famille royale. Et le prince expirant, plein de tendresse et d'amour, n'a d'autre regret que de ne pouvoir sauver la vie de son meurtrier ; et il n'accuse personne, et sa rigueur ne tombe que sur lui-même. Ce prince, qui sait que Dieu n'est pas un mot, tremble de comparaître au tribunal suprême ; le martyre lui ouvre les portes du ciel, et il ne se croit pas assez pur pour aller rejoindre le saint roi et le roi martyr : il ne peut trouver dans son inno-cence l'assurance que l'assassin trouve dans son crime. Voilà les hommes tels que la révolution les a faits, et tels que la religion les faisait autrefois.

CHAPITRE VI.

ARRIVÉE DU ROI. — LE PRINCE DEMANDE LA GRACE DE SON ASSASSIN.

La foule s'était écoulée du spectacle : le plaisir avait cédé la place à la douleur. Les rues devenaient désertes : le silence croissait ; on n'entendait plus que le bruit des gardes et celui de l'arrivée des personnes de la cour : les unes, surprises au milieu des plaisirs, accouraient en habit de fête ; les autres, réveillées au milieu de la nuit, se présentaient dans le plus grand désordre. Çà et là se glissaient quelques obscurs amis des Bourbons qu'on ne voit point dans les temps de la prospérité, et qui se retrou-vent, on ne sait comment, au jour du malheur. Les passages conduisant à l'appartement du prince étaient remplis ; on se

pressait à ces mêmes portes où l'on s'étouffe pour rire ou pour pleurer aux fictions de la scène. On cherchait à découvrir quelque chose lorsque les portes venaient à s'ouvrir ; on inter-rogeait ses voisins, et, par des nouvelles subitement affirmées, subitement démenties, on passait de la crainte à l'espérance, de l'espérance au désespoir.

Trois bulletins avaient été portés aux Tuileries. A cinq heures le roi arriva ; on l'avait déjà rassuré sur la position du prince. Le mourant, qui avait entendu le bruit des chevaux dans la rue, parut revivre. Le roi entra. « Mon oncle, dit monsei-« gneur le duc de Berry, donnez-moi votre main, que je la « baise pour la dernière fois. » Le roi s'avança : son visage ex-primait cette majestueuse douleur que ressentit Louis XIV lors-qu'il vit l'espoir de la monarchie reposer sur la tête d'un en-fant. Il donna sa main à baiser à son neveu, et baisa lui-même celle du prince infortuné. Alors monseigneur le duc de Berry dit au roi : « Mon oncle, je vous demande la grâce de la vie de « l'homme. » Le roi, profondément ému, répondit : « Mon ne-« veu, vous n'êtes pas aussi mal que vous le pensez ; nous en « reparlerons. » — « Le roi ne dit pas *oui*, reprit le prince en « insistant. Grâce au moins pour la vie de l'homme, afin que je « meure tranquille ! »

Revenant encore sur le même sujet, il disait : « La grâce de « la vie de cet homme eût pourtant adouci mes derniers mo-« ments. » Enfin, lorsqu'il ne pouvait déjà plus parler que d'une voix entrecoupée et en mettant un long intervalle entre chaque mot, on l'entendait dire : « Du moins, si j'emportais l'idée... que le « sang d'un homme ne coulera pas pour moi après ma mort... »

Le roi demanda en latin à M. Dupuytren ce qu'il pensait de l'état du prince. M. Dupuytren fit un signe qui ne laissa au mo-narque aucune espérance.

Monseigneur le duc de Berry avait pourtant rassemblé le reste de ses forces sous les yeux du chef de son auguste maison. Le pouls s'était ranimé, la parole était plus libre, l'étouffement moins violent. Le prince s'inquiéta du mal qu'il avait pu faire au roi en troublant son sommeil. Il le supplia de s'aller coucher. « Mon enfant, répondit le roi, j'ai fait ma nuit ; il est cinq « heures. Je ne vous quitterai plus. » Le jour en effet était venu pour éclairer un si beau trépas : le prince allait se réveiller parmi les anges, au moment où, parmi les hommes, il avait ac-coutumé de sortir du sommeil.

CHAPITRE VII.

DÉSESPOIR DE MADAME LA DUCHESSE DE BERRY. — MORT DU PRINCE.

Monseigneur ne s'était point abusé sur le soulagement apporté à son état par la vertu de cette présence du roi, qui contient toujours un cœur français. Il sentit approcher une défaillance, et dit : « C'est ma fin. »

Madame la duchesse de Berry, qui depuis longtemps faisait violence à sa douleur, la laissa enfin éclater. « Ses sanglots me « tuent, s'écria le prince ; emmenez-la, mon père ! » On entraîna la princesse dans le cabinet voisin. Toutes les dames attachées à sa maison, madame la duchesse de Reggio, madame la comtesse de Béthisy, madame la comtesse d'Hautefort, madame la comtesse de Noailles, madame la comtesse de Bouillé, madame la vicom-tesse de Gontaut, l'environnèrent (1). La princesse fut un peu soulagée par ses larmes : elle promit de ne plus pleurer, et rentra dans l'appartement du prince.

Si, dans quelque partie de l'Europe civilisée, on eût demandé

(1) Madame la marquise de Gourgue, absente pour cause de maladie, ne s'est pas consolée de n'avoir pu se trouver à cette scène de désolation. L'ha-bile petite-fille de M. de Malesherbes était appelée comme de plus droit au nou-veau deuil de la famille royale.

Nous ne devons pas oublier de nommer madame d'A***, H***, qui, avec les autres femmes de madame la duchesse de Berry, s'est trouvée auprès de la princesse.

à un homme un peu accoutumé aux choses de la vie ce que faisait à cette heure la famille royale de France, il eût répondu sans doute qu'elle était plongée dans le sommeil au fond de ses palais, ou que, surprise par une révolution, elle était entraînée au milieu d'un peuple ému. Non : tout ce peuple dormait sous la garde de son roi, et le roi veillait seul avec sa famille ! Après tant de scènes produites par la révolution, nul n'aurait imaginé d'aller chercher tous les Bourbons réunis, au lever de l'aube, dans une salle de spectacle déserte, autour du lit de leur dernier fils assassiné. Heureux l'homme ignoré du monde, qui se réveille dans une chaumière, au milieu de ses enfants que ne poursuit point la haine, et dont aucun ne manque aux embrassements paternels ! A quel prix faut-il maintenant acheter les couronnes ? et qu'est-ce aujourd'hui qu'un empire ?

Tout espoir s'évanouissait ; les symptômes les plus alarmants étaient revenus. Le découragement des médecins était visible : la mort arrivait. Le prince demanda à être changé de côté ; les médecins s'y opposèrent ; le prince insista. On l'entendit prononcer à voix basse ces derniers mots : « Vierge sainte, faites-moi misé- « ricorde. » Il ajouta quelques autres paroles qui se sont perdues dans la tombe. Alors on le tourna sur le côté gauche selon son désir : dans un instant les facultés intellectuelles s'évanouirent. Monsieur parvint à arracher une seconde fois sa fille à l'horreur de ce dernier moment.

Hors de la présence de son mari, elle se livra au plus effrayant désespoir. S'adressant à madame la vicomtesse de Gontaut, elle s'écriait : « Madame, je vous recommande ma fille ; puisque mon « mari est mort, je veux mourir. » Tout à coup, échappant aux bras qui la retiennent, elle rentre dans la chambre de deuil, renverse tout sur son passage, arrive au bord de la couche, pousse un cri, et se jette échevelée sur le corps de son mari : monseigneur le duc de Berry venait d'expirer ! On présente en vain à la bouche du prince le verre qui couvrait la tabatière du roi, la vapeur de la vie ne parut point sur le verre, le souffle que l'on cherchait était retourné à Dieu. Tout tombe à genoux ; des sanglots et des prières s'élèvent vers le ciel. Le bruit des larmes se communique au dehors, et un murmure de douleur s'étend de proche en proche dans la foule qui environnait l'appartement du prince.

A cette clameur succède un morne effroi. Le silence de la mort semble un moment se communiquer à ceux qui environnaient le lit funèbre ; madame la duchesse de Berry le rompt la première. Elle se lève, se tourne vers le roi et lui dit : « Sire, j'ai une grâce « à requérir de Votre Majesté ; elle ne me la refusera pas. » Le roi écoute. Dans l'égarement de sa douleur elle ajoute : » Je « vous demande la permission de retourner en Sicile ; je ne puis « plus vivre ici après la mort de mon mari. » Le roi cherche à la calmer : on la porte dans son carrosse, à moitié évanouie, et on la dépose dans son palais solitaire.

Les princes prièrent alors le roi de s'éloigner.

« Je ne crains pas le spectacle de la mort, reprit le monarque : « j'ai un dernier devoir à rendre à mon fils. » Appuyé sur le bras de M. Dupuytren, il s'approche du lit, ferme les yeux et la bouche du prince, lui baise la main, et se retire sans proférer une seule parole. Chacun s'éloigne en silence, comme s'il eût craint de réveiller le fils de France endormi. M. Bougon demeura à la garde du corps. « J'allai trouver à l'Hôtel-Dieu, dit M. Du-« puytren, d'autres afflictions et d'autres souffrances ; mais du « moins celles-là étaient dans l'ordre de la nature (1). »

Lorsque l'on fit l'ouverture du corps, on reconnut que le cœur même avait été blessé : le prince aurait dû mourir sous le coup ; de sorte qu'on peut dire que Dieu le fit vivre pendant quelques heures par un miracle, afin de nous le faire connaître et de donner au monde une des plus belles leçons qu'il ait jamais reçues.

Un fils de saint Louis, dernier rejeton de la branche aînée de sa famille, échappe aux traverses d'un long exil, et revient dans

(1) Note manuscrite.

sa patrie ; il commence à goûter le bonheur ; il se flatte de se voir renaître, de voir renaître en même temps la monarchie dans les enfants que Dieu lui promet : tout à coup il est frappé au milieu de ses espérances, presque dans les bras de sa femme. Il va mourir, et il n'est pas plein de jours ! Ne pourrait-il accuser le ciel, lui demander pourquoi il le traite avec tant de rigueur ? Ah ! qu'il lui eût été pardonnable de se plaindre de sa destinée ! car, enfin, quel mal faisait-il ? Il vivait familièrement au milieu de nous dans une simplicité parfaite ; il se mêlait à nos plaisirs et soulageait nos douleurs ; il ne nous priait, pour récompense de ses bienfaits, que de le laisser vivre obscur, en attendant qu'il devînt notre grand roi et notre bon maître. Déjà six de ses parents avaient péri ; pourquoi l'égorger encore, le rechercher, lui innocent, lui si loin du trône, vingt-sept ans après la mort de Louis XVI ? Connaissons mieux le cœur d'un Bourbon ! Ce cœur, tout percé qu'il est du poignard qui le blesse, de ce cœur nous un seul murmure : pas un regret de la vie, pas une parole amère, ne sont échappés à ce prince. Époux, fils, père et frère, en proie à toutes les angoisses de l'âme, à toutes les souffrances du corps, il ne cesse de demander la grâce de l'homme qu'il n'appelle pas même son assassin ! Le caractère le plus impétueux devient tout à coup le caractère le plus doux. C'est un homme plein de passions, attaché à l'existence par tous les liens du cœur ; c'est un prince dans la fleur de l'âge ; c'est l'héritier du plus beau royaume de la terre qui expire, et vous diriez que c'est un infortuné qui ne perd rien ici-bas. Le prodige est partout : l'âme est pour ainsi dire transformée, et le corps, par la force de l'âme, semble vivre contre les lois de la nature. Depuis trente ans, les Français se font moissonner sur les champs de bataille ; la Providence voulait opposer à ces sacrifices de l'honneur l'héroïsme d'un trépas chrétien : elle voulait nous montrer, dans l'antique famille de nos rois, ce que c'était que ces anciennes morts des chevaliers dont nous avions perdu la tradition.

CHAPITRE VIII.

CONSTERNATION DE LA FRANCE ET DE L'EUROPE. — CHAPELLES ARDENTES AU LOUVRE ET A SAINT-DENIS.

Fatigué de danses et de joie, Paris était plongé dans le sommeil. A mesure que ses habitants se réveillent, ils apprennent la nouvelle fatale. Le peuple fut instruit d'abord : sorti de sa demeure au lever du jour pour recommencer le cercle de ses misères, le premier malheur qu'il rencontra fut la mort d'un prince, père des pauvres, soutien des infortunés. On ne peut comparer la consternation qui se répandit dans Paris, et de là dans toute la France, qu'à celle que l'on remarqua le jour de l'assassinat du duc d'Enghien, avec cette différence qu'à la première époque la douleur publique était comprimée. Le corps de monseigneur le duc de Berry, porté chez M. le marquis d'Autichamp, gouverneur du Louvre, fut ensuite transféré dans une chapelle ardente, sous les voûtes de la même salle où le corps de Henri IV avait jadis été déposé. C'était aussi dans cette salle que l'industrie française offrait naguère à l'admiration publique ses chefs-d'œuvre, et c'est de là que la révolution venait à son tour étaler un de ses plus brillants ouvrages.

Plusieurs personnes moururent subitement en apprenant l'assassinat de monseigneur le duc de Berry. Des prêtres tombèrent à l'autel ; et, jusque dans les pays étrangers, ces morts surnaturelles se renouvelèrent aux services funèbres du prince. Les rois pleurèrent sur leurs trônes et se crurent eux-mêmes frappés. De grandes princesses, connues par leur bienfaisance inépuisable, exprimèrent des regrets que l'histoire doit consacrer.

17 mars 1820.

« Vous me dites avoir pensé à moi dès les premiers moments « du douloureux saisissement que vous a causé la mort de mon-

« seigneur le duc de Berry. Je vous assure qu'à peine cette hor-
« rible nouvelle était venue me bouleverser que ma pensée vous
« cherchait. On éprouve dans ce moment-là le besoin de s'a-
« dresser à tous ceux dont les sentiments et les opinions sont con-
« formes aux nôtres. Cet horrible attentat, accompagné de toutes
« les circonstances qui le rendent si déchirant, aurait ému toute
« âme sensible de la plus vive douleur, quand même il aurait
« été commis sur un homme obscur et indifférent ; mais ici tout
« se réunit pour rendre ce malheur personnel à ceux qui aiment
« et désirent l'ordre et le bien. Il paraît du moins que, pour le
« moment, les suites n'en sont pas aussi funestes qu'il y avait
« lieu de le craindre. Il paraît que la masse de la nation a senti
« comme elle le devait. Si ce moment pouvait ouvrir les yeux,
« ébranler assez les cœurs pour inspirer l'horreur de ces *opinions*
« qui ont porté le monstre à commettre son crime, ce serait un
« bien dans le mal. Espérons en Dieu, qui fait quelquefois naître
« le bien de ce qui nous paraît être sans espoir. Qu'il protège
« cette intéressante duchesse de Berry, et la fasse heureusement
« accoucher d'un fils. Il y a plus de quinze jours que nous avons
« reçu cette nouvelle : mon imagination est à peine calmée sur
« l'horreur qu'elle m'a inspirée ; mais mon intérêt pour la fa-
« mille royale n'est pas refroidi. Je voudrais en avoir des nou-
« velles tous les jours ; je recueille avec avidité tout ce que je
« puis en apprendre ; et les détails, quoique naturellement un
« peu confus, que vous me donnez dans votre lettre, n'en ont
« pas été moins précieux pour moi. Profitez de toutes les occa-
« sions pour m'écrire, et donnez-moi tous les détails que vous
« pourrez rassembler sur cette famille si malheureuse et si inté-
« ressante. »

Noble et généreuse sollicitude ! Par une circonstance touchante,
celui qui s'est trouvé chargé d'annoncer le malheur de la famille
royale sur ces bords lointains était l'ami, le compagnon de monseigneur le duc de Berry : il n'aura eu besoin que de laisser éclater
sa propre douleur pour exprimer celle de la France.

Dans Paris, les regrets du peuple ne se calmaient pas : il ra-
contait mille traits de la bonté du prince ; il adressait au ciel des
vœux pour lui. Une pauvre femme mit en gage sa robe afin de
faire dire une messe pour le repos de l'âme du fils des rois. La
foule ne cessait d'assiéger le Louvre, de prier, de jeter de l'eau
bénite sur le cercueil, de se plaindre qu'on eût si tôt recouvert le
visage du prince : elle aurait surtout voulu voir la blessure. L'assassin seul la regarda sans émotion : lorsqu'on le confronta aux
restes sanglants de la victime, il ne fit aucune réponse, ni par les
yeux, ni par la bouche, au cadavre qui l'interrogeait. L'athée, sachant qu'il allait mourir, espérait dormir en paix avec son crime :
le néant est quelque chose à celui pour qui Dieu n'est rien.

La dépouille mortelle de l'héritier de nos monarques étant
portée à Saint-Denis, les classes du peuple les plus pauvres, des
hommes et des femmes dans les lambeaux de la misère, se mê-
lèrent au cortége. La confrérie des charbonniers marchait au
milieu des officiers et des soldats, ce qui mérita à ces représentants de la douleur populaire l'honneur d'une place marquée aux
funérailles. Dans les villages où passa le convoi, les chemins
avaient été balayés, les murs des chaumières tapissés de ce que
les habitants possédaient de plus précieux. Tout le temps que
dura la chapelle ardente à Saint-Denis, on vit accourir les députés des villes et des hameaux voisins, pour rendre hommage au
fils de France décédé. L'église était incessamment remplie de
paysans et de gens du peuple ; des enfants y vinrent avec leurs
maîtres ; on y vit même de grands criminels : autour de ce cercueil, l'innocence pleurait comme le repentir. Toutes les provinces du royaume exprimèrent leurs regrets dans des adresses.
Il n'y avait rien de prévu, rien de préparé, rien de concerté dans
ce deuil général : c'était la France entière qui gémissait.

CHAPITRE IX.

DOULEUR DE LA FAMILLE ROYALE ET DE MADAME LA DUCHESSE DE BERRY.

Si la consternation était grande au dehors, elle était encore
plus grande dans le palais. En perdant monseigneur le duc de
Berry, la famille royale perdait toute sa joie : il animait ses parents par sa vivacité, ses mots heureux, son goût pour le plaisir.
Le Louvre paraissait désert depuis que le prince avait disparu :
ces grands foyers paternels redemandaient en vain le dernier né
de leurs enfants, et pleuraient la solitude de leur avenir. Monseigneur le duc d'Angoulême regrettait amèrement un frère, le
compagnon de son enfance et de ses malheurs, l'ami des bons et
des mauvais jours de sa vie. MADAME, dominant toutes les douleurs, soutenait à la fois son mari et son père. On ne pouvait regarder MONSIEUR, le meilleur des hommes, le plus affectueux des
princes, sans avoir l'âme déchirée : ses yeux roulaient de grosses
larmes qu'il voulait en vain retenir ; le poids du chagrin paternel, ajouté à d'autres chagrins, courbait sa tête, et cette dernière
adversité achevait de blanchir ses cheveux. Quant au roi, perdant l'appui de son trône, il avait vu se dessécher le rameau qui,
après *les murmures des tribus* (1), promettait de refleurir dans
l'arche sainte.

Et dans la maison de monseigneur le duc de Berry, quel deuil
parmi les anciens amis du prince, ses aides-de-camp, ses serviteurs !

L'illustre veuve du nouveau Germanicus était inconsolable :
elle commença par couper ses cheveux, « ses cheveux, disait-
« elle, que son mari aimait. » Elle les remit à madame de Gontaut, en lui disant : « Prenez-les ; un jour vous les donnerez à
« ma fille ; elle apprendra que sa mère coupa ses cheveux le
« jour où son père fut assassiné. » Nourrie sous le soleil de la
Grèce, parmi les filles de Sicile, notre jeune princesse avait rapporté de ces climats les antiques usages de la douleur, qui ne
furent point inconnus à sa race. Un des plus grands princes de la
maison de Bourbon, Louis III, duc de Bourbon, arrière-fils de
Robert, fils de saint Louis, prêt à mourir, coupa ses cheveux.
« Alors, dit son vieil historien, requit le duc que ses cheveux
« fussent ôtés. Quand il les tint, il parla en cette manière : Dieu
« Jésus-Christ, mon père créateur, ès délices de cette vie mor-
« telle, je me suis plus ébattu en mes cheveux : je ne veux mie
« qu'ils me suivent. »

La demeure où madame la duchesse de Berry avait été si heureuse avec son mari lui devint insupportable. On conduisit la
princesse à cette maison royale trop fameuse où un cri de mort
retentit *comme un coup de tonnerre* ; maison qui, depuis Madame
Henriette, n'avait pas vu si subite et si grande adversité. Tout Paris
s'empressa d'aller porter à madame la duchesse de Berry d'inutiles
hommages. Peu de jours après, elle s'établit aux Tuileries, sous la
protection de la douleur paternelle.

Si cette princesse a éprouvé une de ces adversités qui tombent
sur les têtes élevées, son malheur est aussi de ceux qui se font
sentir à l'humanité entière : toutes les mères, toutes les épouses
ont été frappées du coup qui l'a frappée. Lorsque madame la
duchesse de Berry ou MADEMOISELLE doivent sortir, le peuple se
rassemble devant les passages des Tuileries : il y vient plusieurs
heures d'avance ; il oublie la triste nécessité où il est de gagner
son pain quotidien. Aussitôt qu'il aperçoit ou la mère ou la fille,
il se prend à pousser des cris de joie et à pleurer. Les femmes,
tenant leurs enfants dans leurs bras, leur montrent, comme une
sœur, la petite orpheline toute vêtue de blanc dans une grande
voiture de deuil. Quand madame la duchesse de Berry se pro-
mène sur la terrasse des Tuileries, sa robe de veuve produit le
même effet que sa robe sanglante dans la nuit fatale. Mais chaque

(1) *Num.*, cap. XVII.

jour la foule remarque que ces voiles funèbres cachent moins les espérances de la patrie, et elle s'en retourne consolée. Ceux qui ont vu Buonaparte dans toute sa puissance sortir de son palais après les plus grandes victoires, sans qu'il s'élevât une seule voix sur son passage, ceux-là reconnaissent qu'il y a quelque chose de plus fort que l'usurpation et la fortune : c'est la légitimité et le malheur

CHAPITRE X.

FUNÉRAILLES DE MONSEIGNEUR LE DUC DE BERRY. — LES ENTRAILLES DU PRINCE SONT PORTÉES A LILLE. — SON CŒUR SERA DÉPOSÉ A ROSNY.

Les obsèques du prince eurent lieu à Saint-Denis. Il n'y avait pas encore deux mois que l'on avait vu ce prince, plein de vie, assis, le 21 janvier, en face du catafalque de Louis XVI : on le cherchait en vain sur le banc auprès de monseigneur le duc d'Angoulême, son frère, et on ne le trouvait que sous ce même catafalque devant lequel son frère pleurait. Les yeux se portaient avec attendrissement sur la famille royale, déjà si peu nombreuse et encore diminuée ; sur le roi, qui semblait méditer au milieu des ruines de la monarchie ; sur MADAME, enveloppée dans un long crêpe, comme dans sa parure accoutumée ; sur monseigneur le duc d'Angoulême, chargé de mener le deuil, et qui, saluant tour à tour et l'autel et le cercueil, semblait demander au premier la force de regarder le second. On eût dit que ces paroles de l'évangile du jour avaient été particulièrement choisies pour lui : *Domine, si fuisses hic, frater meus non fuisset mortuus.* Monseigneur le duc d'Orléans et monseigneur le duc de Bourbon menaient aussi le deuil, avec monseigneur le duc d'Angoulême.

Monseigneur le coadjuteur de Paris prononça une oraison funèbre remarquable dans ce vieux sanctuaire de nos chartes et de notre religion, qui entendit déjà tant d'oraisons funèbres : la première de toutes fut celle de Duguesclin, faite en 1393 par l'évêque d'Auxerre. Un poète gothique nous a transmis l'histoire de cette cérémonie : ce qu'il dit si naïvement du bon connétable et du discours du prélat, s'applique de la manière la plus touchante au discours du duc de Berry :

> Tous les princes fondoient en larmes
> Aux mots que l'évêque montroit,
> Car il disoit : « Pleurez, gendarmes,
> « Bertrand qui très-tant vous aimoit.
> « On doit regretter les faits d'armes
> « Qu'il fit au temps que il vivoit.
> « Dieu ait pitié, sur toutes âmes,
> « De la sienne, car bonne étoit. »

Les honneurs qui avaient fui monseigneur le duc de Berry pendant sa vie l'accablèrent après sa mort. La basilique de Saint-Denis, tendue de noir dans la longueur de la voûte, ressemblait à un vaste tombeau. Des cordons de lumières se dessinaient sur les draperies funèbres : des lampadaires, des candélabres d'argent, des colonnes qui *semblaient porter jusqu'au ciel,* comme dit Bossuet, *le magnifique témoignage de notre néant,* une large croix de feu dans le sanctuaire, tout enfin surpassait l'idée qu'on avait pu se faire de cette pompe. Un nombre nombreux, la cour, l'armée, les ambassadeurs étrangers, les deux chambres, les tribunaux de justice remplissaient le chœur, la nef, les chapelles et les galeries. On chantait, on agitait les cloches, on tirait le canon autour d'un cercueil muet : il y avait tant de grandeur dans cette pompe, qu'on aurait cru assister aux funérailles de la monarchie.

Et que de sentiments divers dans cette foule ! La révolution avait convoqué et rassemblé en présence de son dernier crime, comme pour la juger, les générations que trente années avaient produites : tout ce qui avait triomphé ou souffert se rencontrait en ce moment à Saint-Denis. Et cette église de l'apôtre de la France, que ne disait-elle pas elle-même ! Elle était extérieurement les richesses de la mort ; mais on avait arraché de ses entrailles ses trésors funèbres.

La messe ouïe, on ôta le cercueil du catafalque pour le descendre dans le caveau. Alors l'héroïne du Temple fut vaincue pour la première fois : à la vue du cercueil, elle se sentit prête à défaillir, et fut obligée de se retirer du côté de la tribune où elle était placée à la droite du roi. Le roi lui-même, à genoux, laissa tomber sa tête vénérable sur ses deux mains jointes : la France entière sembla courber sa tête avec lui. Il paraissait rouler dans son esprit les pensées qui se présentèrent à son aïeul Henri IV, lorsque celui-ci assistait, dans la même église de Saint-Denis, au couronnement de la reine. « Savez-vous, dit le vainqueur d'Ivry « à son confesseur, ce que je pensais tout à l'heure en voyant « cette grande assemblée ? Je pensais au jugement dernier et au « compte que nous y devons rendre à Dieu (1). »

Les gardes de MONSIEUR portaient le corps de son fils ; leurs casques rapprochés formaient une espèce de voûte mouvante au-dessus du cercueil. Monseigneur le duc d'Angoulême descendit le premier dans le souterrain où il allait laisser son frère. Ensuite, selon l'antique usage, les hérauts d'armes appelèrent les serviteurs du prince. « Celui qui est dedans la fosse appelle « l'un après l'autre les dits écuyers qui apportent les éperons, « gantelets, escus, cotte d'armes. Lors le dit hérault estant dans « la dite voûte, crie par trois fois : Le prince est mort, et que « l'on prie Dieu pour son âme (2). »

Les entrailles du prince ont été portées à Lille, comme pour accomplir les paroles de Henri IV, rappelées aux Lillois par monseigneur le duc de Berry lui-même : *Désormais,* avait dit la Béarnais aux habitants de Lille, *entre nous, c'est à la vie, à la mort.*

Le cœur de S. A. R. fut d'abord déposé à Saint-Denis par M. de Bombelles, évêque d'Amiens, premier aumônier de madame la duchesse de Berry. Ce prélat, avant de recevoir les ordres sacrés, combattit auprès du prince ; depuis longtemps il connaissait le trésor qu'il était chargé de présenter aux gardiens de la sépulture, et il avait plus de droit qu'un autre de leur dire : « Le cœur que vous avez devant les yeux fut le plus noble et le « plus généreux qui exista jamais. »

Madame la duchesse de Berry a depuis réclamé ce cœur comme son bien. Une lettre de M. le duc de Lévis nous fait connaître les dispositions de la princesse. « La douleur de madame « la duchesse de Berry est profonde, mais calme ; sa résignation, « soutenue par la piété et la force de son caractère, n'est plus « troublée par ce qui lui rappelle de cruels souvenirs. J'ai eu « dernièrement la bien triste commission de lui demander où « elle voulait que fût déposé le cœur du prince. Voici sa réponse : « *Mes intentions sont arrêtées. Je vais faire construire à Rosny* « *un bâtiment composé d'un pavillon et de deux ailes ; dans* « *l'une on soignera des malades, dans l'autre on élèvera de* « *pauvres enfants ; le milieu sera une chapelle où l'on priera* « *pour mon mari.* »

Ce que le prince chérissait davantage, c'était en effet les enfants et les pauvres : on ne pouvait mieux placer son cœur qu'entre deux monuments consacrés à ce qu'il aimait. C'est encore une heureuse circonstance qui fait du château de Sully le sanctuaire où reposera le cœur du petit-fils de Henri IV.

CHAPITRE XI.

PORTRAIT DU PRINCE. — CONCLUSION.

Ici finit l'histoire de la vie et de la mort de Charles-Ferdinand d'Artois, fils de France, duc de Berry : il ne nous reste plus rien à dire de ce prince, si ce n'est quelque chose de sa personne. Il avait la tête grosse, comme le chef des Capets, la chevelure mê-

(1) *Vie du père Cotton,* par le père D'ORLÉANS.
(2) Du TILLET, *Recueil des rois de France.*

lée, le front ouvert, le visage coloré, les yeux bleus et à fleur de tête, les lèvres épaisses et vermeilles. Son cou était court, ses épaules un peu élevées, ainsi que dans toutes les grandes races militaires. Sa poitrine, où son cœur battait sans défiance et sans peur, offrait une large place au poignard. Monseigneur le duc de Berry était de taille moyenne, de même que Louis XIV; car c'est une erreur de croire que Louis XIV était d'une haute stature : une cuirasse qui nous reste de lui, et les exhumations de Saint-Denis n'ont laissé sur ce point aucun doute. Le prince dont nous venons d'écrire la vie avait la mine brave, l'air de visage franc et spirituel : sa démarche était vive, son geste prompt, son regard assuré, intelligent et bon, son sourire charmant. Il s'exprimait avec élégance dans le commun discours, avec clarté dans les affaires, avec éloquence dans les passions. On retrouvait dans monseigneur le duc de Berry le prince, le soldat , l'homme qui avait souffert, et l'on se sentait entraîné vers lui par une certaine bonne grâce mêlée de brusquerie, attachée à toute sa personne. Quant à son caractère, il se trouve peint par ses actions à chaque page de cet écrit. Monseigneur le duc de Berry avait passé une vie noble, mais oubliée; il ne lui fallut que quelques heures à la fin de sa dernière journée pour acquérir une gloire que cent triomphes ne lui auraient pas obtenue : récompensé à la fois sur la terre et dans le ciel de ses vertus humaines et de ses vertus chrétiennes, le même moment lui a donné l'immortalité et l'éternité.

Tirons au moins de notre malheur une leçon utile, et qu'elle soit comme la morale de cet écrit.

Il s'élève derrière nous une génération impatiente de tous les jougs, ennemie de tous les rois; elle rêve la république et est incapable, par ses mœurs, des vertus républicaines. Elle s'avance; elle nous presse, elle nous pousse : bientôt elle va prendre notre place. Buonaparte l'aurait pu dompter en l'écrasant, en l'envoyant mourir sur les champs de bataille, en présentant à son ardeur le fantôme de la gloire, afin de l'empêcher de poursuivre celui de la liberté; mais nous, nous n'avons que deux choses à opposer aux folies de cette jeunesse : la légitimité, escortée de tous ses souvenirs, environnée de la majesté des siècles; la monarchie représentative, assise sur les bases de la grande propriété, défendue par une vigoureuse aristocratie, fortifiée de toutes les puissances morales et religieuses. Quiconque ne voit pas cette vérité ne voit rien, et court à l'abîme : hors de cette vérité, tout est théorie, chimère, illusion.

Ceux donc qui ne se sentiraient pas attachés à la famille royale par tous les sentiments de respect, d'admiration et d'amour, y doivent au moins tenir par leur intérêt personnel. Verser le sang d'un Bourbon, c'est ouvrir les veines de la patrie : dans l'état actuel des choses, la légitimité est la vie même de la France. Imaginez, calculez, combinez toutes les sortes de gouvernements illégitimes, en dernier résultat vous ne trouverez rien de possible, rien qui présente une apparence de durée, une existence tolérable de quelques années ou même de quelques mois. Les Bourbons retirés, le *droit* disparaît; alors s'ouvre l'immense carrière des *faits*, qui tous ont un égal *droit* à vous opprimer. La légitimité est en Europe le sanctuaire où repose la souveraineté par qui seule les gouvernements subsistent. Voilez ce sanctuaire, et la souveraineté n'est plus qu'une divinité sans asile, exposée, au milieu des ruines, aux outrages de toutes les ambitions.

Aucune usurpation ne se pourrait accomplir sans faire naître en France la guerre civile, sans fournir un prétexte aux entre-

Assassinat du duc de Berry par Louvel.

prises européennes, sans exposer notre pays aux ravages et aux contentions de la politique étrangère. La nation prétendrait-elle se gouverner elle-même? Elle l'a déjà essayé : une nouvelle démocratie amènerait un nouveau bouleversement de propriétés, la destruction de tous les intérêts nouveaux, puisque les anciens sont anéantis. Ah ! que ceux qui se sont laissé entraîner à des exagérations populaires se repentiraient alors !

Triomphants le premier jour, le second, ils seraient conduits à l'échafaud, la tête encore ornée des couronnes de leur victoire.

Serait-ce une élection militaire que l'on prétendrait mettre à la place de l'hérédité légitime? Elle eut aussi lieu à Rome, cette élection : l'armée nommant son maître, et ne le recevant plus des lois, méprisa bientôt son ouvrage. Les Barbares, introduits peu à peu dans les légions, s'accoutumèrent eux-mêmes à faire des empereurs; et quand ils furent las de donner le monde, ils le gardèrent.

Si tous les hommes de probité et de talent se veulent enfin réunir dans un système monarchique, non-seulement ils épargneront à la France de nouveaux malheurs, mais ils sauveront l'Europe que menace une grande révolution. En examinant le fond des principes, on s'aperçoit que ce qui nous divise réelle-

Premier passage de la Loire par l'armée vendéenne,

ment est peu de chose : on cherche moins, pour se combattre, à agir sur la raison que sur les passions. Tantôt c'est la féodalité, détruite depuis deux siècles, dont on veut faire peur aux peuples; tantôt ce sont les missionnaires qui vont établir la guerre en prêchant la paix.

Aujourd'hui, c'est une puissance occulte qui combat la puissance visible : triste invention, en vertu de laquelle on se croirait autorisé à traiter la légitimité de la douleur comme on a traité la légitimité politique! Mais non : il existe réellement une puissance *occulte* qui répare les erreurs de l'incapacité comme elle déjoue les complots du crime. Depuis trente ans ce gouvernement *secret* a marché auprès de tous les gouvernements publics qui se sont succédé dans notre malheureuse patrie. Placé au-dessus de nous dans des régions inaccessibles, nos passions peuvent s'en plaindre, mais elles ne peuvent le renverser. Cette puissance occulte, c'est l'éternelle raison des choses; c'est cette justice du ciel qui rentre dans les affaires humaines à mesure qu'on s'efforce de l'en bannir; c'est, en un mot, la Providence, qui n'aurait besoin que de se retirer un moment pour détruire l'ordre de l'univers et replonger le monde dans le chaos.

Si la mort de monseigneur le duc de Berry devait nous laisser tels que nous sommes; si elle ne nous enseignait rien sur l'excellence du sang de nos rois, sur le danger des doctrines qui ont produit le crime de Louvel, alors que l'on confie à notre piété les cendres de notre illustre prince. Nous irons déposer sur quelques rives lointaines le germe de la légitimité. la vertu attachée à ces cendres formera bientôt une société de Français qui les auront suivies, et ils échapperont à l'arrêt que le ciel prononce enfin contre les peuples sans jugement et rebelles à l'expérience.

FIN DES MÉMOIRES SUR LE DUC DE BERRY.

PIÈCES JUSTIFICATIVES.

Page 17. — « Avec quel plaisir nous avons appris la lettre du régiment de Berwick... »

Lettre de Monsieur (*depuis Louis XVIII*) *à MM. les officiers, sous-officiers, grenadiers et soldats du régiment irlandais de Berwick.*

A Schœnbornslustt, le 26 juillet 1791.

J'ai reçu, messieurs, avec une vraie sensibilité, la lettre que vous m'avez écrite. Je ferai parvenir au roi (Louis XVI), le plus tôt que je pourrai, l'expression de vos sentiments pour lui. Je vous réponds d'avance qu'elle adoucira ses peines, et qu'il recevra avec plaisir de vous les mêmes marques de fidélité que Jacques II reçut, il y a cent ans, de vos aïeux. Cette double époque doit former à jamais la devise du régiment de Berwick : on la verra désormais sur vos drapeaux (1), et tout ce qu'il y aura de sujets fidèles au roi y lira son devoir, et y reconnaîtra le modèle qu'il doit imiter. Quant à moi, messieurs, soyez bien persuadés que l'action que vous venez de faire restera toujours gravée dans mon âme, et que je m'estimerai heureux toutes les fois que je pourrai vous donner des preuves de ce qu'elle m'inspire pour vous.   Louis-Stanislas-Xavier.

Page 18. — « Ce fut dans ce combat (de Berstheim) que les trois Condé, renouvelant l'aventure de la bataille de Senef, déployèrent une valeur héroïque... »

Fragment des Mémoires de la maison de Condé.

La gelée qui avait raffermi les chemins permit aux républicains de faire avancer leur grosse artillerie. Après s'en être servis pour battre les retranchements du village, centre de la position du prince, comme ils l'avaient déjà fait la veille, ils s'avancent avec rapidité. Les légions de Mirabeau et de Hohenlohe défendent leur position avec la plus grande valeur ; mais l'acharnement des républicains semble s'accroître avec leur nombre ; ils pénètrent dans le village avec des cris affreux.

Ce premier succès pouvait devenir décisif : un coup d'œil du prince l'en avait averti, et déjà sa résolution est prise. C'était la seule qui convînt aux fils du grand Condé. Il saute en bas de son cheval, et, tirant l'épée, il se place à la tête de ses deux bataillons gentilshommes. « Messieurs, s'écrie-t-il, vous êtes tous des « Bayards, il faut reprendre ce village. »

On ne lui répond que par les cris : *A la baïonnette!* et l'on se précipite à travers le feu le plus terrible d'artillerie et de mousqueterie. Les haies vives, les maisons, les rues, tout est emporté en dix minutes ; des cris de *vive le roi!* poussés à l'extrémité du village, annoncent de loin à la réserve que les républicains en sont chassés. Pendant ce temps, le fils et le petit-fils se montraient dignes d'un tel père (2).

(1) Voulant conserver à jamais l'époque de 1691, où le régiment de Berwick sortit de l'Irlande pour défendre le roi Jacques II, et l'époque de 1791, où le même régiment quitta la France pour servir l'infortuné Louis XVI, Monsieur ordonna que ses drapeaux portassent cette légende :

1691. *Semper et ubique fidelis.* 1791.
Toujours et partout fidèle.

(2) C'est au récit de cette journée que Delille s'écria dans sa fameuse :

Angoulême, Berry, soutenant leur grand nom,
Qu'on ne me taxe pas d'un trop le flatter,
Dont les charges mêlaient à leurs coups terribles,
J'aime à voir, séparant les sceaux de la Seine,
Un même esprit mouvait ces trois héros à la fois,
Condé, Bourbon, Enghien, ici dans nos Rochois;
Et, prodiguant d'un sang cher de la Victoire,
Trois générations vont ensemble à la gloire.

A la tête de la seconde et de la troisième division de la cavalerie noble, le duc de Bourbon s'élance sur la cavalerie républicaine et la chasse devant lui. Un ravin profond se présente : emporté par son ardeur, le prince le franchit avec une poignée de gentilshommes. Les républicains se hâtent de profiter de leur avantage, et se flattent de les accabler : la mêlée est sanglante ; le prince est grièvement blessé. Mais le reste des escadrons survient : les cavaliers républicains fuient, et laissent deux pièces d'artillerie légère au pouvoir de leurs vainqueurs.

Sur un autre point, le duc d'Enghien conduisait au combat les chevaliers de la couronne. Presque seul, il court enlever une pièce de canon ; ses habits sont criblés de balles et de coups de baïonnettes ; il est entouré, il se défend en héros jusqu'à ce que l'on vienne le dégager : il ramène la pièce.

Le résultat de cette brillante, mais sanglante journée, ne fut que la gloire d'avoir conservé une mauvaise position, que, quelques jours plus tard, il fallut abandonner.

Le maréchal de Wurmser et plusieurs généraux autrichiens, malgré la froideur qui régnait entre eux et l'armée royale, vinrent, le soir même, féliciter le prince de Condé et ses compagnons d'armes. « Eh bien ! monsieur le maréchal, lui dit le prince, comment trouvez-vous ma petite infanterie? — Monsei- « gneur, elle grandit au feu, » répondit le maréchal. Les Autrichiens furent peu étonnés d'apprendre que des chevaliers français s'étaient battus avec un courage héroïque ; mais ils ne purent refuser des larmes d'admiration à des traits comme celui-ci :

Un soldat de la légion de Mirabeau, blessé, jetait les hauts cris à côté d'un chevalier de Saint-Louis qui avait une jambe emportée (1) : « Songez, mon ami, » lui dit cet intrépide officier « que votre Dieu est mort sur la croix, et votre roi sur l'écha- « faud ! nous devons nous trouver heureux de mourir pour leur « cause. »

Trois jours après, les républicains attaquèrent de nouveau Berstheim, et de nouveau ils furent repoussés avec une perte considérable. Désespérant de forcer le corps de Condé dans cette position, ils essayèrent de se faire jour sur un point de la ligne autrichienne, et furent plus heureux. Le comte de Wurmser fit rentrer son armée dans les redoutes qu'il avait élevées en avant d'Haguenau, depuis le Rhin jusqu'aux montagnes.

Monsieur (depuis Louis XVIII), qui était alors à Turin, n'eut pas plutôt appris la nouvelle de ce combat, qu'il écrivit au prince de Condé :

A Turin, ce 28 décembre 1793.

Ce n'est qu'en arrivant ici, mon cher cousin, que j'ai reçu avec quelque certitude la nouvelle de la glorieuse affaire du 2 de ce mois dont un bruit vague m'avait entretenu sur mon chemin. Il me serait difficile de vous exprimer la joie qu'elle m'a causée. Ce n'est assurément pas que je doutasse de ce que peut la valeur de la noblesse française ; mais il était temps que les rebelles sussent ce qu'elle peut toute seule, et l'affaire même de Berstheim ne le leur avait appris qu'imparfaitement. Cette joie serait cruellement empoisonnée s'il me restait la moindre inquiétude sur la blessure de votre fils ; mais tranquille à cet égard, je vous félicite et de cette blessure même, et de la conduite que son fils et lui ont tenue. Jouissez, mon cher cousin, de cette belle journée comme bon Français, comme général, comme vaillant chevalier et comme père. Pour moi, indépendamment de ma tendre amitié pour vous et du bien de l'État, je dois vous avouer que mon amour-propre jouit de voir trois héros de mon sang, et jusqu'à présent je n'étais sûr d'en trouver qu'un. Mais mon sentiment pour vous ne doit pas me faire oublier cette brave noblesse qui s'est si fort distinguée sous vos ordres : parlez-lui bien du doux sentiment que je ressens de sa conduite, et comme gentilhomme français, et comme régent du royaume. Adieu, mon cher cousin ; vous connaissez bien toute mon amitié pour vous.

Signé Louis-Stanislas-Xavier.

(1) C'était M. de Botas, officier de marine, frère du duc de Botas.

Lettre de Monsieur *(régent du royaume) au duc de Bourbon.*

Turin, le 23 décembre 1793.

Je reçois en arrivant ici, mon cher cousin, la nouvelle certaine de la gloire que vous venez d'acquérir et de la blessure que vous avez reçue. Cette dernière aurait empoisonné toute la joie de la première, si je n'avais su en même temps qu'elle n'est pas dangereuse. Je vous avoue que je vous l'envie : cependant je vous aime trop sincèrement pour ne pas vous en féliciter de tout mon cœur, en souhaitant cependant que pareille chose ne vous arrive plus. Ce n'est ni comme parent ni comme ami que je vous parle ainsi, c'est comme régent du royaume; c'est parce que je sais mieux que personne la perte que l'État ferait en vous perdant.

Adieu, mon cher cousin. Puissiez-vous être bientôt guéri, et voler à de nouvelles victoires! Vous connaissez mon amitié pour vous.   Louis-Stanislas-Xavier.

Lettre de Monsieur *(régent du royaume) à monseigneur le duc d'Enghien.*

A Turin, ce 28 décembre 1793.

J'ai appris, mon cher cousin, avec un plaisir que mon amour pour mon sang et l'amitié que vous me connaissez pour vous expliqueront facilement, la gloire que vous avez acquise dans la journée du 2 de ce mois. Vous êtes à l'âge et vous portez le nom du vainqueur de Rocroi ; son sang coule dans vos veines ; vous venez de retracer sa valeur; vous avez devant les yeux l'exemple d'un père et d'un grand-père au-dessus de tous les éloges : que de motifs d'espérer que vous serez un jour la gloire et l'appui de l'État! Vous pouvez croire, vous aimant comme je le fais, que je jouis bien sincèrement de ces heureux présages. Adieu, mon cher cousin. Soyez bien persuadé de toute mon amitié pour vous.   *Signé* Louis-Stanislas-Xavier.

Page 19. — « Dans les campagnes de 1795, 1796 et 1797, monseigneur le duc de Berry se trouva présent à tous les combats... »

Lettre de Monsieur, *comte d'Artois, à monseigneur le prince de Condé.*

Édimbourg, 29 novembre 1795.

Vous avez bien justement apprécié, mon cher cousin, tous les sentiments que j'ai éprouvés en lisant votre lettre du 3 novembre et les pièces qui y sont jointes : puisque vous êtes content de mon fils (1), je jouis de sa conduite. Je partage au fond de l'âme la gloire et l'honneur dont vos compagnons de fidélité se sont couverts, mais les nouvelles publiques n'ayant pas été aussi discrètes que vous, sur l'objet dont vous ne parlez point, permettez-moi de vous dire que, comme parent, comme ami, et comme dévoué à la cause que nous défendons, je trouve une jouissance aussi douce que solide à entendre juger votre conduite comme elle mérite de l'être, et à vous voir augmenter tous les jours une considération si flatteuse pour ceux qui vous aiment, si honorable pour ceux qui vous tiennent liés par le sang, et si importante pour les intérêts de notre roi. Ceci n'est point un compliment, c'est l'expression simple de mon cœur et de ma raison.

Je joins ici ma lettre, que je vous prie de remettre de ma part au duc d'Enghien. Je ne lui parle que de mon amitié; mais c'est le roi, c'est la France entière que je félicite de ce qu'il est, et de ce qu'il sera un jour, en suivant la glorieuse route que vous lui avez tracée.

Vous sentirez mieux qu'un autre, mon cher cousin, que celui qui remplit son devoir trouve dans sa propre conduite une compensation aux sacrifices les plus pénibles. Mais je dois vous avouer que depuis le mois de juin j'éprouve un supplice difficile à ex-

(1) Monseigneur le duc de Berry.

primer, de ma douloureuse inaction, et d'être privé de partager les dangers, les fatigues et la gloire de vos intrépides compagnons d'armes. Soyez du moins mon interprète auprès d'eux; parlez-leur de mes regrets, de mes sentiments, de mon admiration pour leur constance autant que pour leur valeur, et ajoutez-leur qu'uniquement occupé de nos intérêts communs, j'espère que le ciel finira par protéger mes efforts, et par rendre heureux les fidèles Français qui ont toujours suivi le chemin de l'honneur.

Je n'avais pas attendu votre lettre pour solliciter auprès du gouvernement britannique les moyens qui nous sont nécessaires pour profiter utilement du succès des Autrichiens et de ceux de notre armée. La négociation entamée à Paris ne facilitait pas mes démarches : cependant le départ de M. de Précy vous aura prouvé qu'elle n'avait pas été totalement infructueuse. Je viens de les renouveler encore avec plus de vivacité que jamais : j'espère que les ministres seront frappés de la nécessité de vous procurer des secours extraordinaires ; et je me flatte que vous en recevrez de suffisants, si vos tristes pressentiments ne viennent pas à se réaliser. Je n'entrerai pas dans plus de détails sur la situation des choses et des esprits ; mais je compte envoyer, le mois prochain, un courrier au roi, et je le prierai de vous communiquer des détails intéressants et peut-être favorables.

Avant de terminer cette lettre, il faut que je vous parle d'un objet qui tient à mon cœur : il paraît que mon fils s'est conduit en joli garçon, et qu'il a du goût pour les coups de fusil. C'est toujours bon en soi-même, mais cela ne suffit pas ; dans sa position, il faut qu'il se mette promptement en état de bien servir son roi ; et c'est à vous que je m'adresse avec confiance, mon cher cousin, pour que vous employiez toute votre autorité de général, et toute celle que mon amitié a remise entre vos mains, à exiger qu'il occupe tout son hiver à travailler bien sérieusement au métier de la guerre, à se rendre digne de commencer l'année prochaine à conduire des troupes. Je ne vous indiquerai aucuns moyens à cet égard : personne ne saura mieux que vous exciter son émulation et lui inspirer le désir de l'instruction : mais vous jugerez facilement combien je serai sensible à cette nouvelle preuve de votre amitié.

Adieu, mon cher cousin : je ne veux rien changer au rendez-vous que je vous ai donné ; c'est vers ce but que tendent tous mes efforts. Je vous renouvelle du fond du cœur, l'assurance de l'amitié bien tendre et bien constante qui m'attache à vous pour la vie.   *Signé* Charles-Philippe.

P. S. Je dois vous dire que vous trouverez mon fils tout prévenu sur ce que je vous demande pour lui.

Page 19. — « On apprit au cantonnement de Steinstadt la mort de Louis XVII. »

Lettre du roi Louis XVIII à monseigneur le prince de Condé.

Mon cousin, je suis touché, comme je dois l'être, des sentiments que vous m'exprimez au sujet de la perte irréparable que je viens de faire en la personne du roi, mon seigneur et neveu. Si quelque chose peut adoucir ma juste douleur, c'est de la voir partagée par ceux qui me sont chers à tant de titres. La France perd un roi dont les heureuses qualités, que j'avais vues se développer dès sa plus tendre enfance, annonçaient qu'il serait le digne successeur du meilleur des rois : il ne me reste plus qu'à implorer le secours de la divine Providence pour qu'elle me rende digne de dédommager mes sujets d'un si grand malheur. Leur amour est le premier objet de mes désirs, et j'espère qu'un jour viendra où, après avoir, comme Henri IV, reconquis mon royaume, je pourrai, comme Louis XII, mériter le titre de père de mon peuple. Dites aux braves gentilshommes et aux fidèles troupes dont je vous ai confié le commandement, que l'attachement qu'ils m'expriment par votre organe est déjà pour moi l'aurore de ce beau jour, et que je compte principalement sur vous et sur eux pour achever de le faire éclore. Je renouvelle avec plaisir l'assurance de tous les sentiments avec lesquels je suis ,

Mon cousin,

Votre très-affectionné cousin , Louis.

PAGE 19. — « Ce monarque (Louis XVIII) était attendu à l'armée; il y vint en effet *n'ayant plus d'asile* (comme il le dit lui-même dans son ordre du jour) *hors celui de l'honneur...* »

A L'ARMÉE.

A Riegel, le 18 avril 1796.

Des circonstances impérieuses nous retenaient depuis trop longtemps éloigné de vous, lorsqu'une insulte aussi imprévue que favorable à nos vœux ne nous a plus laissé d'asile ; mais on ne peut nous ravir celui de l'honneur.

Le sénat de Venise nous a fait signifier de sortir, dans le plus court délai, des États de sa république. A cette démarche, non moins offensante pour l'honneur du nom français que pour notre personne même, nous avons répondu :

« Je partirai, mais j'exige deux conditions : la première, « qu'on me présente le livre d'or où ma famille est inscrite, afin « que j'en raye le nom de ma main ; la seconde, qu'on me rende « l'armure dont l'amitié de mon aïeul Henri IV a fait présent à « la république (1). »

Nous venons nous rallier au drapeau blanc, près du héros qui vous commande et que nous chérissons tous. Nous nous livrons avec confiance à l'espoir que notre arrivée sera pour vous un nouveau titre aux généreux secours que vous avez déjà reçus de Leurs Majestés Impériale et Britannique.

Notre présence contribuera sans doute , autant que votre valeur, à hâter la fin des malheurs de la France, en montrant à nos sujets égarés, encore armés contre nous, la différence de leur sort sous les tyrans qui les oppriment, avec celui dont jouissent des enfants qui entourent un bon père.   Louis.

PAGE 20. — « Arrivée de monseigneur le duc d'Angoulême à l'armée de Condé... »

Lettre de monseigneur le duc d'Angoulême à monseigneur le prince de Condé.

Blankenbourg, 27 avril 1797.

Monsieur mon cousin , j'attendais depuis longtemps avec une bien vive impatience le moment où il me serait permis de venir me réunir à mon frère sous vos ordres. Cet heureux moment est donc enfin arrivé; nous ne perdons pas un instant pour nous rendre auprès de vous. J'espère que vous voudrez bien m'accorder vos bontés et votre amitié. Je vous les demande avec confiance, et je ne négligerai rien pour m'en rendre digne. J'envie à mon frère le bonheur qu'il a eu d'être à l'armée depuis trois ans, pendant que j'étais dans une inactivité cruelle. Les circonstances qui en ont ainsi ordonné me peinaient vivement.

Agréez l'hommage du zèle d'un volontaire, et l'assurance de la haute considération, de l'entière confiance et de tous les sentiments avec lesquels je serai pour la vie,

Monsieur mon cousin ,

Votre très-affectionné cousin ,

LOUIS-ANTOINE.

(1) Cette réponse fut faite au marquis Carlotti, chargé par le sénat de Venise de porter au roi l'ordre de quitter les États de la république. Le podestat Priogli ayant protesté, Sa Majesté répliqua le lendemain dans les termes suivants :

« J'ai répondu hier à ce que vous m'avez déclaré au nom de votre gou- « vernement; vous m'apportez aujourd'hui une protestation au nom du « podestat ; je ne la reçois pas ; je ne recevrai pas davantage celle du sénat. « J'ai dit que je partirais; je partirai en effet dès que j'aurai reçu le passe- « port que j'ai envoyé chercher à Venise, mais je persiste dans ma réponse ; « je me le devais, et je n'oublie pas que je suis le roi de France. »

Lettre de monseigneur le duc de Berry à monseigneur le prince de Condé.

Blankenbourg, 27 avril 1797.

Enfin, monsieur, mon frère est arrivé hier. Vous jugerez facilement de la joie que j'ai éprouvée en le revoyant. Ma joie est d'autant plus vive que notre retour à l'armée sera très-prompt : nous ne devons rester que cinq ou six jours ici , et nous ne perdrons pas de temps en chemin pour revenir. Je fais bien des vœux pour qu'on ne tire pas de coups de fusil pendant mon absence , mais que cette campagne, qu'on peut bien regarder, je crois, comme la dernière, soit active. Je le désire vivement pour mon instruction et pour mon frère ; car je suis bien persuadé qu'il faut que les Bourbons se montrent, et beaucoup, et que, hors de France, ils doivent commencer par gagner l'estime des Français, avec leur amour. Nous avons appris que les républicains avaient passé le Rhin à Neuwied, et qu'après avoir repoussé les Autrichiens, ils étaient déjà aux portes de Francfort, lorsqu'un courrier arriva, apportant la nouvelle d'un armistice conclu entre les armées autrichiennes et françaises sur toute la ligne. Un courrier allant de Vienne à Londres , ayant passé ce matin ici , a dit que l'empereur allait se mettre en personne à la tête de l'armée d'Italie, et que l'archiduc Charles allait reprendre le commandement de celle du Rhin. Dieu veuille nous rendre notre aimable chef, et nous mettre encore à portée de combattre sous ses ordres !

Veuillez recevoir, monsieur, l'hommage du vif empressement que j'ai de me retrouver sous vos ordres, et du sincère et respectueux attachement que je vous ai voué pour la vie.

CHARLES-FERDINAND.

PAGE 22. — « Le roi trouve dans l'union de sa nièce et de son neveu tout ce que le sentiment a de plus doux réuni à ce que la politique peut avoir de plus imposant... »

Lettre du roi à monseigneur le prince de Condé.

A Mittau, ce 10 juin 1799.

Enfin, mon cher cousin, un de mes vœux les plus ardents est accompli ; mes enfants sont unis. Je retrouve dans ma nièce, avec un attendrissement plus facile à sentir qu'à exprimer, les traits réunis des infortunés auteurs de ses jours. Cette ressemblance, si douce et si déchirante à la fois, me la rend plus chère, et doit redoubler l'intérêt qu'elle mérite si bien par elle-même d'inspirer à tout bon Français. Le mariage a été célébré ce matin ; je m'empresse de vous l'apprendre , bien sûr que vous partagerez ma joie.

Annoncez cette heureuse nouvelle à l'armée : elle ne peut que paraître d'un bon augure à vos braves compagnons, au moment où ils vont rentrer sur vos traces dans une carrière qu'ils ont si glorieusement parcourue, et ils béniront avec moi le souverain magnanime auquel nous devons ce double bienfait. Ajoutez-leur de ma part que j'ai commencé à retrouver le bonheur, mais qu'il ne sera complet pour moi que le jour où je pourrai me retrouver parmi eux au poste où l'honneur m'appelle.

Adieu, mon cher cousin : vous connaissez toute mon amitié pour vous.   Louis.

PAGE 23. — « Le cardinal de Bernis n'existait plus quand monseigneur le duc de Berry arriva à Rome : il ne pouvait plus offrir à un prince fugitif cette hospitalité qu'il exerça envers les nobles dames dont l'auteur de cet ouvrage honora les cendres à Trieste... »

« En quel lieu du monde nos tempêtes n'ont-elles point jeté les enfants de saint Louis? quel désert ne les a point vu pleurer leur terre natale? Telles sont les destinées humaines : un Français gémit aujourd'hui sur la perte de son pays, aux mêmes bords dont les souvenirs inspirèrent autrefois le plus beau des cantiques sur l'amour de la patrie :

Super flumina Babylonis!

« Hélas! ces fils d'Aaron qui suspendirent leur cinnor aux saules de Babylone ne rentrèrent pas tous dans la cité de David ; ces filles de Judée qui s'écriaient sur les bords de l'Euphrate :

O rives du Jourdain! ô champs aimés des cieux!
Sacré mont, fertiles vallées,
Du doux pays de nos aïeux
Serons-nous toujours exilées?

ces compagnes d'Esther ne revirent pas toutes Emmaüs et Bethel. Plusieurs laissèrent leurs dépouilles aux champs de la captivité; et c'est ainsi que nous rencontrâmes loin de la France le tombeau de deux nouvelles Israélites.

Lyrnessi domus alta, solo Laurente sepulchrum!

Il nous était réservé de retrouver au fond de la mer Adriatique le tombeau de deux filles de rois (1) dont nous avions entendu prononcer l'oraison funèbre dans un grenier à Londres. Ah! du moins la tombe qui renferme ces nobles dames aura vu une fois interrompre son silence ; le bruit des pas d'un Français aura fait tressaillir deux Françaises dans leur cercueil. Les respects d'un pauvre gentilhomme à Versailles n'eussent été rien pour des princesses ; la prière d'un chrétien en terre étrangère aura peut-être été agréable à des saintes. » (Voyez les *Mélanges littéraires*.)

PAGE 23. — « Le duc de Berry, errant dans les palais détruits des Césars, s'égarant dans les Catacombes, parcourant le Vatican désert, ou dessinant, assis sur un obélisque tombé, les débris épars du Capitole, offrait lui-même un tableau qui manquait aux ruines et aux souvenirs de Rome... »

Lettre de monseigneur le duc de Berry à monseigneur le prince de Condé.

Rome, ce 30 juin 1800.

La nouvelle de l'armistice m'a arrêté ici. N'ayant rien à faire à Palerme jusqu'au retour de la reine, j'ai obtenu du roi la permission d'aller joindre la campagne avec M. le prince de Condé. Cela aurait été un grand bonheur pour moi de le voir ; je lui aurais demandé la permission de la faire comme volontaire, avec mon frère. Je me faisais un bien grand plaisir de penser au moment où je pourrais me retrouver avec mes braves compagnons d'armes, auxquels je suis si attaché. Une nouvelle qui m'avait paru très-naturelle, car on disait que M. le duc d'Enghien avait fait des prodiges de valeur avec son régiment à Verderie, m'avait fait hâter encore plus mon départ de Naples; et je ne faisais que de changer de chevaux ici, lorsque j'ai appris cet armistice, produit des succès incroyables de Buonaparte. Nous attendons pour voir ce que cela deviendra.

Je prie M. le prince de Condé d'être persuadé du vif regret que j'ai de n'avoir pas pu le rejoindre et lui prouver le sincère et tendre attachement que ses bontés ont gravé dans mon cœur.
CHARLES-FERDINAND.

Lettre de monseigneur le duc de Berry à M. Acton, ministre de S. M. le roi des Deux-Siciles.

Je vous écris, monsieur, avec la franchise d'un Bourbon qui parle au ministre d'un roi Bourbon, d'un roi qui n'a cessé de montrer un attachement généreux à la partie de sa famille si cruellement traitée par la fortune.

(1) Mesdames Victoire et Adélaïde de France, tantes de Louis XVI.

J'ai appris avec une vive douleur que le roi avait désapprouvé la démarche que j'avais faite de quitter Rome pour aller joindre l'armée de Condé. La noblesse fidèle avec laquelle j'ai fait huit campagnes n'avait jamais vu tirer un coup de fusil sans que je fusse à sa tête. Au moment où mon frère venait de la joindre, il me mandait : « Nous attaquons le 15 septembre. » Si j'avais attendu les ordres du roi, je perdais le temps : je suis donc parti sur-le-champ ; je suis arrivé le 15, et le 16 nous étions au bivouac, devant attaquer le lendemain. Je n'aurais jamais quitté l'armée napolitaine si elle avait été devant l'ennemi, mais tout paraissait indiquer de ce côté la plus grande tranquillité. D'ailleurs, volontaire avec M. Nazelli, ou sous M. de Damas, que j'ai vu si longtemps colonel de l'armée de Condé, ce n'était pas une position bien agréable pour moi, et je ne pouvais y être d'aucune utilité au service du roi. Depuis que la paix a été faite, je vous ai écrit trois fois sans recevoir jamais de réponse de vous. Cette incertitude-là est cruelle : pourquoi ne pas me dire franchement les volontés du roi à mon égard? j'aurais été aussi heureux qu'il est possible lorsqu'on n'est pas dans son pays, d'être uni à la famille de Naples, et de tout devoir à des parents aussi bons. Mais les circonstances empêchent-elles cette union? Ma présence serait-elle incommode? Le traitement qu'on a bien voulu m'accorder est-il une gêne dans un moment où les finances du roi sont si cruellement obérées? Je mets le tout à ses pieds avec la même reconnaissance ; je vous supplie seulement de vouloir bien faire continuer de payer les cinq mille ducats que le roi a eu l'extrême bonté d'accorder aux officiers de ma maison. Ces gentilshommes, invariables dans leur devoir et dans leurs principes, ne fléchiront jamais la tête sous le joug d'un usurpateur, et tous ont abandonné leur fortune pour me suivre. Je ne réclame donc rien pour moi que le passé. Je n'ai eu jusqu'ici d'autres ressources que la générosité du roi; mais vous savez sûrement les retards que j'ai éprouvés. Cela me met dans le plus grand embarras. N'ayant rien à moi, je regarderais comme une infamie de faire une dette.

Je suis bien sûr que vous sentirez les raisons de mon empressement à connaître mon sort, quand vous saurez que, dans un mois, je n'aurai, en vendant mes équipages, que de quoi rejoindre mon père. CHARLES-FERDINAND.

PAGE 27. — « Tandis que de puissants monarques étaient forcés d'abandonner leurs trônes au conquérant, un roi de France proscrit refusait de naître à l'usurpateur qui l'occupait... »

Entrevue de Louis XVIII avec M. Meyer.

M. Meyer, président de la régence de Varsovie, fut introduit auprès du roi le 26 février 1803, en qualité d'envoyé du cabinet de Berlin. Il était chargé d'annoncer à Sa Majesté que Buonaparte était disposé à lui assurer des indemnités en Italie, si elle voulait renoncer, elle et les membres de sa famille, au trône de France. Sa Majesté répondit sur-le-champ :

« Je ne confonds pas M. Buonaparte avec ceux qui l'ont pré-
« cédé ; j'estime sa valeur, ses talents militaires; je lui sais gré
« de plusieurs actes d'administration, car le bien que l'on fera
« à mon peuple me sera toujours cher. Mais il se trompe s'il croit
« m'engager à transiger sur mes droits : loin de là, il les établi-
« rait lui-même, s'ils pouvaient être litigieux, par la démarche
« qu'il fait en ce moment.

« J'ignore quels sont les desseins de Dieu sur ma race et sur
« moi; mais je connais les obligations qu'il m'a imposées par le
« rang où il lui a plu de me faire naître. Chrétien, je remplirai
« ces obligations jusqu'à mon dernier soupir; fils de saint Louis,
« je saurai, à son exemple, me respecter jusque dans les fers;
« successeur de François Ier, je veux du moins pouvoir dire comme
« lui : *Nous avons tout perdu, fors l'honneur.* »

— « L'influence de Buonaparte s'étend sur toute l'Europe. N'est-il pas à craindre, dit M. Meyer, qu'il ne force les souverains dont Votre Majesté reçoit des subsides à les lui retirer?

« Je ne crains pas la pauvreté, répliqua le roi; s'il le fallait, je
« mangerais du pain noir avec ma famille et mes fidèles servi-
« teurs; mais ne vous y trompez pas, je n'en serai jamais réduit
« là; j'ai une autre ressource dont je ne crois pas devoir user tant
« que j'ai des amis puissants; c'est de faire connaître mon état
« en France et de tendre la main, non au gouvernement usur-
« pateur, cela jamais! mais à mes fidèles sujets; et croyez-moi,
« je serais bientôt plus riche que je ne suis. »

L'envoyé persista et fit pressentir au roi que Buonaparte pourrait contraindre la plupart des puissances européennes à lui refuser un asile.

« Je plaindrai le souverain, ajouta Sa Majesté, qui se croira
« forcé de prendre un parti de ce genre, et je m'en irai. »

On connaît l'adhésion des princes à la réponse de Louis XVIII.
Ce monarque reçut quelques jours après du prince de Condé la
lettre suivante :

Lettre de monseigneur le prince de Condé au roi.

Wansted, le 22 avril 1803.

SIRE,

Après avoir rempli, avec les autres princes de votre maison qui
se trouvent en Angleterre, le devoir que nous imposait l'in-
croyable circonstance dont Votre Majesté a bien voulu nous faire
part, qu'il me soit permis de lui offrir l'hommage particulier de
mon admiration pour les superbes réponses qu'elle a faites à la
proposition dont elle a daigné nous instruire. Faits pour mériter
en toute occasion la suite de Votre Majesté, c'est avec autant
d'enthousiasme que de reconnaissance que nous avons suivi le
glorieux exemple et les ordres paternels que Votre Majesté nous
donnait, dans ces temps malheureux dont Votre Majesté se trouve
(passagèrement, je ne cesse de l'espérer) la première victime.
C'est une grande consolation pour ceux qui ont l'honneur de lui
appartenir, dans les liens du sang, de n'avoir qu'à suivre les
traces d'un roi qui sait si dignement repousser l'injure, et répondre avec autant de raison, de noblesse et d'éloquence, à une
pareille proposition. Puissent les Français apercevoir enfin tout
le bonheur dont ils se priveraient s'ils ne remettaient pas sur son
trône un roi si digne de les gouverner, et dont toutes les paroles
et les actions commandent également le respect et l'amour!

Mon attachement particulier à la personne de Votre Majesté
redoublerait, s'il était possible, après ce qu'elle vient de faire;
mais il y a longtemps que ce sentiment est aussi fortement gravé
dans mon cœur que ma vénération pour les vertus de Votre
Majesté et mon profond respect pour elle.

LOUIS-JOSEPH DE BOURBON.

Réponse du roi.

A Varsovie, le 23 mai 1803.

J'ai reçu, mon cher cousin, à fort peu de distance l'une de
l'autre, vos deux lettres des 9 février et 22 avril. Vous ne pouvez
douter du plaisir que m'ont fait les sentiments et les raisonnements
de la première; mais, vu sa date, je me borne à vous en accuser
la réception, et je passe bien vite à la seconde. Votre commune
adhésion à ma réponse m'a exalté, m'a rendu fier d'être votre
aîné : j'ai reçu avec transport le serment qui la termine si noble-
ment : mais je vous avoue ma faiblesse; mon amour-propre a
peut-être encore plus joui de votre lettre particulière. L'appro-
bation d'un parent justement chéri, d'un guerrier blanchi sous
les lauriers, d'un connaisseur si délicat en matière d'honneur,
est la récompense la plus flatteuse pour celui qui n'a, au fond,
d'autre mérite que d'avoir fait son devoir.

J'ai reçu en même temps la réponse de votre petit-fils : elle
est beaucoup plus ancienne; mais comme de raison, il a cru devoir, pour me la faire passer, préférer la sûreté à la promptitude.
Comme il est possible que, par le même motif, il ne vous en ait
pas donné connaissance, j'en joins ici copie, bien sûr qu'elle

vous fera plaisir, et qu'ainsi que moi vous y reconnaîtrez le
sang des Bourbons.

Adieu, mon cher cousin; vous connaissez toute mon amitié
pour vous.

LOUIS.

PAGE 23. — « Un étranger se présente en Angleterre pour
proposer aux Bourbons d'assassiner l'usurpateur. Et qui repousse
le premier l'idée d'un assassinat sur Buonaparte?... le grand-
père du duc d'Enghien!... »

Lettre de monseigneur le prince de Condé à S. A. R. MONSIEUR comte d'Artois.

Londres, le 24 janvier 1805.

Le chevalier de Roll vous rend compte, ainsi que moi, monsieur, de ce qui s'est passé hier. Un homme arrivé la veille, à ce
qu'il m'a dit, à pied, de Paris à Calais, homme d'un ton fort
simple et fort doux, malgré les propositions qu'il venait faire,
ayant appris que vous n'étiez pas ici, est venu me trouver sur les
onze heures du matin; il m'a proposé tout uniment de nous dé-
faire de l'usurpateur par le moyen le plus court. Je ne lui ai pas
donné le temps de m'achever les détails de son projet, et j'ai repoussé cette proposition avec horreur, en l'assurant que si vous
étiez ici vous feriez de même; que nous serions toujours les ennemis de celui qui s'est arrogé la puissance et le trône de notre
roi, tant qu'il ne les lui rendrait pas; que nous avions combattu cet
usurpateur à force ouverte, que nous le combattrions encore si
l'occasion s'en présentait; mais que jamais nous n'emploierions
de pareils moyens, qui ne pouvaient convenir qu'à des jacobins;
et que si, par hasard, ces derniers se portaient à ce crime, cer-
tainement nous n'en serions jamais complices. Pour mieux convaincre cet homme que vous pensiez comme moi, j'ai envoyé
chercher l'évêque d'Arras; mais il était sorti. Alors j'ai fait venir
le baron de Roll, à qui j'ai d'abord exposé la mission. Ensuite
j'ai fait entrer l'homme; je lui ai dit que le baron avait
toute votre confiance, qu'il connaissait comme moi la grandeur
de votre âme, et que j'étais bien aise de répéter devant un témoin
aussi sûr tout ce que je venais de lui dire; ce que j'ai fait. Le
baron a parlé comme moi. Après cela, j'ai dit à l'homme qui était
venu qu'il n'y avait que l'excès de son zèle qui eût pu le porter
à venir nous faire une telle proposition; mais que ce qu'il avait
de mieux à faire était de repartir tout de suite, attendu que s'il
était arrêté, je ne le réclamerais pas, et que je ne le pourrais
qu'en disant ce qu'il est venu faire. J'espère, monsieur, que vous
approuverez ma conduite, et que vous ne doutez pas du tendre et
respectueux attachement dont mon cœur est pénétré pour vous.

LOUIS-JOSEPH DE BOURBON.

PAGE 26. — « Louis XVIII fut obligé de quitter Mittau avec
« MADAME... »

Extrait du Journal inédit du comte de Hautefort (1801).

Le comte de Caraman résidait à Pétersbourg en qualité d'ambassadeur de Louis XVIII. Tout à coup il reçut l'ordre de partir
de cette capitale dans les vingt-quatre heures; il arriva le 19 janvier à Mittau, où sa présence inopinée, et ce qu'il raconta de son
expulsion soudaine, répandirent l'alarme dans la colonie française. Ces craintes furent bientôt justifiées. Le 21 janvier, époque
fatale, le général Fersen, qui avait toujours montré beaucoup
d'égards pour le roi, monta au château, où il était chargé de signifier à Sa Majesté qu'elle devait quitter Mittau dans les vingt-quatre
heures. MADAME n'était pas comprise dans cet ordre; mais elle
annonça sur-le-champ qu'elle ne se séparerait jamais de son
oncle. M. Driesen, gouverneur de Mittau, avait reçu, par le
même courrier, l'ordre de délivrer des passe-ports nécessaires pour
le départ du roi, mais pour douze personnes seulement. Sans la
circonstance du 21 janvier, jour que MADAME consacrait ordinai-

rement à la retraite et à la prière, le roi aurait désiré partir le jour même ; il remit au lendemain. On peut penser quelle était la désolation de sa suite. Pour lui, toujours calme , il s'occupait à fortifier le courage de ceux qui l'environnaient. Il était surtout touché du sort des gardes du corps, que sa situation ne lui permettait plus de conserver auprès de lui. Paul Ier leur avait fait jusqu'alors un traitement. Qu'allaient-ils devenir dans ce revers ? Le roi voulut du moins consoler ces braves et fidèles serviteurs par un témoignage d'estime. Il leur adressa en partant, le 22 janvier, la lettre suivante, écrite de sa main : « Une des peines les « plus sensibles que j'éprouve au moment de mon départ est de « me séparer de mes chers et respectables gardes du corps. Je « n'ai pas besoin de leur recommander de me conserver une « fidélité gravée dans leurs cœurs, et si bien prouvée par toute « leur conduite. Mais que la juste douleur dont nous sommes « pénétré ne leur fasse jamais oublier ce qu'ils doivent au mo- « narque qui me donna asile, qui forma l'union de mes enfants, « et dont les bienfaits assurent encore mon existence et celle de « mes fidèles serviteurs.   *Signé* Louis. »

Mittau, le 22 janvier 1801.

A cette lettre, où l'on retrouve cette grâce, cette mesure et cette sensibilité qui règnent dans tous les écrits partis de la même main , le comte d'Avaray joignit une autre lettre ainsi conçue : « Quand le roi exprime lui-même ses sentiments à ses fidèles « gardes du corps, je dois me ranger parmi eux pour jouir en « commun des bontés de notre maître. Je n'ai donc qu'un but en « ce moment, celui de témoigner à tous ces messieurs le désir « de vivre dans leur souvenir, et de leur renouveler l'expression « des sentiments dont mon dévouement au roi et à MADAME sera « le garant. »

Le roi se mit en route le 22 janvier, à trois heures et demie après midi. Son départ offrit un spectacle touchant. Ses gardes du corps, réunis à une foule d'habitants de Mittau, semblaient se disputer à qui lui témoignerait plus d'intérêt et d'attachement. Les uns et les autres paraissaient avoir un égal regret de son départ. On eût dit que c'était un père qu'on arrachait à ses enfants ; la vue de cette séparation douloureuse était le plus bel éloge de la conduite du roi, et la meilleure preuve des sentiments qu'il avait su inspirer. La suite du roi se composait de six voitures et deux chariots. Sa Majesté était dans la berline de MADAME, avec cette princesse, le comte d'Avaray et madame la duchesse de Sérent. La reine était alors aux eaux de Pyrmont, et monseigneur le duc d'Angoulême était à l'armée. Dans les voitures suivaient étaient l'abbé Edgeworth, le duc de Fleury, l'abbé Fleuriel, MM. Hardouineau, Hue et Péronnet, avec les gens de service, tous vingt-six personnes. Deux autres voitures ne partirent que le lendemain ; elles étaient occupées par l'abbé Marie, mademoiselle de Choisy, aujourd'hui madame la vicomtesse d'Agoult, MM. de Lukerque, Le Faivre et Colon.

On avait promis au roi cent mille roubles, montant de six mois du traitement que lui faisait l'empereur ; il ne les reçut point, et on obtint avec peine d'un banquier de Riga trois mille six cent quatre ducats en avance sur cette somme. Le froid était rigoureux, et aucune précaution n'avait été prise sur une route où il n'y a aucune ressources. A la première couchée, un gentilhomme courlandais, M. de Zozff, ne voulut pas laisser descendre le roi à l'auberge, et le reçut dans son château. Cet accueil fait d'autant plus d'honneur à ce gentilhomme, qu'il pouvait craindre que sa démarche ne déplût à la cour. A la seconde journée on coucha dans un cabaret. Il y avait au moins quatre-vingts paysans rassemblés dans une grande pièce, qui faisait à peu près toute la maison. Cette société, le bruit, l'odeur de l'eau-de-vie et du tabac, firent de cette nuit un supplice. MADAME coucha dans une espèce de fournil mal clos, où l'inquiétude l'empêcha de reposer. Quand on lui parla de sa situation : « Je ne suis point à plaindre, « disait l'excellente princesse, je ne souffre que des malheureux « que je vois autour de moi. »

Tout ce voyage fut très-pénible dans une telle saison et dans un tel climat. Le froid, le vent, la neige étaient d'autant plus difficiles à supporter, que la suite du roi n'avait pas de vêtements préparés pour une telle circonstance. Les gens qui étaient sur les sièges des voitures souffrirent surtout infiniment ; et cependant aucun ne le fit paraître, de crainte d'augmenter le chagrin des maîtres les plus sensibles et déjà si fort affectés. Tous ceux qui entouraient le roi étaient soutenus et consolés par sa force d'âme. « Je suis bien loin de désirer qu'on me plaigne, » écrivait au moment même de cette fuite, et au milieu de tant de souffrances et d'inquiétudes, le loyal et brave officier qui nous a donné ces détails ; « ma position est si digne d'envie, que je ne puis même « la concevoir ; c'est un rêve. Mon âme est brisée de tous les « sentiments qu'elle éprouve. Je vois souffrir les êtres les plus « parfaits, et dont le monde n'est pas digne ; mais je vois de près « leurs vertus, j'admire leur noble constance, je jouis d'être con- « tinuellement auprès d'eux. Supérieurs aux coups de l'adver- « sité, leur courage semble s'accroître à raison de leur infor- « tune. » Tels étaient les sentiments qu'au comble du malheur inspiraient le roi et MADAME. Le troisième jour il fallut faire une lieue à pied, par le froid le plus âpre et un vent qui coupait le visage ; on se frayait un chemin dans la neige, qui avait dix pouces de hauteur. MADAME prit le bras de l'abbé Edgeworth, et madame de Sérent celui de M. Hardouineau. Cette dame très-délicate souffrait beaucoup, quoique le roi lui eût donné sa pelisse ; dans cet état, ni le roi ni MADAME ne perdirent rien de leur sérénité. La journée finit par un gîte encore plus mauvais que celui de la veille. Le local en était fort étroit. Le roi partagea sa chambre, comme il l'avait toujours fait jusque-là, avec l'abbé Edgeworth et le comte d'Avaray, et MADAME reçut dans la sienne madame de Sérent et deux femmes de chambre. Le quatrième jour le roi éprouva un moment de consolation dans l'excellente réception que lui fit à déjeuner le baron de Sass, qui ne se démentit point pendant tout le temps que les Français passèrent en Courlande, et qui leur rendit constamment, ainsi qu'au roi, tous les services de l'hôte le plus aimable et du gentilhomme le plus loyal. Il avait chez lui un émigré français, à l'imitation de beaucoup de ses compatriotes, qui s'étaient empressés d'accueillir quelques-uns de ces honorables réfugiés.

On approchait de la frontière, et on n'était pas sans quelque inquiétude. Tout se passa tranquillement. La garde prit même les armes, et rendit les honneurs au roi. Le 26 janvier, Sa Majesté coucha à Nimmersatt, premier poste prussien, où elle fut très-mal. C'est qu'elle quitta ses ordres, et qu'elle dut aux personnes de sa suite de quitter aussi leurs décorations. Elle prit l'incognito sous le nom de comte de Lille, et MADAME sous celui de marquise de La Meilleraye. Le 27, le roi arriva à Memel : il y fut bien reçu, quoiqu'il n'y eût encore aucun ordre de la cour. On offrit même de faire rendre les honneurs au roi ; le duc de Fleury les refusa. M. de Thumen, commandant militaire, montra le désir de faire quelque chose d'agréable au roi, et M. Loreck, consul de Danemark, justifia par ses soins la réputation que déjà lui avaient acquise ses bons procédés envers les émigrés. Aux lettres qui furent écrites à la cour de Prusse par le roi ou par son ministre, MADAME en joignit une pour la reine, femme de Frédéric-Guillaume. Cette lettre respirait toute la sensibilité et la grandeur d'âme de la princesse. Elle y disait, en parlant de son oncle : « Il est plus d'une voix qui du haut du ciel me crie « qu'il est tout pour moi, qu'il me tient lieu de tout ce que j'ai « perdu, que je ne dois jamais l'abandonner. Aussi j'y serai fi- « dèle, et la mort seule m'en séparera. » La cour de Prusse consentit à recevoir Sa Majesté, et la ville de Varsovie fut désignée pour sa résidence.

Le roi s'était proposé de partir le 9 février, quand cinq gardes du corps arrivèrent de Mittau, le 8 au soir. On leur avait assigné l'ordre de partir dans les quarante-huit heures. On peut se figurer l'effet que produisit sur eux cette nouvelle. Mal fournis d'argent et d'habits, un voyage aussi précipité, dans une saison rigoureuse, les exposait à périr de besoin et de froid. Le roi suspendit son départ pour attendre ces fidèles serviteurs, les voir, les consoler, et tâcher de leur procurer du secours. Il manda les cinq gardes du corps déjà arrivés, et leur parlant avec l'intérêt le plus tendre : « J'éprouve, messieurs, leur dit-il, une grande « consolation à vous voir ; mais elle est mêlée d'une douleur bien « amère. La Providence m'éprouve depuis bien longtemps et « de bien des manières, et celle-ci n'est pas une des moins « cruelles » (ici le roi ne put retenir ses larmes, *les premières que je lui ai vu verser*, dit l'auteur de ce récit) ; « j'espère qu'elle « viendra à mon secours. Si le courage m'abandonnait, le vôtre, « messieurs, le soutiendrait. Vous me voyez (montrant le côté « gauche de sa poitrine dépouillé de ses décorations), je ne « peux même porter un ordre. Je n'ai plus que des conseils « à vous donner. Le meilleur est de filer sur Kœnigsberg pour « ne point s'encombrer ici, y porter ombrage, et pour parer à « tous les inconvé-

Charette blessé errant dans les bois.

« nients qui en « pourraient ré- « sulter. Je viens « de prendre les « mesures pour « vous faire arri- « ver à Ham- « bourg, où cha- « cun pourra pren- « dre plus aisé- « ment un parti « ultérieur. » Les cinq vieillards ne purent entendre sans attendrissement ces paroles de bonté. Ils répondirent à beaucoup de questions que le roi leur fit sur eux et sur leurs camarades, et se retirèrent pénétrés de reconnaissance. Les jours suivants, les autres gardes du corps furent présentés au roi à mesure qu'ils arrivaient. Le prince leur parla successivement à tous avec la même bonté, et s'informa de leurs besoins. Un d'eux, M. de Montlezun, ne pouvait retenir ses larmes. « Mon ami, « lui dit le roi en lui prenant la main, quand on a le cœur pur, « c'est au dernier terme de l'adversité qu'un Français doit re- « doubler de courage. » Puis adressant la parole aux autres : « Messieurs, si mon courage m'abandonnait ce serait chez vous « que j'irais en reprendre et me retremper. »

Ces généreux Français méritaient en effet ces éloges d'un si bon juge, et ces sentiments du meilleur des maîtres. Tous se trouvaient heureux de partager son sort, et auraient été, en quelque sorte, humiliés d'être à l'abri du coup qui le frappait. Ce revers n'a pu abattre leur constance. Les Courlandais, de leur côté, leur ont témoigné le plus vif intérêt. Gentilshommes et bourgeois, tous leur ont fait les offres les plus affectueuses, et c'est un devoir pour un Français de publier tout ce que la fidélité malheureuse dut, dans cette circonstance, à la générosité d'un peuple loyal et sensible.

Le roi ne borna point à des paroles sa sollicitude pour ses gardes du corps. Il donna pour eux une somme considérable, eu égard

à sa situation. La marquise de La Meilleraye (MADAME) remit au vicomte d'Agoult cent ducats qui devaient être partagés entre les gardes du corps qui en avaient le plus besoin : elle voulait surtout ne pas être nommée ; mais comment se méprendre sur la source d'un tel bienfait ? Le vicomte d'Agoult partit de Kœnigsberg, chargé de fréter un bâtiment, et de présider à l'embarquement de ses malheureux compatriotes. Les finances du roi s'épuisant par la dépense exorbitante de chaque jour, MADAME offrit à Sa Majesté la vente de ses diamants, offre qui fut acceptée à regret ; mais les circonstances ne permettaient guère au roi de refuser. La princesse autorisa, par un acte exprès, madame la duchesse de Sérent à faire le marché, *pour servir*, était-il dit dans l'acte, *dans notre commune détresse, à mon oncle, à ses fidèles serviteurs et à moi-même*. Les diamants furent déposés chez le consul de Danemark, qui fit avancer deux mille ducats sur le prix de la vente.

Le 23 février, toute la colonie de Mittau étant défilée, le roi partit de Memel pour Kœnigsberg, où il arriva, sans s'arrêter le 24. Il n'y passa que peu de jours, et se remit en route, le 27, pour Varsovie.

Dans ce trajet, le 2 mars, la voiture du roi versa dans un fossé en voulant éviter la voiture d'une dame polonaise qui se croisait sur la route. La commotion fut très-forte ; une glace fut brisée, et MADAME jetée sur l'autre côté de la voiture. Cependant personne ne fut blessé. Le roi n'eut d'autre ressource que de rester sur le grand chemin à attendre les voitures qui suivaient.

Il fut pendant deux heures debout sur un morceau de glace, pour éviter d'avoir les pieds dans l'eau !!! La dame polonaise, désolée d'être la cause. quoique innocente, de cet accident, voulut revenir coucher à Pultusk, dont on n'était éloigné que d'une lieue, et fit monter dans sa voiture madame la marquise de La Meilleraye et madame de Sérent. Elle ne se doutait point encore qui étaient ces voyageurs, et l'on peut juger de sa surprise quand, arrivée à Pultusk, elle apprit que c'était au roi de France et à sa nièce que sa rencontre avait été si fâcheuse. Le roi fut enfin atteint par la chaise de poste où était le duc de Fleury avec l'abbé Edgeworth. Elle n'avait que deux places ; Sa Majesté y monta avec son aumônier. Le duc de Fleury et le comte d'Avaray montèrent sur le siége. Le roi coucha à Pultusk, et y passa la journée du lendemain. Il se mit en route le 4, avec MADAME.

Le 6 mars, le roi passa la Vistule, quoique couverte de glaçons, et arriva heureusement à Varsovie. Le général Keller, gouverneur de la ville, attendait Sa Majesté dans la maison Vassiliowitch, faubourg de Cracovie, que l'abbé André de La Marre lui avait louée. Les personnes de la suite du roi le rejoignirent successivement ; et le 25 mars, monseigneur le duc d'Angoulême arriva de l'armée avec le comte Étienne de Damas. Peu de jours après, on apprit la mort de Paul Ier, arrivée dans la nuit du 23 au 24 mars 1801. Il n'avait pas survécu longtemps à ses procédés rigoureux envers un prince en qui ces mêmes procédés, comme on l'a vu par la lettre citée plus haut, n'avaient point effacé le souvenir d'anciens services. Le nouvel empereur de Russie s'empressa d'ailleurs de réparer les derniers torts de Paul à l'égard du roi. Il augmenta le traitement annuel promis à ce prince, et dans la suite il rappela Louis XVIII dans ses États, et le reçut dans ce même château de Mittau qui lui avait déjà servi d'asile.

FIN

DES PIÈCES JUSTIFICATIVES

LE ROI EST MORT :

VIVE LE ROI !

Le roi est mort !.. Jour d'épouvante où ce cri fut entendu, il y a trente ans, pour la dernière fois dans Paris ! Le roi est mort ! La monarchie va-t-elle se dissoudre ? La colère céleste s'est-elle déployée de nouveau sur la France ? Où fuir ? où se cacher devant la terreur et la tyrannie ? Pleurez, Français ! vous avez perdu le roi qui vous a sauvés, le roi qui vous a rendu la paix ; le roi qui vous a faits libres : mais ne tremblez point pour votre destinée ; le roi est mort, mais le roi est vivant. LE ROI EST MORT : VIVE LE ROI ! C'est le cri de la vieille monarchie ; c'est aussi le cri de la monarchie nouvelle.

Un double principe politique est renfermé dans cette acclamation de la douleur et de la joie : l'hérédité de la famille souveraine, l'immortalité de l'État. C'est à la loi salique que nous devons, comme nation, une existence dont la durée n'a point d'exemple dans les annales du monde. Nos pères étaient si convaincus de l'excellence de cette loi que, dans la crainte de la violer, ils ne reconnurent point immédiatement Philippe de Va-

Les prêtres vendéens.

lois pour successeur de Charles le Bel. A la mort de celui-ci, la monarchie demeura sans monarque. La reine était grosse ; elle pouvait porter ou ne pas porter le roi dans son sein : en attendant on resta soumis à la légitimité inconnue, et le principe gouverna dans l'absence de l'homme.

Certes, il peut s'appeler immortel un État qui a vu le sang d'une même race passer de Robert le Fort à Charles X.

« Quel royaume (1), dit un vieil écrivain (qui sous Henri III défendait les droits de Henri IV contre les prétentions des Guise) ; quel royaume, monarchie et république, est aujourd'hui ou a été au monde, mieux orné, affermi et fortifié des plus belles polices, lois et ordonnances que la française ? Où est-ce que les autres ont une loi salique pour la succession du royaume ? Quels rois ailleurs se voient et se sont vus mieux aimés, obéis et révérés ? Néanmoins ils ont laissé régler et limiter leur puissance par des lois et ordonnances qu'eux-mêmes ont faites ; ils se sont soumis sous la même raison que leur peuple, et ont, d'ancienne institution, réduit leurs voulants sous la civilité de la loi. Pour raison de quoi tout le peuple, avec une douce crainte, a été contraint de les aimer.

« Qui ont donc été les rois au monde qui se soient plus acquis de gloire par la justice que les nôtres ? Ils n'ont pas moins acquis à leur royaume l'honneur et la prééminence des bonnes lettres et des sciences libérales que des armes. Grand nombre d'hommes signalés en savoir et intelligence sont sortis de cette

(1) De la noblesse, ancienneté, etc., de la troisième maison de France. Paris, 1587.

« école de lettres, et la France a provigné quant et quant d'excel-
« lents capitaines (outre ceux du sang royal) par la discipline
« que nos rois y avaient établie, lesquels rois ont peuplé même-
« ment les nations étrangères d'hommes héroïques.

« Reste maintenant à exposer les autres grâces, bénédictions
« et bonnes rencontres d'heur particulières dont il a plu à la di-
« vine Providence orner la famille de Hugues Capet par-dessus
« toutes les autres : l'une est de l'avoir fait être la plus noble et
« plus ancienne de toutes les races royales qui sont aujourd'hui
« au monde ; car à compter depuis le temps que Robert le Saxon,
« que nous prenons pour chef d'icelle, se voit connu par les
« histoires, elle a subsisté près de huit cents ans, étant parvenue
« en la personne de notre très-chrétien roi Henri III jusqu'à la
« vingt-troisième génération de père en fils, si nous ne comptons
« point plus avant que ledit Robert (1).

« A ces premiers bonheurs s'en vient joindre un non moins
« remarquable que les précédents, qui est d'avoir produit plus
« de maisons et de familles royales, et donné plus grand nombre
« de rois, empereurs, princes, ducs et comtes à divers royaumes
« et contrées.

« Toutes ces bonnes et belles remarques que nous avons pro-
« posées jusqu'à ici de nos rois, semblent bien leur avoir ap-
« partenu en général ; mais outre icelles chacun d'eux (du moins
« la plus grande partie) s'est encore si bien fait remarquer en
« son particulier de certaines grâces et dons d'esprit, qu'elles
« leur ont acquis ces honorables surnoms, qui rendent encore
« aujourd'hui leur mémoire illustre. »

Il augmentera la liste de ces illustres monarques, Louis le
Désiré, de paternelle et pacifique mémoire, que la reconnaissance, les pleurs, les regrets de la France et de l'Europe accom-
pagnent au tombeau. On peut dire de l'arbre de la lignée royale,
né du sol de la France, ce que le poëte dit du chêne :

. . Immota manet ; multosque nepotes,
Multa virum volvens durando sæcula, vincit.

Comme ce vieil écrivain dont la fidélité pressentait Henri IV,
l'auteur du présent écrit eut le bonheur en 1814, au second avé-
nement des Bourbons, d'annoncer Louis XVIII. Alors la France
était envahie ; on se battait sur divers points du royaume ; on
craintes et de périls. Rien n'était décidé ; on se battait sur divers
points du royaume ; on négociait à Paris : Buonaparte habitait
encore le château de Fontainebleau quand il lut l'histoire de ce
roi légitime (2), qui n'avait point d'armée dans la coalition des
rois, mais qui était pour lui plus redoutable que ces monarques.
Ce fut en effet la force de la légitimité qui précipita l'usurpation.

Le premier service que l'héritier des lis rendit à sa
patrie fut de la dégager de l'invasion européenne. La capitale de
la France n'avait jamais été conquise sous la race légitime : Buonaparte avait amené les étrangers dans Paris avec son épée ;
Louis XVIII les en écarta avec son sceptre.

Un peuple encore tout ému, tout enivré de la gloire des armes,
vit avec surprise un vieux Français exilé venir se placer naturellement à sa tête comme un père qui, après une longue absence, rentre dans sa famille, ne supposant pas qu'on puisse
contester son autorité. Louis XVIII n'était point étonné des grandeurs nouvelles, des miracles récents de la France ; il apportait
en compensation mille ans de nos antiques grandeurs, de nos
anciens prodiges ; il ne craignait point de compter avec le siècle
et la nation, assez riche qu'il était pour payer son trône. On lui
rendait, il est vrai, le Louvre embelli, mais c'était sa maison.
Jean Goujon et Perrault l'avaient ornée par ordre de Henri II et

(1) On sait qu'il y a plusieurs systèmes de généalogie des Capétiens au
delà de Robert le Fort. Les uns le font remonter à Witikind le Saxon ; les
autres aux Carlovingiens, et par eux aux Merovingiens ; les autres aux rois
lombards : peu importe. Robert était un prince puissant et un vaillant soldat,
qui lui tué en défendant la France contre l'invasion des étrangers, il y a de
cela quelque mille ans ; tenons-nous-en là.

(2) De Buonaparte et des Bourbons.

de Louis XIV ; Philippe-Auguste en avait posé la première pierre
et acheté le terrain ; Louis XVIII pouvait représenter le contrat
d'acquisition (1).

Ce prince comprenait son siècle, et était l'homme de son
temps : avec des connaissances variées, une instruction rare,
surtout en histoire, un esprit applicable aux petites comme aux
grandes affaires, une élocution facile et pleine de dignité, il convenait au moment où il parut, et aux choses qu'il a faites. S'il
est extraordinaire que Buonaparte ait pu façonner à son joug
les hommes de la république, il n'est pas moins étonnant que
Louis XVIII ait soumis à ses lois les hommes de l'empire, que la
gloire, que les intérêts, que les passions, que les vanités mêmes
se soient tus simultanément devant lui. On éprouvait en sa présence un mélange de confiance et de respect : la bienveillance
de son cœur se manifestait dans sa parole, la grandeur de sa
race dans son regard. Indulgent et généreux, il rassurait ceux
qui pouvaient avoir des torts à se reprocher ; toujours calme et
raisonnable, on pouvait tout lui dire, il savait tout entendre.
Pour les délits politiques, le pardon chez les Français lui semblait moins sûr que l'oubli, sorte de pardon dépouillé d'orgueil,
qui guérit les plaies sans faire d'autres blessures. Les deux
traits dominants de son caractère étaient la modération et la
noblesse : par l'une il conçut qu'il fallait de nouvelles institutions à la France nouvelle ; par l'autre il resta roi dans le malheur, témoin sa belle réponse aux propositions de Buonaparte.

La partie active du règne de Louis XVIII a été courte, mais
elle occupera une grande place dans l'histoire. On peut juger de
ce règne par une seule observation : Il ne se perd point dans l'é-
clat que Napoléon a laissé sur ses traces. On demande ce que
c'est que Charles II après Cromwell, Charles II, dont la restauration ne fut que celle des abus qui avaient perdu sa famille :
on ne demandera jamais ce que c'est que le sage qui a délivré la
France des armées étrangères après l'ambitieux qui les avait
attirées dans le cœur du royaume ; on ne demandera jamais ce
que c'est que l'auteur de la Charte, le fondateur de la monarchie représentative ; ce que c'est que le souverain qui a élevé la
liberté sur les débris de la révolution, après le soldat qui avait
bâti le despotisme sur les mêmes ruines ; on ne demandera
jamais ce que c'est que le roi qui a payé les dettes de l'État et
fondé le système de crédit après les banqueroutes républicaines
et impériales ; on ne demandera jamais ce que c'est que le monarque qui, trouvant une armée détruite, a recréé une armée ;
le monarque qui, après des guerres glorieuses, mais longues et
funestes, a mis fin en quelques mois, par un vaillant prince, à la
prodigieuse expédition d'Espagne, tant deux révolutions d'un
seul coup, rétablissant deux rois sur leur trône, replaçant la
France à son rang militaire en Europe, et couronnant son ouvrage en nous assurant l'indépendance au dehors, après nous
avoir donné la liberté au dedans.

Son règne s'agrandira encore en s'éloignant de nous : la postérité le regardera comme une nouvelle ère de la monarchie,
comme l'époque où s'est résolu le problème de la révolution, où
s'est opérée la fusion des principes, des hommes et des siècles,
où tout ce qu'il y avait de possible dans le passé s'est mêlé à
tout ce qu'il y avait de possible dans le présent. De la considération des difficultés innombrables que Louis XVIII a dû rencon-
trer dans l'exécution de ses desseins, naîtra pour lui dans l'avenir
une admiration réfléchie. Et quand on observera que ce mo-

(1) Philippus, Dei gratia, Francorum rex, etc... Nobis, quod nos
pro excambio terræ, quam monachi Sancti Dionysii de Carcere (Saint
Denis de la Chartre ou de la Prison), dans l'historien de Saint-Denis, Carcere Glaucini, aujourd'hui Gloriacy) habebant, ubi turris nostra de
Louvre sita est, eisdem monachis assignamus, tringita solidos annui red-
ditus, etc. Actum Parisiis, anno ab incarnatione Domini 1214, mense
Augusti.

Cette rente se payait encore par le receveur du domaine au commencement de la révolution : quel beau titre de propriété ! Ce titre était conservé
au prieuré de Saint-Denis de la Chartre.

narque, qui avait tant souffert, n'a exercé ni réaction ni vengeance ; que ce monarque, dépouillé de tout, a aboli la confiscation ; qu'étant maître de ne rien accorder en rentrant en France, il nous a rendu des libertés pour des malheurs, nul doute que sa mémoire ne croisse en estime et en vénération chez les peuples.

Nous venons de le perdre, ce roi patient et juste. Pendant un hiver du Nord, obligé de fuir d'exil en exil avec le fils et la fille de nos rois, ses pieds avaient été atteints par le froid rigoureux du climat : ses infirmités étaient en partie notre ouvrage, et au milieu de ses longues douleurs, il ne s'est jamais souvenu de ceux qui les avaient causées. On l'a vu, au moment d'expirer, opposer à des maux qui auraient abattu toute autre âme que la sienne un calme qui semblait imposer à la mort. Depuis longtemps, il est donné au peuple le plus brave d'avoir à sa tête les princes qui meurent le mieux ; par les exemples de l'histoire, on serait autorisé à dire proverbialement : *Mourir comme un Bourbon*, pour exprimer tout ce qu'un homme peut mettre de magnanimité dans sa dernière heure.

Louis XVIII n'a point démenti cette intrépidité de famille. Après avoir reçu le saint viatique au milieu de sa cour, le fils aîné de l'Église a béni d'une main défaillante, mais avec un front serein, ce frère encore appelé à un lit funèbre, ce neveu qu'il nommait le *fils de son choix*, cette nièce deux fois orpheline, et cette veuve deux fois mère.

Cependant le peuple donnait des signes non équivoques de sa douleur. Essentiellement monarchique et chrétien quand il est abandonné à lui-même, il environnait le palais et remplissait les églises ; il recueillait les moindres nouvelles avec avidité, lisait, commentait les bulletins, en y cherchant quelques lueurs d'espérance. Rien n'était touchant comme cette foule silencieuse qui parlait bas autour du château des Tuileries, dans la crainte de troubler l'auguste malade : le roi mourant était pour ainsi dire veillé et gardé par son peuple.

Souvent oubliée dans la prospérité, mais toujours invoquée dans l'infortune, la religion augmentait le respect et l'attendrissement général par sa sollicitude et par ses prières ; elle faisait entendre devant l'image du Dieu vivant ce cantique d'Ézéchias que le génie français a dérobé à l'inspiration des divines Écritures (1), ce *Domine salvum fac Regem* que notre amour pour nos rois a rendu si populaire. Des larmes coulèrent de tous les yeux lorsqu'on vit passer les différents corps de la magistrature, se rendant à pied à Notre-Dame, afin d'implorer le ciel pour celui de qui toute justice émane en France. On remarquait surtout, à la tête de la première cour du royaume, le vieillard illustre qui, après avoir défendu la vie de Louis XVI au tribunal des hommes, allait demander celle de Louis XVIII à un juge qui n'a jamais condamné l'innocence.

Ce souverain juge, en appelant au milieu de son repos notre roi souffrant, fatigué et rassasié d'une vie, se préparait à prononcer sur lui une sentence de délivrance et non de condamnation.

Un évanouissement survenu le 14 fit croire que le roi avait passé. Quand il reprit ses esprits, il parut sensible aux prières des agonisants que l'on récitait au pied de sa couche. On lui amena les deux enfants de l'infortuné duc de Berry : il ne pouvait plus les voir, il ne pouvait plus même étendre sur eux sa main paternelle ; mais on reconnaissait, au mouvement de ses lèvres, que le vieux monarque mettait sous la protection du ciel un berceau qu'il ne pouvait plus protéger.

Enfin il a quitté la vie, au milieu de sa famille en larmes, le jeudi 16 septembre, à quatre heures du matin, et il avait annoncé qu'il mourrait ce jour-là : il avait mesuré le degré de ses forces avec ce peu d'estime pour la vie, cette liberté de conscience et ce sang-froid imperturbable qui ne permettent pas de se tromper. Bientôt il va descendre dans ces souterrains, dont sa piété

(1) Le roi admirait particulièrement ce cantique, et m'a souvent redit par cœur l'ode sublime de Rousseau.

a commencé à repeupler les solitudes. Quand il arriva en France, il trouva le tombeau des rois désert et leur trône vide : restaurateur de toutes les légitimités, il a rendu, dans un partage fraternel, le premier à Louis XVI, et il laisse le second à Charles X.

Français! celui qui vous annonça Louis le Désiré, qui vous fit entendre sa voix dans les jours d'orage, vous parle aujourd'hui de Charles X dans des circonstances bien différentes : il n'est plus obligé de vous dire quel est le roi qui vous arrive, quels sont ses malheurs, ses vertus, ses droits au trône et à votre amour ; il n'est plus obligé de vous raconter jusqu'à l'âge de ce roi, de vous peindre sa personne, de vous apprendre combien il existe encore de membres de sa famille. Si la conscription ne dévore plus vos enfants ; si l'on ne peut ni vous dépouiller ni vous emprisonner arbitrairement ; si vous êtes appelés à consentir l'impôt que vous donnez à l'État ; si vous êtes, par la Charte, un des peuples les plus libres de la terre, vous savez à qui vous devez tous ces biens : rendez-en grâces à Louis XVIII et à Charles X.

Vous l'avez vu depuis dix ans, ce sujet fidèle, ce frère respectueux, ce père tendre, si affligé dans un de ses fils, si consolé par l'autre ! Vous le connaissez ce Bourbon qui vint le premier après nos malheurs, digne héraut de la vieille France, se jeter entre vous et l'Europe, une branche de lis à la main ! Vos yeux s'arrêtent avec amour et complaisance sur ce prince qui, dans la maturité de l'âge, a conservé le charme et la noble élégance de sa jeunesse, et qui, maintenant orné du diadème, n'est encore qu'un *Français le plus au milieu de vous* ! Vous répétez avec émotion tant de mots heureux échappés à ce nouveau monarque, qui puise dans la loyauté de son cœur la grâce de bien dire !

Quel est celui d'entre nous qui ne lui confierait sa vie, sa fortune, son honneur? Cet homme, que nous voudrions tous avoir pour ami, nous l'avons aujourd'hui pour roi. Ah ! tâchons de lui faire oublier les sacrifices de sa vie ! Que la couronne pèse légèrement sur la tête blanchie de ce chevalier chrétien ! Pieux comme saint Louis, affable, compatissant et justicier comme Louis XII, courtois comme François Ier, franc comme Henri IV, qu'il soit heureux de tout le bonheur qui lui a manqué pendant si longues années ! Que le trône où tant de monarques ont rencontré des tempêtes soit pour lui un lieu de repos ! Nous sentons combien dans ce moment il lui est pénible de monter les degrés de ce trône pour y occuper la place d'un frère ; mais qu'il permette à de fidèles sujets qui respectent sa royale douleur, de chercher pourtant auprès de lui leur consolation et leurs plus chères espérances.

Saluons encore le Dauphin et la Dauphine ; noms qui lient le passé à l'avenir, en rappelant des souvenirs nobles et touchants, en désignant le propre fils et le successeur du monarque ; noms sous lesquels nous retrouvons le libérateur de l'Espagne et la fille de Louis XVI ! L'Enfant de l'Europe, le nouveau Henri, a fait aussi un pas vers le trône de son aïeul, et sa jeune mère le guide vers la trône où elle aurait pu monter !

Nous, sujets dévoués, pressons-nous aux pieds de notre bien-aimé souverain ; reconnaissons en lui le modèle de l'honneur, le principe vivant de toutes les lois, l'âme de notre société monarchique ; bénissons une hérédité tutélaire, et que la légitimité enfante sans douleurs son nouveau roi !

Que nos soldats élèvent sur leurs drapeaux le père du duc d'Angoulême ! que l'Europe attentive, que les factions, s'il en existe encore, voient dans l'accord de tous les Français, dans l'union du peuple et de l'armée, le gage de notre force et de la paix du monde !

Dans l'histoire des rois de France, de leurs couronnes et de leurs maisons, les fêtes de Reims se trouvent placées auprès des pompes de Saint-Denis. Ainsi, aux obsèques de Charles le Victorieux (1), tandis que deux serviteurs fidèles mouraient subite-

(1) Quelques personnes ont cru que je prenais ici Charles VII pour Charles VIII : elles sont dans l'erreur. Dans les vieux auteurs, Charles VII est appelé le *Victorieux*, et Charles VII le *Conquérant*. Ensuite ces su-

ment de douleur, au moment où le grand maître de l'hôtel brisa son bâton, d'autres serviteurs, non moins attachés à la monarchie, préparaient déjà dans les trésors du même Saint-Denis les éperons d'or, les gantelets, la cotte d'armes, l'armet timbré, la tunique fleurdelisée, qui devaient servir au couronnement de Louis, père du peuple : graves enseignements pour nos monarques, qui prennent sur un cercueil les attributs de la puissance. Supplions humblement Charles X d'imiter ses aïeux : trente-deux souverains de la troisième race ont reçu l'onction royale, c'est-à-dire tous les souverains de cette race, hormis Jean Ier, qui mourut quatre jours. après sa naissance, Louis XVII et Louis XVIII, qui furent visités de la royauté, l'un dans la tour du Temple, l'autre dans la terre étrangère. Tous ces monarques ont été sacrés à Reims ; Henri IV seul le fut à Chartres, où l'on trouve encore dans les comptes de la ville une dépense de neuf francs pour une pièce mise au pourpoint du roi : c'était peut-être à l'endroit du coup d'épée que le Béarnais reçut à la journée d'Aumale (1).

L'usage était que le roi allât à Reims à cheval, à la tête de sa maison et de ses gardes. L'archevêque de Reims, premier pair ecclésiastique du royaume, faisait les frais du sacre. Il représentait par tradition un des quatre témoins du côté maternel, sur les douze témoins que le titre 58 de la loi salique exigeait chez les Francs dans toutes les actions civiles et criminelles.

Ces paroles d'Adalbéron, archevêque de Reims, au sujet de la consécration de Hugues Capet, sont encore vraies aujourd'hui : « Le couronnement d'un roi des Français, dit-il, est un intérêt « public et non une affaire particulière : *publica sunt hæc nego-* « *cia, non privata* (2). » Que Charles X daigne peser ces mots qui s'appliquaient à l'auteur de sa race ; et s'il pleurant un frère il se souvienne qu'il est roi. Les Chambres ou les députés des Chambres qu'il peut appeler à Reims à sa suite, les magistrats qui grossiront son cortége, les soldats qui environneront sa personne, sentiront se fortifier en eux, par une imposante solennité, la foi religieuse et monarchique. Charles VII fit des chevaliers à son sacre ; le premier roi chrétien des Français reçut un autre baptême avec quatre mille de ses compagnons d'armes : Charles X créera de même à son couronnement plus d'un chevalier pour la défense de la cause légitime, et plus d'un Français y recevra un nouveau baptême de fidélité.

C'est donc à Reims que le prince, objet de tant d'amour, comblera les vœux de ses peuples ; que le prélat, en lui présentant la couronne de Charlemagne, l'épée de l'État, le sceptre, l'anneau et la main de justice, adresse au ciel l'admirable prière réservée pour cette cérémonie : « Dieu, qui par tes vertus conseilles tes « peuples, donne à celui-ci, ton serviteur, l'esprit de ta sapience ! « Qu'en ses jours naisse à tous équité et justice : aux amis se- « cours, aux ennemis obstacle, aux affligés consolation, aux éle- « vés correction, aux riches resserrement, aux indigents pitié, « aux pèlerins hospitalier, aux pauvres sujets paix et sûreté en la « patrie ! Qu'il apprenne (le roi) à se commander soi-même, à « modérément gouverner un chacun, selon son état, afin, ô Sei- « gneur ! qu'il puisse donner à tout le peuple exemple de vie à « toi agréable (3). »

noms, presque les mêmes, ont été oubliés ou confondus. Charles VIII est encore surnommé *l'Affable* et *le Courtois*. J'aurais peut-être mieux fait d'employer ce surnom pour éviter toute équivoque.

(1) Je laisse ce paragraphe tel qu'il est ; mais je dois dire que Louis le Gros fut sacré à Orléans. Henri IV et Louis le Gros ne furent point sacrés à Reims, le premier parce que Reims était encore entre les mains de la Ligue, et le second parce que deux archevêques de Reims étaient en contestation pour le siège de cette métropole. Il faut remarquer de plus que Louis le Gros avait été associé au trône par son père Philippe Ier, lequel avait été sacré à Reims, de sorte que Louis le Gros fut, pour ainsi dire, couronné deux fois. Les syndics du diocèse de Reims vinrent protester à Orléans contre son sacre, prétendant que depuis Clovis l'archevêque de Reims était seul en possession du droit de couronner nos rois. Il est donc constant que tous les rois de la race capétienne ont été sacrés à Reims, sauf le très-petit nombre de ceux qui n'ont pu l'être à cause d'empêchements majeurs.

(2) FLODOARD. — (3) DU TILLET.

Cette prière sera suivie du serment du royaume, prêté sur le livre des Évangiles : dans les temps primitifs nos rois le prononçaient en français, et dans les temps postérieurs en latin. Ils s'obligeaient par ce serment à trois choses : *A maintenir la paix de l'Église, à défendre toute rapine, à commander dans tous jugements équité et miséricorde* (1). On introduisit dans le treizième siècle une clause tirée d'une constitution du concile de Latran, qui n'est plus en harmonie avec nos mœurs, ni d'accord avec les lois qui nous régissent. Nos derniers rois prononçaient aussi des serments relatifs aux ordres du Saint-Esprit et de Saint-Louis; et, depuis le règne de Louis XIV, ils s'engageaient à poursuivre les duels, sans jamais faire grâce aux duellistes.

Comme souvenir des premières assemblées de la nation, on demandait aux grands et au peuple témoins du couronnement du souverain, *s'il y avait âme qui voulût contredire* (2). On lâchait ensuite des oiseaux dans l'église, toutes les portes ouvertes : image naïve de la liberté des Français. Notre constitution actuelle n'est que le texte rajeuni du code de nos vieilles franchises.

C'est cette constitution que les successeurs de Louis XVIII devront désormais jurer de maintenir dans la solennité de leur sacre (3), en ajoutant ce serment de la monarchie nouvelle au serment de l'ancienne monarchie. Ainsi Charles X, après avoir reçu le complément de sa puissance des mains de la religion, paraîtra plus auguste encore en sortant, consacré par l'onction sainte, des fontaines où fut régénéré Clovis.

C'est une chose dont les conséquences sont immenses aujourd'hui pour notre patrie, et dans les circonstances actuelles, qu'un monarque mourant au milieu de ses sujets, et transmettant son héritage à son successeur. Le dernier événement de cette nature date de cinquante années, car on ne peut pas compter l'immolation de Louis XVI. L'holocauste du roi martyr ne fut suivi ni d'une pompe funéraire ni d'un sacre ; un nouveau règne ne commença point au pied des autels ; et il y eut en France quelque chose de ces ténèbres qui couvrirent Jérusalem à la mort du Juste.

Que Dieu accorde à Louis XVIII la couronne immortelle de saint Louis ! que Dieu bénisse sur la tête de Charles X la couronne mortelle de saint Louis !

LE ROI EST MORT : VIVE LE ROI !

DE LA VENDÉE.

SEPTEMBRE 1819.

L'ancienne constitution de la France fut attaquée par la tyrannie de Louis XI, affaiblie par le goût des arts et les mœurs voluptueuses des Valois, détériorée sous les premiers Bourbons par la réforme religieuse et les guerres civiles, terrassée par le génie de Richelieu, enchaînée par la grandeur de Louis XIV, détruite enfin par la corruption de la régence et la philosophie du dix-huitième siècle.

La révolution était achevée lorsqu'elle éclata : c'est une erreur de croire qu'elle a renversé la monarchie ; elle n'a fait qu'en disperser les ruines, vérité prouvée par le peu de résistance qu'a rencontré la révolution. On a tué qui on a voulu ; on a commis sans efforts les crimes les plus violents, parce qu'il n'y avait rien d'existant en effet, et qu'on opérait sur une société morte. La vieille France n'a paru vivante, dans la révolution, qu'à l'armée de Condé et dans les provinces de l'Ouest. Une poignée de gentilshommes, commandés par le descendant du vainqueur de Rocroi, a terminé dignement l'histoire de la noblesse française, et les paysans vendéens ont montré à l'Europe les anciennes communes de France.

(1) DU TILLET. — (2) Manuscrit de DUCHESSE. — (3) Charte, art. 74.

Nous allons rappeler ce que la Vendée a fait pour la monarchie, ce qu'elle a souffert pour cette monarchie, puis nous dirons ce que les ministres du souverain légitime ont fait à leur tour pour la Vendée. Il est bon qu'un pareil tableau soit mis sous les yeux des hommes : il instruira les peuples et les rois.

CE QUE LA VENDÉE A FAIT POUR LA MONARCHIE.

La Vendée était restée chrétienne et catholique ; en conséquence, l'esprit monarchique vivait dans ce coin de la France. Dieu semblait avoir conservé cet échantillon de la société afin de nous apprendre combien un peuple à qui la religion a donné des lois est plus fortement constitué qu'un peuple qui s'est fait son propre législateur.

Dès les premiers jours de la révolution, les Vendéens montrèrent une grande répugnance pour les principes de cette révolution. Après la journée du 10 août 1792, une insurrection éclata à Bressuire, et un premier combat fut livré le 24 août de la même année. La levée de trois cent mille hommes, ordonnée par la Convention, produisit une insurrection nouvelle. Un perruquier, nommé Gaston, se met à la tête des insurgés : il est tué en marchant à l'ennemi. Le roi meurt, et des vengeurs naissent de son sang. Jacques Cathelineau, simple voiturier de la commune du Pin en Mauges, sort de sa chaumière le 14 mars 1793 : il se trouve que le voiturier est un grand capitaine. A la tête de deux cents paysans, il attaque un poste républicain, l'emporte et s'empare d'une pièce de six, connue sous le nom du *Missionnaire :* voilà le premier canon de la Vendée. Cathelineau arme sa troupe avec des fusils qu'il a conquis, marche à Chemillé, défendu par cinq cents patriotes et deux couleuvrines : même courage, même succès. La victoire fait des soldats : Stofflet, garde chasse de M. de Colbert, rejoint Cathelineau avec deux mille hommes : Laforêt, jeune paysan du bourg de Chanzeau, lui amène sept cents autres Vendéens. Les trois chefs se présentent devant Chollet, forcent la ville, mettent en fuite la garnison, s'emparent de plusieurs barils de poudre, de six cents fusils et de quatre pièces de canon, parmi lesquelles se trouvait une pièce de douze que Louis XIII avait donnée au cardinal de Richelieu. C'est cette pièce devenue si célèbre sous le nom de *Marie-Jeanne :* les paysans vendéens y semblaient attacher leur destinée. Dans leur simplicité, ils ne s'apercevaient pas que leur véritable *palladium* était leur courage.

La prise de Chollet fut le signal du soulèvement de la Vendée. Machecoul tombe, Pornic est surpris. Bientôt avec les périls et la gloire paraissent Charette, d'Elbée, Bonchamp, La Rochejaquelein, de Marigny, de Lescure et mille autres héros français, semblables à ces derniers Romains qui moururent pour le dieu du Capitole et la liberté de la patrie.

Cathelineau marche sur Villiers ; d'autres chefs, MM. de La Roche Saint-André, de Lyrot, Savin, Royrand, de La Cathelinière, Couëtus, Pajot, d'Appayos, Orignaux, menacent Nantes, Niort et les Sables. Charette devient généralissime de la Vendée-Inférieure ; d'Elbée, placé à la tête des forces de la Haute-Vendée, est secondé par Bonchamp, Soyer, de Fleuriot, Scépeaux, noms qui rappellent les premiers temps de la chevalerie. Les paysans du Bocage se soulèvent ; le jeune Henri de La Rochejaquelein les conduit. Son premier essai est une victoire ; bat Quétineau aux Aubiers, et court se réunir à Cathelineau, d'Elbée, Stofflet et Bonchamp. Le général républicain Ligonier s'avance avec cinq mille hommes ; il est défait auprès de Villiers. Quatre jours après, nouvelle bataille à Beaupréau. Ligonier, obligé de fuir, abandonne son artillerie après avoir perdu trois mille hommes. Argenton est pris, Bressuire évacué. Les Vendéens délivrèrent dans cette ville MM. Desessarts, Forestier, Beauvolliers, de Lescure et Donnissan, illustres otages, qui passèrent du pied de l'échafaud à la tête d'une armée. Ils n'acceptèrent qu'une partie du bienfait de la Providence : la patrie avait demandé leur sang, ils répandirent leur sang pour la patrie.

De Bressuire, les Vendéens se dirigent sur Thouars. Une muraille gothique et une rivière profonde entouraient cette ville. Il faut s'en ouvrir les avenues par un combat sanglant. L'assaut est donné : La Rochejaquelein monte sur les épaules de Texier, gravit les murs, et se trouve bientôt seul exposé à tous les coups, comme Renaud sur les remparts de Jérusalem. Thouars est emporté ; dix mille républicains, une nombreuse artillerie, des munitions de toutes les sortes demeurent aux mains des vainqueurs ; Thouars fournit encore aux royalistes des officiers qui devinrent célèbres. Il faut citer ces braves dont les noms sont aujourd'hui l'unique patrimoine de leurs familles : ce furent MM. Dupérat, d'Herbaud, Maignau, Renou, Beauvolliers, l'aîné, Marsonnière, Sanglier, Mondion, Laugerie, Orre-Digueur, de Beaugé et de Laville-Regny, avec son fils âgé de douze ans, que l'on voyait combattre auprès de lui.

Alors on forma sept divisions du pays dont on avait chassé l'ennemi, et l'on en confia la garde à un égal nombre de corps vendéens. La terreur s'était emparée des patriotes ; Nantes s'écriait : *Frères et amis, à notre secours, le département est en feu !* ignoble jargon qui se mêlait, dans la Vendée, à la langue de la chevalerie. Cependant une armée vendéenne est battue près de Fontenay : d'Elbée est blessé, et l'artillerie prise avec la fameuse *Marie-Jeanne.* Quinze mille paysans désespérés reparaissent sous les murs de Fontenay, que défendaient douze mille hommes d'infanterie et trente-sept pièces de canon. Chaque Vendéen n'avait que six coups à tirer : des paysans bretons de la division du Loroux, armés de bâtons ferrés, se jettent sur les batteries de canon, assomment les canonniers et s'emparent des pièces. Les Vendéens, d'abord tombés à genoux, se relèvent et se précipitent sur les républicains dont ils font cesser le feu. L'armée ennemie est culbutée, Fontenay emporté, *Marie-Jeanne* reprise. Quarante pièces de canon, quatre mille prisonniers, sept mille fusils restent en témoignage de la victoire ; et la Convention effrayée songe à faire partir, pour combattre les vertus vendéennes, jusqu'aux grenadiers qui gardaient ses forfaits et ses échafauds.

Une proclamation rédigée à Fontenay par M. Desessarts annonça à l'Europe le succès des hommes fidèles, et leur ferme volonté de rétablir la monarchie. Ils invitaient à rejoindre le drapeau blanc ; mais la terreur dans l'intérieur, la gloire aux frontières, enchaînaient tous les Français : le roi n'avait alors pour lui que la justice de sa cause et la Vendée.

Quand les divisions militaires de la Haute-Vendée se trouvèrent réunies, elles formèrent une armée de quarante mille fantassins et de douze cent cavaliers. Vingt-quatre pièces de canon avec leurs caissons accompagnaient les corps qui prirent et conservèrent le nom de *la grande armée.* Y eut-il jamais rien de plus prodigieux dans l'histoire que cette armée où l'on ne comptait pas un fusil qui ne fût une conquête, pas un canon qui n'eût été enlevé avec une fourche ou un bâton ? « Thirion nous écrit, « disait Barrère à la Convention, que toutes les fois que les re- « belles ont manqué de munitions, il s'est trouvé à point nommé « une déroute des nôtres. » C'est ainsi que ceux qui avaient condamné Louis XVI à l'échafaud, appelaient les Vendéens des *rebelles.*

Cependant la Convention avait rassemblé à Saumur une armée de quarante mille hommes d'infanterie et de huit mille hommes de cavalerie : quatre-vingts pièces d'artillerie et deux régiments de cuirassiers rendaient cette armée formidable.

La grande armée vendéenne marche sans s'effrayer à ces nouveaux ennemis : elle la pousse à Doué, à Montreuil, et les accule dans Saumur. Les bataillons formés à Orléans, seize bataillons venus de Paris, deux régiments de cuirassiers, composaient la garnison de cette ville. Trente pièces de canon bordaient son château et ses redoutes nouvellement élevées que le Thoué et la Loire baignaient de leurs eaux. Rien n'arrête les Vendéens ; tous s'écrient : *En avant, en avant !* Les Bretons enlèvent les canons ; les républicains reculent jusqu'au pont Fouchard : M. de Lescure les suit l'épée au poing ; il est blessé. Les cuirassiers chargent les Vendéens qu'étonne cette espèce de cavalerie invulnérable. Un brave soldat, nommé Dommaingué, crie aux paysans, comme César criait à ses légions à Pharsale : *Frappez au visage!* Il abat un cuirassier d'un coup de carabine à la tête, et il est emporté lui-même d'un boulet de canon. Les cuirassiers se replient, reviennent à la défense du pont Fouchard, que couvrait de son feu l'artillerie vendéenne commandée par M. de Mariguy. Le combat se maintient de ce côté; mais Cathelineau et La Rochejaquelein avaient tourné les redoutes, et marchaient sur la ville, laissant derrière eux les fortifications et les avant-postes. Les troupes placées à la garde des faubourgs fuient devant La Rochejaquelein, qui entre dans Saumur accompagné seulement de M. de Beaugé. Il arrive au grand galop sur une place où huit cents républicains étaient rangés en bataille. Il était trop tard pour reculer : l'héroïsme vient au secours de l'imprudence. *Rendez-vous,* dit La Rochejaquelein aux ennemis, *ou vous êtes morts.* Ceux-ci croient la ville emportée, et mettent bas les armes. Quelques moments s'écoulent : personne ne paraît. Les républicains reviennent de leur erreur, reprennent leurs armes, tirent sur les deux Vendéens. Beaugé est blessé; La Rochejaquelein le soutient sur son cheval, et tue d'un coup de pistolet un soldat qui le couchait en joue. Dans cet instant Desessarts accourt, suivi de quinze cents cavaliers : la ville est prise.

Les redoutes tombent; le château capitule. De toutes parts on ramène des troupeaux de républicains prisonniers; on les renvoie après leur avoir fait jurer qu'ils ne porteront plus les armes contre le roi; on leur coupe les cheveux pour les reconnaître, et on les laisse violent leur parole. Les cheveux repoussèrent, et avec eux l'infidélité : les Vendéens, à qui l'on ne faisait point de quartier, furent bientôt massacrés par ceux qui leur devaient la liberté et la vie.

La renommée des Vendéens se répandit bientôt en Europe. Ils trouvèrent à Saumur quatre-vingt pièces de canon, vingt mille fusils, cinquante milliers de poudre, des vivres en abondance, des magasins de toutes sortes. Ils procédèrent à l'élection d'un généralissime. Le choix de MM. de Lescure, de Donissan, La Rochejaquelein et des autres gentilshommes, tomba sur le voiturier Cathelineau, dont la gloire avait fourni les titres. Les paysans charmés s'attachèrent davantage à une noblesse si généreuse et si brave. On proposa dans le conseil, premièrement, de marcher sur Tours; secondement, de s'emparer des Sables et de La Rochelle; troisièmement, d'attaquer Angers, et de rentrer dans la Vendée par le pont de Cé. Le premier avis était celui de La Rochejaquelein et c'était peut-être le meilleur par son audace; le second était celui de Lescure, et c'était le plus sage; le troisième était celui de Cathelineau, et il prévalut.

M. d'Elbée, à peine guéri de sa blessure, vint rejoindre les Vendéens à Saumur. On vit aussi arriver MM. Charles d'Autichamp, de Piron, Boispréau, Duchénier, Magnan, La Bigotière.

Les vainqueurs se mettent en marche pour suivre le plan du généralissime. Angers ouvre ses portes. Le prince de Talmont se présente : il est sur-le-champ nommé général de la cavalerie royaliste. Charette venait de reprendre Machecoul dans la Vendée-Inférieure : Cathelineau lui proposa de s'emparer de Nantes et de soulever la Bretagne. L'attaque des deux armées vendéennes par l'un et l'autre côté de Nantes devait être simultanée; mais Charette arrive trop tôt, ou Cathelineau paraît trop tard. Charette soutient seul la lutte pendant dix heures : il se retirait lorsque le canon de la grande armée se fait entendre. L'action recommence de toutes parts : on pénètre dans la ville, on se bat de rue en rue, de maison en maison. La place va capituler, mais Cathelineau reçoit un coup mortel : les paysans s'arrêtent. Il ne restait plus qu'un léger effort à faire; il ne fut pas fait : Nantes demeure au pouvoir des républicains. Cinq millions de Français devaient périr, l'Europe devait être ébranlée jusque dans ses fondements, avant que le fils de saint Louis remontât sur le trône de ses pères. Tout avait été prévu pour la prise de Nantes dans les arrangements de la sagesse humaine, *fors les desseins de Dieu.*

Cette grande entreprise manquée, les Vendéens ne sont point découragés; ils se rallient, battent les républicains à Châtillon et trouvent à Coron un nouveau triomphe. D'Elbée est nommé généralissime en remplacement de Cathelineau, mais Charette refuse de le reconnaître : une fatale division commençait à s'établir entre les chefs. D'Elbée remporte à Chantonnay une victoire éclatante.

Cette victoire attire sur la Vendée une nouvelle masse d'ennemis, qui, selon les rapports du comité de salut public, se composait de quatre cent mille hommes. On y joignit la garnison de Mayence. Les forces de la Vendée doublent en raison des périls. Lescure, avec cinq mille huit cents hommes, disperse à Thouars trente-deux mille réquisitionnaires. La Convention ordonne la destruction entière de la Vendée; alors commence le système des incendies qu'exécutaient des colonnes justement appelées *infernales.* Les villes sont embrasées, les chaumières, les moissons et les bois réduits en cendres. L'armée de la Haute-Vendée vole au secours de Charette, qui, battu cinq fois, se relevait toujours. M. d'Elbée rejoint l'habile général. « Où est l'ennemi? » lui dit-il. « Il suit mes pas, répond Charette; voyez ces tourbillons de fumée ! » L'armée patriote et l'armée vendéenne se rencontrent auprès de Torfou.

La première était, en partie, composée des Mayençais, qui voyaient pour la première fois les paysans de la Haute-Vendée. Ceux-ci, à leur tour, n'avaient presque jamais combattu d'aussi belles troupes, et aussi bien disciplinés. Il y eut de part et d'autre un mouvement de surprise et d'admiration. Le signal est donné, le combat s'engage. Les deux armées, au milieu des incendies, étaient renfermées comme dans un cercle de flammes qui embrasaient l'horizon; c'était comme une bataille aux enfers. L'impétuosité des paysans royalistes l'emporte sur la valeur disciplinée : les Mayençais, contraints de céder le terrain, se retirent en bon ordre. Ils sont défaits de nouveau à Montreuil. On eût poursuivi la victoire, si Charette n'eût voulu secourir la Basse-Vendée, que dévastaient des colonnes incendiaires. Il entraîne d'Elbée avec lui.

Les deux armées, après avoir vaincu les républicains à Saint-Fulgent, revinrent pour attaquer les Mayençais, qui se retirèrent sous les murs de Nantes.

La Convention consternée, pour prolonger son horrible existence, veut épuiser tout le sang français : six armées attaquent la Haute-Vendée. La plupart des chefs royalistes étaient blessés et pouvaient à peine se tenir à cheval. Nouvelle rencontre à Châtillon, nouvelle défaite des républicains. La Convention fulmine des décrets exterminateurs. Une bataille terrible s'engage à la Tremblaye; elle allait augmenter la gloire des royalistes fidèles lorsque Lescure est blessé à mort. On se retire : les républicains entrent dans Chollet.

Le comité de salut public annonce à la Convention que la guerre est terminée : et, dans ce moment même, les paysans vendéens juraient de s'ensevelir sous les ruines de leur patrie. Les chefs approuvent et embrassent eux-mêmes cette généreuse résolution : c'est un bon parti, quand on aime la gloire, que de s'attacher au malheur. On tient conseil à Beaupréau : les uns veulent marcher à Chollet, et étouffer les vainqueurs au milieu de leur triomphe; les autres prétendent qu'il faut se rabattre sur la Vendée-Inférieure et s'appuyer à l'armée de Charette : d'autres demandent qu'on passe la Loire et que l'on change le théâtre de la guerre : l'opinion la plus héroïque, celle de La Rochejaquelein, l'emporte, et l'on se détermine à marcher droit à l'ennemi.

La France et l'Europe virent avec le plus profond étonnement ces paysans magnanimes, qu'on croyait anéantis, venir attaquer une armée régulière animée par des succès, justement fière de sa valeur. Le combat dura dix heures. On se battit à la baïonnette. Les faubourgs de Chollet furent enlevés, abandonnés, enlevés de nouveau : tantôt le drapeau blanc rétrogradait devant le drapeau tricolore, et tantôt le drapeau tricolore reculait devant le drapeau blanc. Alors étaient aux prises ces terribles Français dont les bataillons voyaient fuir les armées européennes. Enfin, repoussés, les paysans sont poursuivis par la cavalerie républicaine. Les officiers vendéens se forment en escadron : d'Elbée, Bonchamp, La Rochejaquelein, Allard, Dupérat, Desessarts, Beaugé, Beaurepaire de Royrand, Duchaffaut, Renou, Forêt, Legeai, Loiseau, et cent cinquante braves, couvrent les héroïques villageois, et arrêtent l'armée ennemie ; Kléber fond sur l'escadron royaliste, à la tête de dix bataillons de troupes régulières. D'Elbée et Bonchamp tombent percés de coups ; trente de leurs compagnons sont abattus à leur côtés. Monté sur un cheval blessé qui jetait le sang par les naseaux, La Rochejaquelein, blessé lui-même, ses habits criblés de balles et tailladés de coups de sabre, demeure seul chargé de la retraite. Dans ce moment, de Piron lui amène deux mille hommes : le combat renaît, se prolonge dans la nuit, laisse aux Vendéens le temps d'emporter leurs blessés, et de se retirer à Beaupréau.

L'indomptable La Rochejaquelein voulait recommencer le combat, et revenir à Chollet : on ne suivit point cet avis de l'héroïsme ou du désespoir. On se replia sur Saint-Fulgent, où Bonchamp rendit le dernier soupir. D'Elbée et Lescure vivaient encore ; mais ils étaient blessés mortellement ; le premier fut porté à l'île de Noirmoutiers ; le second resta avec l'armée.

Cependant cette armée de la Haute-Vendée, jadis si brillante, maintenant si malheureuse, se trouvait resserrée entre la Loire et six armées républicaines qui la poursuivaient. Pour la première fois, une sorte de terreur s'empara des paysans ; ils apercevaient des flammes qui embrasaient leurs chaumières, et qui s'approchaient peu à peu ; ils entendaient les cris des femmes, des vieillards et des enfants ; ils ne virent sauf que dans le passage du fleuve. En vain les officiers voulurent les retenir : en vain La Rochejaquelein versa des pleurs de rage : il fallut suivre une impulsion que rien ne pouvait arrêter. Vingt mauvais bateaux servirent à transporter sur l'autre rive de la Loire la fortune de la monarchie.

On fit alors le dénombrement de l'armée : elle se trouva réduite à trente mille soldats ; elle avait encore vingt-quatre pièces de canon, mais elle commençait à manquer de munitions et de cartouches.

La Rochejaquelein fut élu généralissime ; il avait à peine vingt et un ans : il y a des moments dans l'histoire des hommes où la puissance appartient au génie. Lorsque le plan de campagne eut été arrêté dans le conseil, que l'on se fut décidé à se porter sur Rennes, l'armée leva ses tentes. L'avant-garde était composée de douze mille fantassins, soutenus de douze pièces de canon ; les meilleurs soldats et presque toute la cavalerie formaient l'arrière-garde : entre ces deux corps cheminait un troupeau de femmes, d'enfants, de vieillards, qui s'élevait à plus de cinquante mille. L'ancien généralissime, le vénérable Lescure, était porté mourant au milieu de cette foule en larmes qu'il éclairait encore de ses conseils, et consolait par sa pieuse résignation. La Rochejaquelein, qui comptait moins d'années et plus de combats qu'Alexandre, paraissait à la tête de l'armée, monté sur un cheval que les paysans avaient surnommé *le daim*, à cause de sa vitesse. Un drapeau blanc en lambeau guidait les tribus de saint Louis, comme jadis l'arche sainte conduisait dans le désert le peuple fidèle. Ainsi, tandis que la Vendée brûlait derrière eux, s'avançaient avec leurs familles et leurs autels ces généraux Français sans patrie au milieu de leur patrie : ils appelaient leur roi, et n'étaient entendus que de leur Dieu.

Si La Rochejaquelein, dans la Vendée, avait brillé par les qualités d'un soldat, il déploya, sur l'autre rive de la Loire, les talents d'un capitaine : les grands caractères, souvent peu remarquables dans la prospérité, font éclater leur vertu dans le malheur, au contraire des faux grands hommes qui paraissent extraordinaires dans le bonheur, et deviennent communs dans l'adversité. Les soldats de l'armée royale catholique, embrassant eux-mêmes sans s'é-

tonner toute la grandeur de leur infortune, ne voulurent point trahir leurs revers. Jamais la Vendée ne jeta un si vif éclat que lorsque, errante et fugitive, elle était prête à s'évanouir au milieu des forêts de la Bretagne. Elle trompa les prophéties de Barrère : « Les Vendéens, avait-il dit à la Convention sont semblables à « ce géant fabuleux qui n'était invincible que quand il touchait « la terre. Il faut les soulever, les chasser de leur propre terrain « pour les abattre. » Le comité de salut public se trompait : les Vendéens tiraient leurs forces de leur conscience et de leur honneur ; ils emportaient avec eux cette patrie.

La victoire ouvrit leur nouvelle carrière : Ingrande, Candé, Château-Gonthier, tombèrent devant eux : quinze mille gardes nationaux ne les purent empêcher d'entrer dans Laval, où sept mille paysans manceaux et bretons vinrent les rejoindre.

A peine s'étaient-ils reposés deux jours dans cette ville, qu'on signala l'approche de l'ennemi. C'étaient les Mayençais, qui, fiers d'avoir forcé les Vendéens à quitter leurs foyers, croyaient qu'ils n'oseraient désormais les attendre. Ils attaquent brusquement les courageux fugitifs, qui les repoussent, les forcent à se replier sur Château-Gonthier, après leur avoir tué ou blessé seize cents hommes.

Bientôt toutes les forces conventionnelles sont réunies : elles reviennent à Laval présenter la bataille à La Rochejaquelein, qui l'accepte. M. de Lescure expirant harangue l'armée ; tout s'ébranle : on se bat avec un affreux acharnement. On en vient à l'arme blanche, à la course, comme de coutume. On en vient à l'arme blanche, aux coups de pistolet ; on se prend aux cheveux ; on lutte corps à corps. Le général républicain Beaupuy, blessé d'un coup de feu, fait porter dans les rangs sa chemise sanglante pour encourager ses soldats. La cause juste est encore une fois victorieuse : les Mayençais sont exterminés par ces mêmes paysans qu'ils venaient de chasser de leurs chaumières.

La bataille de Laval renouvela les frayeurs des conventionnels, ils crurent voir les Vendéens arriver à Paris. Pour se mettre à l'abri de l'invasion royaliste, on coupe les routes, on fait sauter les ponts, on détruit les magasins. Trente mille hommes des meilleures troupes sont tirés de l'armée du Nord. Une autre armée, composée de gardes nationaux et des garnisons des ports, se forme à Cherbourg. On voit accourir, avec leur guillotine, de vieux révolutionnaires tout cassés de crimes, pour *battre monnaie et faire des soldats*. On arrête, on dépouille, on égorge tout ce qui est réputé suspect : l'innocence malheureuse paie les terreurs de la conscience coupable.

Il y avait quelque fondement aux craintes des révolutionnaires. Le prince de Talmont, après la dernière victoire, avait en effet proposé de marcher sur Paris, de fouiller le repaire de la Convention, ou, si la chose était impossible, de prendre à dos les armées républicaines de Flandre, et de se réunir aux Autrichiens. Au lieu d'adopter ce plan, digne du caractère vendéen, le conseil par des suggestions étrangères, prit le parti de diriger l'armée sur Granville, dans l'espoir d'établir une communication entre l'Angleterre et les royalistes : résolution qui perdit tout.

On prit donc la route de Granville par Mayenne, Ernée, Fougères, Antrain, Dol, Pontorson et Avranches : on ne rencontra d'obstacles que dans les faubourgs d'Ernée et de Fougères. M. de Lescure expira avant d'entrer dans cette dernière ville. L'illustre veuve du général vendéen emporta dans un cercueil les dépouilles mortelles de son mari. Elle craignit que la tombe de Lescure ne fût violée. Quelque temps après, cet homme, qui laissait un nom immortel, fut enterré au bord d'un grand chemin, sur un coin de terre inconnu.

Arrivés devant Granville, les Vendéens brusquent la place. Les faubourgs sont forcés ; une brèche est faite aux remparts. Déjà les soldats sont sur les murs ; mais les Anglais ne paraissent point à la vue du port, la garnison continue à se défendre. La lassitude s'empare des paysans : après trente-six heures, ils abandonnent l'assaut de la ville à moitié prise. Une sédition éclate dans l'armée ; les paysans s'écrient qu'ils veulent retourner dans leur pays : ils entraînent leurs chefs. On reprend le chemin que l'on avait parcouru.

A peine était-on rentré à Dol, que trois armées républicaines fondent sur l'armée royaliste. Là se donne une des plus furieuses batailles qui aient jamais été livrées entre Français : elle dura deux jours ; commencée dans les faubourgs de Dol, elle ne finit que dans les murs d'Antrain. Douze mille républicains, tués ou blessés, restèrent sur le champ de bataille. Ce fut à la fois la plus grande et la dernière victoire de ces royalistes qu'avaient commandés Cathelineau, d'Elbée, Lescure et La Rochejaquelein.

La Vendée retournait comme un lion à son antre : les républicains n'osaient plus lui barrer le chemin ; ils se contentaient de l'attendre derrière des remparts.

Parvenus sous les murs d'Angers, les royalistes, repoussés comme à Granville, ne peuvent passer la Loire : l'armée se rabat sur Beaugé, emporte La Flèche, se retire au Mans, où elle doit trouver son tombeau. Des réquisitionnaires, conduits par des représentants du peuple, viennent troubler ses derniers moments : elle se lève, les chasse et se repose. Arrive enfin une armée régulière, composée des débris de toutes les armées vaincues par les Vendéens. L'affaire s'engage : le géant de la Vendée se débat écrasé sous le poids de la France révolutionnaire ; il ébranle encore de ses mains le monstrueux monument de l'athéisme et du régicide. Mais la victoire échappait aux Machabées, et le moment du sacrifice était venu. On s'était battu tout le jour aux environs de la ville ; malgré la nuit, on continuait de se battre dans les rues, à la lueur des amorces et du feu du canon.

« Il était neuf heures du soir, dit le bulletin publié par les généraux
« républicains : là une fusillade terrible s'engage de part et
« d'autre. On se dispute le terrain pied à pied ; le combat a duré
« jusqu'à deux heures du matin. De part et d'autre on est resté
« en observation ; les brigands profitèrent de l'obscurité pour
« évacuer la ville... Les rues, les maisons, les places publiques
« sont jonchées de cadavres, et depuis quinze heures le massacre
« dure encore... Enfin, voici la plus belle journée que nous
« ayons eue depuis dix mois que nous combattons les brigands... »

Les restes de l'armée vendéenne se rapprochèrent de la Loire pour en tenter le passage. Ce n'étaient plus des soldats, mais des martyrs : des prêtres portaient les malades sur leurs épaules ; de jeunes filles, des femmes, des enfants, des vieillards expiraient dans les fossés et sur les chemins. On se crut heureux lorsque l'on parvint à Ancenis, et qu'on aperçut les champs de la patrie de l'autre côté de la Loire. Mais il n'y avait que deux bateaux sur la rive bretonne. Quatre grosses barques chargées de foin étaient attachées à la rive opposée.

La Rochejaquelein, Stofflet et Beaugé, escortés par une vingtaine de soldats, passent dans les deux bateaux, pour s'emparer des barques et les envoyer à l'armée. A peine avaient-ils mis pied à terre qu'ils sont attaqués par une grosse colonne de républicains ; l'escorte royaliste est dispersée. Forcé de se retirer au fond d'un bois, La Rochejaquelein se retrouve seul dans cette Vendée, au milieu des champs de bataille déserts, où il ne rencontre plus que sa gloire.

Conseil des généraux vendéens. Cathelineau, La Rochejaquelein, etc.

Les corps vendéens poursuivis sur la rive droite de la Loire, voulurent gagner le bourg de Niort. Ils étaient encore commandés par MM. de Donnissan, de Marigny, Fleuriot, de Lyrot, Desessarts, de Lagrenière, d'Isigny, de Piron, et par le prince de Talmont. Atteints dans Savenay, ces braves chefs firent des prodiges de valeur qui consolèrent le guerrier expirant, et qui souvent influent par de glorieux souvenirs sur la destinée des peuples. L'armée fut détruite; ses soldats se dispersèrent dans la forêt de Gavres, et de là se répandirent dans les autres bois de la Bretagne comme des semences fécondes d'héroïsme et de fidélité.

Quand on a raconté tant de combats, on se sent le besoin de se reposer; mais l'infatigable Vendée ne laisse pas le temps à l'historien de prendre haleine. Au moment où il croit sa tâche finie, voilà que La Rochejaquelein, Stofflet et Marigny reparaissent; Charette livre de nouveaux combats qui finissent par un traité glorieux, et la guerre des chouans sort des débris de la grande armée vendéenne.

Cette dernière guerre différa de celle que nous venons de raconter, parce qu'elle s'établit chez un peuple dont les mœurs, sous quelques rapports, s'éloignent des mœurs vendéennes. D'une humeur mobile et d'un caractère obstiné, les Bretons se distinguent par leur bravoure, leur franchise, leur fidélité, leur esprit d'indépendance, leur attachement à la religion, leur amour pour leur pays. Fiers et susceptibles, sans ambition et peu faits pour les cours, ils ne sont avides ni de places, ni d'argent, ni d'honneurs. Ils aiment la gloire, mais pourvu qu'elle ne gêne en rien la simplicité de leurs habitudes; ils ne la recherchent qu'autant qu'elle consent à vivre à leur foyer, comme un hôte obscur et complaisant qui partage les goûts de la famille. Tels se montrèrent Duguesclin, Moreau, Cadoudal.

La guerre des chouans produisit une foule de petits combats et de grandes actions. Quiberon vit son sacrifice : la France révolutionnaire, en égorgeant les compagnons de Suffren, abdiqua l'empire des mers. La chouannerie, organisée dans les provinces de l'Ouest, s'étendit jusqu'aux portes de Versailles. Georges Cadoudal commandait le Morbihan, M. de Bourmont le Maine, M. de Châtillon la rive droite de la Loire, M. de La Prévalaye la Haute-Bretagne; la Normandie reconnut les ordres de M. de Frotté. Le Mans fut pris par M. de Bourmont ; Saint-Brieuc par Cadoudal ; Nantes même, qui avait résisté à Cathelineau et à Charette, tomba pendant quelques moments au pouvoir de M. de Châtillon. Quinze mille Vendéens se montraient encore en armes sur la rive gauche de la Loire : c'étaient les restes des nouvelles armées formées par La Rochejaquelein, Stofflet, Marigny et Charette. La Rochejaquelein avait enfin terminé dans un combat obscur son éclatante carrière : un corps redoutable recevait les ordres de Stofflet, mais ce chef violent avait fait périr le valeureux Marigny.

Charette, qui s'était toujours maintenu dans la Basse-Vendée, se faisait admirer même des républicains par ses retraites autant que par ses attaques, par ses revers autant que par ses succès. Après mille combats et des torrents de sang versé, le général Turreau avait donné l'ordre d'évacuer la Vendée. L'indépendance et la victoire restaient donc aux royalistes; la Convention en était pour les frais de ses crimes! Enfin le 9 thermidor vient faire cesser le régime de la Terreur. On adopta contre la Vendée un plan de guerre plus généreux; les deux partis fatigués commençaient à désirer la paix : Charette entra en négociations.

Les envoyés royalistes demandèrent le rétablissement immédiat de la religion catholique et de la monarchie légitime, la remise entre leurs mains de Louis XVII et de la jeune princesse sa sœur, le rappel des émigrés, et, en attendant l'exécution de ces clauses, l'indépendance absolue du pays des chouans et des Vendéens. Les républicains eurent l'air de se rendre à ces conditions, mais ils exigèrent qu'elles demeurassent secrètes et qu'elles ne parussent point dans le traité public, si ce traité avait lieu. Ils voulurent que la monarchie ne fût proclamée que

Les chouans.

55 bis. LAGNY. — Imprimerie de VIALAT et Cie.

5

le 1ᵉʳ juillet 1795 ; que les enfants de Louis XVI ne fussent remis aux Vendéens que le 13 juin de la même année, et que les émigrés ne rentrassent en France qu'à cette même époque. La position de Charette l'obligea de consentir à ces délais, et à souffrir le gouvernement républicain jusqu'au moment fixé pour le rétablissement du trône. Alors un traité public fut signé à La Jaunaye, le 22 février 1795.

Ce traité accorda aux Vendéens le libre exercice de la religion catholique, la possession paisible de leur pays, un corps militaire payé par la république et commandé par Charette, l'exemption de toute réquisition et de toute conscription, le remboursement de quinze cent mille livres de bons royaux émis par les généraux royalistes ; une forte indemnité en argent, mobilier, outils de labourage ; la radiation des émigrés vendéens ; la restitution des biens saisis, et la levée des séquestres. Les royalistes conservèrent jusqu'aux fruits des biens des réfugiés patriotes, fruits qu'ils avaient perçus pendant l'insurrection : la république se chargea de dédommager les propriétaires.

Certes, si jamais les hommes ont reconnu l'empire de la vertu, c'est par ce traité de La Jaunaye. Avec qui la Convention capitulait-elle ? Victorieuse dans toute l'Europe, la plupart des rois de l'Europe étaient tombés à ses pieds ; la Vendée même n'existait plus, pour ainsi dire ; c'était à ses ruines, c'était aux cendres des La Rochejaquelein, des Bonchamp, des Marigny, des Talmont, des Lescure, des d'Elbée, qu'on promettait le rétablissement de la royauté légitime : tant le seul nom de la Vendée inspirait de crainte, de respect et d'admiration ! M. Dupérat, envoyé par Charette auprès des représentants pour négocier le traité, refusait de reconnaître, même provisoirement, la république : « Quoi ! lui dit un des représentants, vous ne voulez « pas reconnaître une république que tous les rois de l'Europe « ont reconnue ? — Monsieur, répondit fièrement l'ambassadeur « vendéen, ces princes-là ne sont pas des Français. »

La France entière, ivre de joie à la nouvelle de la conclusion du traité ; la Convention elle-même, délivrée de sa frayeur, faisait entendre des chants de triomphe ; elle s'écriait : « Enfin la Vendée est rentrée dans le sein de la république ! » Mais la Convention n'avait cherché qu'à tromper Charette pour le désarmer ; elle ne tint point les conditions du traité. Charette, éclairé trop tard recommença les hostilités. Jamais il ne déploya plus de talents et de ressources : avec quelques paysans découragés, il obtint des victoires, et lutta contre une armée de cent quarante mille soldats disciplinés. Enfin, resté seul, dangereusement blessé à la tête et à la main, après avoir erré dans les bois, il fut pris par ses ennemis. En immolant ce grand homme, la Convention crut immoler à la fois la monarchie et la Vendée : Stofflet avait péri peu de temps avant Charette.

Quand un homme extraordinaire disparaît, il se fait dans le monde une sorte de silence, comme si celui qui remplissait la terre de son nom avait emporté tout le bruit. Trois années de paix suivirent dans la Vendée la mort de Charette. Une conscription dont on n'exempta pas les chouans et les Vendéens, fit reprendre les armes en 1799. L'emprunt forcé et la loi des otages augmentèrent les troubles. Toutes les provinces de l'Ouest s'ébranlèrent, et ce fut alors que les chouans obtinrent les succès dont nous avons parlé plus haut. La force et la perfidie mirent fin à cette nouvelle guerre. Buonaparte était monté sur le trône de saint Louis.

Pendant le règne de l'usurpateur, la Vendée ne fit que soigner ses blessures, et renouveler dans ses veines le sang que ses premiers combats avaient épuisé. Les transports de joie éclatèrent à la restauration. Lors de la trahison du 20 mars, les Vendéens et les Bretons ne démentirent point leur loyauté ; on vit reparaître quelques-uns de ces anciens noms, si connus sous la république, si oubliés sous la monarchie. Cette terre vendéenne ne pouvait se lasser de produire, comme des plantes naturelles à son sol, des La Rochejaquelein, des Charette, des Cathelineau : Rome avait vu de grands citoyens se succéder ainsi

dans des familles immortelles. Louis de La Rochejaquelein, frère de Henri, combat et meurt comme cet illustre frère ; il laisse lui-même un frère valeureux, une sœur héroïque pour sauver le présent, un fils pour défendre l'avenir. M. de Beauregard, digne d'être allié à cette famille, expire sur le champ de bataille. Le jeune Charette tombe comme son oncle le grand capitaine : le jeune Cathelineau combat comme son père. M. de Suzannet perd la vie dans les lieux témoins de sa constante fidélité. N'oublions pas l'infortuné de Guignes, à peine âgé de seize ans, que l'on rencontra parmi les morts, la tête frappée d'une balle et le corps percé de six coups de baïonnette. Messieurs d'Autichamp, Sapinaud, Dupérat, Duchaffaut, Robert, Tranquille, Renou, semblent, pour ainsi dire, sortir de la tombe : ce dernier, surnommé *Bras-de-Fer*, qui avait fait toutes les campagnes de la Vendée, ne veut pas manquer la dernière. En retrouvant ces capitaines, on croit voir revivre d'antiques personnages dont on aurait déjà lu l'histoire dans les *Chroniques* de Froissart, ou dans celles de Saint-Denis. La vertu du sol vendéen fait éclore dans les nobles cœurs la vertu de la fidélité, et le général Canuel ira sauver à Lyon la monarchie qu'il a défendue au combat de Mathes.

D'une autre part, les paysans bretons et manceaux soutiennent la cause royale. MM. de La Prévalaye, de Coislin, de Grizolles, de La Boissière, de Courson, les conduisent au feu. Un traité de pacification, approuvé par les uns, blâmé par les autres, vint suspendre cette guerre des Cent-Jours. Du moins, ce traité, quel qu'il soit, est encore honorable à la valeur vendéenne. Par ce traité, il est libre aux généraux vendéens de rester en France ou de passer en Angleterre, de vendre et d'emporter leurs propriétés ; s'ils se décident à rester en France, ils peuvent habiter partout où ils voudront : « En traitant, dit l'article 4, avec des Français qui, dans leurs erreurs même, ont « montré une loyauté constante, toute défiance serait injuste. » Tous les individus arrêtés seront mis en liberté, aucune levée d'hommes ne peut avoir lieu dans le pays insurgé pendant le cours de 1815. Buonaparte s'engage à demander et à obtenir des Chambres un dégrèvement pour les impositions des provinces de l'Ouest. Les individus qui ont des talents seront admis et placés aux mêmes conditions que les autres citoyens. On accordera des récompenses et des pensions à ceux qui ont contribué à la pacification générale. Buonaparte s'en rapporte à la loyauté des signataires de la pacification pour la remise des armes et des munitions qui ont été débarquées sur nos côtes.

Et c'est l'ancien maître du monde qui suspend sa conscription et ses impôts, qui traite avec de tels égards des hommes armés contre sa puissance.

La première guerre de la Vendée fut utile à la monarchie légitime en maintenant l'honneur de cette monarchie, en prouvant la force des véritables défenseurs de cette monarchie. Elle finit par un traité, qui fut violé à la vérité, mais dont les clauses secrètes stipulaient le rétablissement de l'autorité légitime. Charette fit donc avec dix mille paysans, à Nantes, ce que l'Europe n'a pu faire que vingt ans après, avec trois cent mille hommes, à Paris.

La France monarchique et les rois de l'Europe veulent-ils savoir combien la Vendée a été utile, combien elle a retardé leurs défaites, et suspendu leurs revers, qu'ils écoutent Barrère parlant à la Convention au nom du comité de salut public : « C'est à la Vendée, dit-il, que correspondent les aristocrates, « les fédéralistes, les départementaires, les sectionnaires ; c'est à « la Vendée que se reportent les vœux coupables de Marseille, « la vénalité honteuse de Toulon, les mouvements de l'Ardèche, « les troubles de la Lozère, les conspirations de l'Eure et du « Calvados, les espérances de la Sarthe et de la Mayenne, le « mauvais esprit d'Angers et les sourdes agitations de quelques « départements de l'ancienne Bretagne.

« Détruisez la Vendée, Valenciennes et Condé ne sont plus au « pouvoir de l'Autrichien. »

« Détruisez la Vendée, l'Anglais ne s'occupera plus de Dun-
« kerque.

« Détruisez la Vendée, et le Rhin sera délivré des Prussiens.

« Détruisez la Vendée, et Lyon ne résistera plus; Toulon s'in-
« surgera contre les Espagnols et les Anglais, et l'esprit de
« Marseille se relèvera à la hauteur de la révolution répu-
« blicaine.

« Enfin, chaque coup que vous porterez à la Vendée retentira
« dans les villes rebelles, dans les départements fédéralistes et
« dans les frontières envahies. »

Le comité de salut public ne disait que trop vrai, et la Vendée
détruite ou pacifiée livra le monde à la puissance des Français.

La seconde guerre de la Vendée a été du plus grand secours
à l'autorité légitime. Pendant les négociations qui eurent lieu à
Paris avec les puissances coalisées, le ministère ne présenta-t-il
pas les armées royales de l'intérieur comme le contingent du roi?
En considération de l'entretien de ces armées, n'allégea-t-on
pas les charges imposées à la France? Les alliés eux-mêmes ne
sont pas moins redevables à cette seconde Vendée. « L'armée de
« la Vendée, dit le général Gourgaud, commandée par le géné-
« ral Lamarque, comptait huit régiments d'infanterie de ligne,
« deux de jeune garde, deux de cavalerie, et dix escadrons de
« gendarmerie, partie à pied, partie à cheval, formant plus de
« trois mille gendarmes... »

« La guerre de la Vendée, ajoute-t-il ailleurs, allumée le
« 15 mai, avait diminué l'armée du Nord d'une quinzaine de mille
« hommes, dont trois régiments de dragons, deux de la jeune garde
« et un bon nombre de détachements et de troisièmes bataillons. »

Hé bien, supposons que ces quinze mille hommes eussent pu
rejoindre Buonaparte, nous demandons quel eût été le résultat
de la bataille de Waterloo? A quoi le succès de cette bataille a-
t-il tenu? Quel léger poids pouvait faire pencher la balance!

Que seraient devenues l'Europe et la légitimité en cas de revers? Le même général Gourgaud va répondre. « On proposait,
« dit-il de réunir au 15 juin le plus de troupes qu'il serait pos-
« sible, et l'on calculait pouvoir réunir de cent trente à cent
« quarante mille hommes sur la frontière du Nord; d'attaquer
« aussitôt, de disperser les Anglais, et de chasser les Prussiens
« au delà du Rhin. Cela obtenu, tout était terminé; une révolu-
« tion dans le ministère aurait lieu à Londres; la Belgique se
« lèverait en masse, et toutes les troupes belges passeraient sous
« leur ancien étendard : toutes les troupes de la rive gauche du
« Rhin, celles de Saxe, de Bavière, de Wurtemberg, etc., fati-
« guées du joug de la Prusse et de l'Autriche, se tourneraient
« du côté de la France, etc. » Il est possible que les événements
eussent trompé tous ces calculs, mais du moins il est certain que
le sang du second La Rochejaquelein et du second Charette, que
le sang de Suzannet et de plusieurs autres royalistes français n'a
pas inutilement coulé pour les rois de l'Europe. Mais quand
l'immolation de la victime aurait sans tache a désarmé la colère du
ciel, songe-t-on au sort de la victime?

Il reste prouvé que dans aucun pays, que dans aucun temps,
jamais sujets n'ont servi leurs rois comme les Vendéens ont
servi le leur. Nous allons bientôt voir ce qu'ils ont souffert pour
la cause qu'ils défendaient; mais on perdrait une partie de l'admiration que l'on doit avoir pour les grandes choses qu'ils ont
faites, si l'on ne s'arrêtait un moment au détail de leurs mœurs
et de leur caractère. Les faibles moyens avec lesquels ils ont
commencé une lutte gigantesque en rendent les résultats plus
prodigieux.

Les Vendéens eurent pour premières armes quelques méchants fusils de chasse, des bâtons durcis au feu, des faux, des
broches et des fourches. Leurs cavaliers étaient montés sur des
chevaux de labourage. Ils se servaient de bâts faute de selle, de
cordes au lieu d'étriers. On voyait sur le champ de bataille, en
face des troupes républicaines, des paysans en sabots, vêtus
d'une casaque brune ou bleue, rattachée par une ceinture de
mouchoirs. Leur tête était recouverte d'un bonnet ou d'un cha-

peau rond à grands bords. Ces bonnets et ces chapeaux étaient
ornés de chapelets, de plumets blancs ou de cocardes de papier
blanc. Lorsque les Vendéens avaient un sabre, ils l'attachaient à
leur côté avec une ficelle : ils suspendaient pareillement leurs
fusils à leurs épaules comme des chasseurs. Presque tous portaient une image de la croix, ou du sacré-cœur, attachée sur
leur poitrine. Si les sacrifices à l'honneur et à la fidélité, si
l'extrême indigence et l'extrême courage pouvaient être ridicules,
les Vendéens l'auraient été quelquefois. Ils remplaçaient leurs
chétifs vêtements pourris par les pluies, percés par les balles,
avec tout ce que le hasard offrait à leur héroïque misère : on a vu
un de leurs officiers se battre entortillé dans une robe de juge ;
un autre s'élancer et mourir au milieu du feu, n'ayant pour
couvrir sa nudité qu'un morceau de serge. Un adjudant patriote
ayant été conduit à M. de la Rochejaquelein, alors généralissime,
il trouva celui-ci dans une hutte à branchages, vêtu d'un habit de
paysan, le bras en écharpe, un bonnet de laine sur la tête.

La bravoure des Vendéens était reconnue même de leurs plus
implacables ennemis. L'antiquité ne nous a point transmis de
paroles plus belles que ces paroles si connues de La Rochejaquelein : *Si j'avance, suivez-moi ; si je recule, tuez-moi ; si je
meurs, vengez-moi.* A la première affaire de Laval, le jeune
guerrier poursuivant l'ennemi, se trouve seul en face d'un grenadier qui chargeait son arme. La Rochejaquelein était à cheval,
mais blessé, et portant le bras droit en écharpe : il fond sur le
grenadier, le saisit au collet avec la seule main qu'il eût de
libre. Le grenadier se débat, et cherche à percer de sa baïonnette le cheval et le cavalier. Des paysans surviennent et veulent tuer le grenadier. La Rochejaquelein le sauve et lui dit :
« Va rejoindre tes chefs; tu leur annonceras que tu as lutté
« avec le général de l'armée royale, qu'il ne porte point d'armes,
« qu'il n'a qu'une main de libre, et que tu n'as pu le blesser. »
C'est tout le soldat français.

Le général Turreau a peint La Rochejaquelein dans une seule
ligne : « J'ai ordonné au général Cordelier, écrit-il, de faire dé-
« terrer La Rochejaquelein, et de tâcher d'acquérir les preuves
« de sa mort. » Quel est donc cet étrange jeune homme dont il
faut déterrer le cadavre pour tranquilliser une république qui
comptait dans ses camps un million de soldats victorieux? Quel
est donc ce héros de vingt et un ans qui causait aux ennemis des
rois la même frayeur qu'inspirait aux Romains le vieil Annibal
exilé, désarmé et trahi?

Bonchamp rappelait toutes les vertus de Bayard; même désin-
téressement, même humanité, même courage. C'était un de ces
Français tels que les formaient nos anciennes mœurs, et tels
qu'on n'en verra plus. Une foule de prisonniers républicains lui
durent la vie; il engagea le patrimoine de ses pères pour soutenir
ses compagnons d'armes. Un représentant du peuple écrivait à
la Convention : « La perte de Bonchamp vaut une victoire pour
« nous, car il est de tous les chefs des Vendéens celui en qui ils
« avaient le plus de confiance, et qu'ils aimaient le mieux, qu'ils
« suivaient le plus volontiers. » Des historiens prétendent que
les républicains mutilèrent son cadavre, et envoyèrent sa tête à
la Convention.

La religion semblait dominer particulièrement dans le jeune
Lescure; il communiait tous les huit jours; il avait porté longtemps un cilice, dont on voyait la marque sur sa chair. Cette armure n'était pas à l'épreuve de la balle, mais elle était à l'épreuve
des vices; elle ne défendait pas le cœur de Lescure contre l'épée,
elle le mettait à l'abri des passions. Plus de vingt mille prisonniers patriotes, sauvés par l'humanité du général vendéen, trouvèrent sans doute qu'un cilice était aussi bon dans les combats
qu'un bonnet rouge.

Stofflet, brave soldat, chef intelligent, mourut en criant *vive
le roi!* Il avait du cœur, et de cette vertu opiniâtre qui ne cède
jamais à la fortune, mais qui ne la dompte jamais.

Charette commanda le feu du peloton qui lui arracha la vie;
lui seul se trouva digne de donner le signal de sa mort. Jamais

capitaine, depuis Mithridate, n'avait montré plus de ressource et de génie militaire.

Le fier d'Elbée, couvert de blessures, fut pris dans l'île de Noirmoutiers; sa faiblesse l'empêcha de se lever. Ceux qui l'avaient vu si souvent debout sur le champ de bataille le fusillèrent dans un fauteuil. On eût dit d'un monarque recevant sur son trône les hommages de la fidélité.

Le prince de Talmont, en allant à la mort, prouva qu'il était du sang de La Trémouille. « Fais ton métier, dit-il au bourreau, « je fais mon devoir. »

De tous ces chefs, les uns étaient nobles, les autres sortis des classes moins élevées de la société; les talents marquaient les rangs. Le noble obéissait au roturier, et le roturier au noble, selon le mérite: et tandis que la Convention décrétait l'égalité et la liberté en créant le despotisme, l'égalité et la liberté ne se trouvaient qu'à l'armée royale et catholique de la Vendée.

« Une manière de combattre que l'on ne connaissait pas encore, dit le général Turreau; un attachement inviolable à leur « parti; une confiance sans bornes dans leurs chefs; une telle « fidélité dans leurs promesses qu'elle peut suppléer la discipline, « un courage indomptable et à l'épreuve de toutes sortes de « dangers, de fatigues et de privations: voilà ce qui fait des Ven- « déens des ennemis redoutables, et ce qui doit les placer dans « l'histoire au premier rang des peuples soldats... Ce fut cette « espèce de délire et d'enthousiasme qui, dans des temps de té- « nèbres et d'ignorance, emporta nos premiers croisés dans les « plaines brûlantes de l'Afrique et de l'Asie. Les défenseurs de « l'autel et du trône semblaient avoir pris nos anciens preux pour « modèles. Leurs bannières étaient ornées de devises qui rappe- « laient les hauts faits de la chevalerie. »

Un autre général écrivait à Merlin de Thionville, après la déroute de Savenay: « Je les ai bien vus, bien examinés; j'ai re- « connu ces mêmes figures de Chollet et de Laval. A leur con- « tenance et à leur mine, je le jure qu'il ne leur manquait que le « soldat que l'habit. Des troupes qui ont battu de tels Français « peuvent bien se flatter de vaincre tous les autres peuples. » N'est-il pas singulier qu'un général républicain dise des paysans de la Vendée ce que les soldats de Probus disaient de nos ancêtres. « Nous avons vaincu mille Barbares de la nation des « Francs: combien n'allons-nous pas vaincre de Perses! »

« L'inexplicable Vendée, s'écriait Barrère à la Convention, « existe encore; de petits succès de la part de nos généraux ont « été suivis de plusieurs défaites... L'armée que le fanatisme a « nommée catholique et royale paraît un jour n'être pas consi- « dérable, elle paraît formidable le lendemain. Est-elle battue, « elle devient comme invincible; a-t-elle du succès, elle est im- « mense... Jamais, depuis la folie des croisades, on n'avait vu « autant d'hommes se réunir qu'il y en a eu tout à coup sous les « drapeaux de la liberté, pour éteindre à la fois le trop long in- « cendie de la Vendée... La terreur panique a tout frappé, tout « effrayé, tout dissipé comme une vaine vapeur. La Vendée a fait « des progrès; c'est dans la Vendée que vous devez déployer toute « l'impétuosité nationale et développer tout ce que la république « a de puissance et de ressources. La Vendée est encore la Vendée. »

Ainsi parlait de la Vendée, à la Convention nationale, le comité de salut public, après avoir annoncé, quelque temps auparavant, que la Vendée n'existait plus... Buonaparte, qui se connaissait en choses extraordinaires avait surnommé les Vendéens *le peuple des géants.*

Les femmes rivalisaient d'héroïsme avec les hommes dans le grand dévouement de la Vendée. Comme les matrones de Sparte, elles gardaient leurs maisons les armes à la main, tandis que leurs maris se battaient; mais, moins heureuses que les Lacédémoniennes, elles virent la fumée du camp ennemi, et ces ennemis étaient des Français! On en compte plusieurs tuées sur le champ de bataille; d'autres y reçurent des blessures. A l'affaire de Dol, une simple servante ramena la victoire en se mettant à la tête des Vendéens et en criant: *A moi les Poitevins!* Même

magnanimité dans les prêtres qui suivaient les soldats du Dieu vivant. Le lendemain de la déroute de Savenay, un curé qui avait perdu la vue, errait dans la campagne avec un guide. Des hussards républicains le rencontrent. « Quel est le vieillard que « tu mènes? » disent-ils au guide. « C'est un vieux paysan « aveugle, » répond celui-ci. « Non, messieurs, reprend le vé- « ridique pasteur, je suis un prêtre. »

La religion animait également tous les cœurs: « Rends-moi « les armes, » criait un soldat républicain à un paysan. « Et toi, « rends-moi mon Dieu, » répliqua le paysan. Lorsque les Vendéens étaient prêts à attaquer l'ennemi, ils s'agenouillaient et recevaient la bénédiction d'un prêtre. Ils ne couraient point à la mort comme les bêtes des bois, sans penser à celui qui nous a donné nos jours pour les sacrifier quand il le faut à l'honneur et à la patrie. La prière prononcée sous les armes n'était point réputée faiblesse; car le Vendéen qui élevait son épée vers le ciel demandait la victoire, et non la vie.

Dans le cours de sept années, depuis 1793 jusqu'à 1799, on compte dans la Vendée et dans les provinces de l'Ouest deux cents prises et reprises de villes, sept cents combats particuliers, et dix-sept grandes batailles rangées. La Vendée tint à diverses époques soixante-dix et soixante-quinze mille hommes sous les armes; elle combattit et dispersa à peu près trois cent mille hommes de troupes réglées, et six à sept cent mille réquisionnaires et gardes nationaux; elle s'empara de cinq cents pièces de canon et de plus de cent cinquante mille fusils. On a vu ce qu'elle fit par ses combats et par ses traités, pour la cause du roi légitime, et même pour celle de tous les souverains de l'Europe: quand on aura examiné ce qu'elle a souffert pour cette même cause, on aura une idée complète de ses sacrifices et de ses vertus.

CE QUE LA VENDÉE A SOUFFERT POUR LA MONARCHIE.

Les premiers martyrs vendéens furent les paysans pris à l'affaire de Bressuire, le 24 août 1792. Ils refusèrent de crier *vive la nation!* et on les fusilla pour s'être obstinés à crier *vive le roi!* Bientôt aux fléaux ordinaires de la guerre se joignent des espèces d'atrocités légales, telles que pouvaient les inventer une Convention et un comité de salut public. Les troupes républicaines eurent ordre de ne faire aucun prisonnier, de tout dévaster, de tout égorger, de brûler les chaumières, d'abattre les arbres, de faire de la Vendée un vaste tombeau.

« Il sera envoyé à la Vendée, par le ministre de la guerre, dit « l'article 2 du décret de la Convention du 2 août 1793, des ma- « tières combustibles de toute espèce pour incendier les bois, les « taillis et les genêts. »

Article 7. « Les forêts seront abattues, les repaires des rebelles « seront détruits, les récoltes seront coupées, et les bestiaux se- « ront saisis. Les biens des rebelles seront déclarés appartenir à « la république. »

Autre décret ainsi conçu: « Soldats de la liberté, il faut « les brigands de la Vendée soient exterminés avant la fin du mois « d'octobre. Le salut de la patrie l'exige, l'impatience du peuple « français le commande, son courage doit l'accomplir. »

Autre décret qui ordonne que toutes les villes qui se rendront aux Vendéens seront rasées.

Les représentants du peuple, par un arrêté du 21 décembre, avaient organisé une compagnie d'incendiaires. On forma les fameuses colonnes infernales. Au moment où elles se mirent en marche, un général leur fit cette harangue:

« Mes camarades, nous entrons dans le pays insurgé; je vous « donne l'ordre de livrer aux flammes tout ce qui sera suscep- « tible d'être brûlé, et de passer au fil de la baïonnette tout ce « que vous rencontrerez d'habitants sur votre passage. » Il faut remarquer qu'avant cet ordre presque toutes les villes de la Vendée avaient été brûlées, et qu'il ne restait plus à incendier que les hameaux et les chaumières isolées.

« En cinq jours, dit un nouvel historien (1), toute la Vendée
« fut couverte de débris et de cendres. Soixante mille hommes,
« le fer et la flamme à la main, la traversèrent dans tous ses
« contours sans y laisser rien debout, rien de vivant. Toutes les
« atrocités précédemment commises n'avaient été qu'un jeu en
« comparaison de ces nouvelles horreurs. Ces armées, vraiment
« infernales, massacrèrent à peu près le quart du reste de la
« population. »

Des républicains, témoins oculaires, décrivent ainsi la marche
des colonnes infernales :

« On partit de La Floutière après avoir incendié le bourg. Le
« général m'ordonna de le suivre et de ne pas m'éloigner de lui :
« dans la route, on pillait, on incendiait; depuis la frontière jus-
« qu'aux Herbiers, dans l'espace d'une lieue, on suivait la colonne
« autant à la trace des cadavres qu'elle avait faite, qu'à la lueur
« des feux qu'elle avait allumés : dans une seule maison, on tua
« deux vieillards, mari et femme, dont le plus jeune avait au
« moins quatre-vingts ans... Les hussards surtout étaient les plus
« acharnés : ce sont des désorganisateurs qui ne savent que
« piller, massacrer et couper en morceaux... La colonne de...
« a brûlé des blés, des fourrages, massacré des bestiaux...

« A peine les députés furent-ils de retour, que la colonne de
« Pouzange, sous les ordres du général, se porta dans la com-
« mune de Bonpère, l'incendia en grande partie, massacra indis-
« tinctement les hommes et les femmes qui se trouvèrent devant
« elle, jeta dans les flammes plus de trois mille boisseaux de
« blé, au moins huit cents milliers de foin, et plus de trois mille
« livres de laine... »

« Le 12, la scène augmenta d'horreur. Le général part avec
« sa colonne, incendie tous les villages, toutes les métairies,
« depuis La Floutière jusqu'aux Herbiers : dans une distance
« de près de trois lieues, où rien n'est épargné, les hommes, les
« femmes, les enfants même à la mamelle, les femmes en-
« ceintes, tout périt par les mains de sa colonne. Enfin de mal-
« heureux patriotes, leurs certificats de civisme à la main, de-
« mandent la vie à ces forcenés; ils ne sont pas écoutés : on les
« égorge. Pour achever de peindre les forfaits de ce jour, les
« foins ont été brûlés dans les granges, les grains dans les gre-
« niers, les bestiaux dans les étables ; et quand de malheureux
« cultivateurs connus de nous par leur civisme ont eu le malheur
« d'être trouvés à délier leurs bœufs, il n'en a pas fallu davan-
« tage pour les fusiller ; on a même tiré et frappé à coups de
« sabre les bestiaux qui s'échappaient. »

« Si la population qui reste dans la Vendée n'était que de
« trente à quarante mille âmes (dit un représentant du peuple),
« le plus court sans doute serait de tout égorger, ainsi que je le
« croyais d'abord; mais cette population est immense : elle s'é-
« lève encore à quatre cent mille hommes, et dans un pays
« où les ravins et les vallons, les montagnes et les bois dimi-
« nuent nos moyens d'attaque, en même temps qu'ils multi-
« plient les moyens de défense des habitants.

« S'il n'y avait nul espoir de succès par un autre mode, sans
« doute encore qu'il faudrait tout égorger, y eût-il cinq cent
« mille hommes. »

Il ajoute ensuite : « Il ne faut point faire de prisonniers : dès
« que l'on trouve des hommes ou les armes à la main, ou en
« attroupement de guerre, quoique sans armes, il faut les fu-
« siller sans déplacer.

« Il faut mettre à prix la tête des étrangers, pourvu qu'on les
« amène vivants, afin de n'être pas trompés, et qu'on n'apporte
« point la tête des patriotes.

« Il faut mettre les ci-devant nobles et les ci-devant prêtres

(1) En rappelant toutes ces horreurs, la probité historique oblige de dire
qu'il y eut dans la Vendée des chefs républicains pleins d'honneur et d'humanité. Non-seulement ces chefs ne se souillèrent point par les forfaits que
nous tirons à regret de l'oubli, mais ils s'y opposèrent de tout leur pouvoir.
Le général Quétineau, par exemple, fut un digne et noble ennemi des Vendéens; aussi fut-il fusillé par son parti, qui lui fit un crime de sa vertu.

« surtout à prix, avec promesse d'indulgence, d'ailleurs, pour
« ceux des insurgés qui les livreront.

« Il faut mettre la personne des chefs à un prix très-considé-
« rable, qui sera payé en entier si on les amène réellement, et
« à moitié seulement si on ne fait qu'indiquer le lieu où les
« prendre, pourvu que le succès suive l'indication. »

Remarquez que ce représentant du peuple, qui est révolté des
horreurs commises dans la Vendée, était accusé lui-même
d'avoir tué de sa propre main, dans les prisons, des prisonniers
vendéens, d'en avoir fait fusiller cinq cents autres, d'avoir fait
manger le bourreau à sa table, et d'avoir forcé des enfants à
tremper leurs pieds dans le sang de leurs pères.

Les vieillards, les femmes et les enfants qui suivirent l'armée
vendéenne au delà de la Loire périrent en grande partie après
la défaite du Mans. Les femmes, après avoir essuyé les derniers
outrages, furent égorgées : on exposa dans les rues leurs cadavres nus, unis aux cadavres des Vendéens massacrés; et ces embrassements de la mort furent le sujet d'une plaisanterie républicaine.

Dans une dénonciation juridique, on trouve qu'un général
« avait voulu contraindre une servante à aller chercher une sa-
« lade dans un jardin où était un cadavre détruit par son ordre,
« en lui disant... Si tu n'y vas pas, je t'attacherai les mains,
« je te violerai sur le cadavre et te ferai fusiller après. »

Une pauvre fille, appelée Marianne Rustand, de la commune
du petit bourg des Herbiers, déclara que lorsque les volontaires
de la division de... arrivèrent chez elle, elle alla au-devant
d'eux pour leur faire voir un certificat qu'elle avait du général
Bard : ceux-ci lui répondirent qu'ils en voulaient à sa bourse et
à sa vie; ils lui volèrent quarante-neuf livres, et l'obligèrent, en
la menaçant, de rentrer chez elle pour leur montrer l'endroit où
elle pourrait avoir d'autre argent caché. « Dès qu'elle fut entrée,
« dit le rapport, quatre d'entre eux la prirent et la tinrent, tan-
« dis que les autres assouvirent leur brutale passion sur elle, et
« la laissèrent presque nue; après quoi ils furent mettre le feu
« dans les granges ; ce que voyant la déclarante, elle rassembla
« toutes ses forces pour aller faire échapper les bestiaux : ce que
« trois d'eux voyant, ils coururent après elle pour la faire
« brûler avec ses bœufs; et étant enfin parvenue à s'en échap-
« per, elle se rendit auprès de sa mère, âgée d'environ soixante-
« dix ans, lui trouvant un bras et la tête coupés, après lui avoir
« pris environ neuf cents livres, seul produit de ses gages et de
« leur travail. Enfin elle fut obligée de l'enterrer elle-même.
« Après quoi elle se couvrit des hardes qu'on avait laissées sur sa
« mère, et parvint enfin à se rendre chez le citoyen Graffard des
« Herbiers, où elle fut en sûreté, et a déclaré ne savoir signer. »

Nantes seul engloutit quarante mille victimes. Julien mandait
à Robespierre qu'une foule innombrable de soldats royaux avaient
été fusillés à la porte de la ville, et que cette masse de cadavres
entassés, jointe aux exhalaisons de la Loire toute souillée de
sang, avait corrompu l'air.

Un autre représentant écrivait. « Les délits ne sont pas bornés
« au pillage dans la Vendée : le viol et la barbarie la plus outrée
« sont dans tous les coins ; on a vu des militaires républicains vio-
« ler des femmes rebelles sur des pierres amoncelées le long des
« grandes routes, et les fusiller ou les poignarder en sortant de
« leurs bras ; on en a vu d'autres porter des enfants au bout de
« la baïonnette ou de la pique qui avait percé du même coup
« et la mère et l'enfant. »

Philippeaux (le conventionnel) attribue la disette qui affligeait
la France en 1793 aux horreurs gratuites dont la Vendée était
le théâtre, à l'incendie des subsistances et des chaumières, à la
destruction des animaux et de toutes les ressources agricoles,
dans un pays qui fournissait quatre cents bœufs par semaine au
chef-lieu de la république.

Les prisonniers que par hasard on ne massacrait pas sur le
champ de bataille, les vieillards, les femmes et les enfants
étaient conduits en différents lieux, et principalement à Nantes.

Là on les égorgeait, on les guillotinait. M. de Castelbajac a rapporté, dans un article sur la Convention, l'histoire déplorable de ces enfants vendéens des deux sexes qui se réfugiaient entre les jambes des soldats chargés de les fusiller. Le philosophe Carrier inventa principalement pour les Vendéens les mariages républicains et le bateau à soupape. On sait que le comité de salut public avait fort encouragé le patriote qui proposait la construction d'une guillotine à cinquante couteaux pour faire tomber à la fois cinquante têtes.

Le chirurgien Geainou écrit à Robespierre : « Il faut te dire « que des soldats *indisciplinés* (les ordres de tuer tout ce qui se « présentait étaient *légaux*) se sont portés dans les hôpitaux de « Fougères, y ont égorgé les blessés des brigands dans leurs lits. « Plusieurs femmes des brigands y étaient malades. Ils... et les « ont égorgées après. »

Six cents détenus furent enfermés à Doué, dans une prison qui ne recevait l'air que par un soupirail, les prisonniers y périssaient étouffés en poussant de sourds mugissements. On n'enlevait ni les ordures des moribonds, ni les cadavres des morts. Le règne de la raison et de la fraternité renouvelait le supplice de Mézence dans les cachots de la Vendée. Enfin la présence d'un soldat républicain finit par produire l'effet de la présence d'une bête féroce : les chiens des paysans, instruits par leurs maitres, se taisaient quand ils voyaient un proscrit, et poussaient à l'approche d'un *bleu* d'affreux hurlements.

Le massacre des enfants et surtout des femmes est un trait caractéristique de la révolution. Vous ne trouverez rien de semblable dans les proscriptions de l'antiquité. On n'a vu dans le monde entier qu'une révolution *philosophique*, et c'est la nôtre. Comment se fait-il qu'elle ait été souillée par des crimes jusqu'alors inconnus à l'espèce humaine ? Voilà des faits devant lesquels il est impossible de reculer. Expliquez, commentez, déclarez, la chose reste. Nous le répétons : le meurtre général des femmes, soit par des exécutions militaires, soit par des condamnations prétendues juridiques, n'a d'exemple que dans ce siècle d'humanité et de lumières. Au reste, quand on nie la religion, on rejette le principe de l'ordre moral de l'univers ; alors il est tout simple qu'on méconnaisse et qu'on outrage la nature.

Plus de six cent mille royalistes ont péri dans les guerres de la Vendée. Presque tous les chefs trouvèrent la mort sur le champ de bataille ou dans les supplices. On évalue à cent cinquante millions la perte causée par l'incendie des moissons, des bois, des grains, des bestiaux. On porte à onze cent mille le nombre des bœufs brûlés ou égorgés. Cinq cents lieues planimétriques furent ravagées et converties en désert.

Nous traversâmes la Vendée en 1803. Sa population n'était pas encore rétablie. Les ossements blanchis par le temps, et des ruines noircies par les flammes, frappaient çà et là les regards dans des champs abandonnés. Un demi-siècle d'une administration paternelle ne ferait pas disparaître de ce sol les touchants et nobles témoins de sa fidélité. La plupart des villes et des villages, Argenton, Bressuire, Châtillon, Chollet, Montaigu, Tiffauges, etc., sont à peine rebâtis à moitié.

Ministres du roi légitime, qu'avez-vous fait pour ce pays? Avez-vous pansé les plaies du Vendéen? avez-vous couvert sa nudité, relevé ses cabanes, soulagé son infortune? Quelle mesure avez-vous prise pour la restauration de cette province fidèle? quelle ordonnance est venue la consoler? quelle loi reconnaissante a voué à l'admiration de la postérité tant de nobles sacrifices? Loin d'accueillir le Vendéen, ne l'auriez-vous pas repoussé? ne vous aurait-il pas paru suspect? n'auriez-vous point cherché des conspirations dans le sanctuaire de la fidélité? n'auriez-vous point préféré aux habitants du Marais et du Bocage les hommes qui les ont égorgés, ou les hommes dont les principes menacent de nous ramener les mêmes crimes et les mêmes malheurs? Tel qui porta le fer et la flamme dans le sein de la Vendée ne jouit-il pas d'une pension considérable, tandis que tel Vendéen meurt de faim et de misère? Ministres du roi légitime, qu'avez-vous

fait pour la Vendée? Voyons vos actes. Si vous vous étiez rendus coupables de la plus cruelle des ingratitudes envers un pays dont le dévouement marquera dans les annales du monde, sachez que vous auriez porté un coup mortel à cette monarchie que vous prétendez sauver.

CE QUE LES MINISTRES DU ROI ONT FAIT POUR LA VENDÉE.

Rome reconnaissait que sa puissance lui venait de sa piété envers les dieux. La liberté romaine, ayant ainsi au fond de ses lois une force sacrée, ne fut point emportée subitement de la terre ; elle lutta longtemps dans une cruelle agonie contre la servitude des Césars.

La France, encore plus sainte et plus antique que Rome, s'est pareillement défendue dans la Vendée ; sa résistance offre encore un plus grand caractère.

Lorsque Pompée combattit à Pharsale, Brutus aux champs de Philippes, Caton à Utique, une partie du gouvernement était avec ces puissants citoyens ; ils étaient eux-mêmes les rois de Rome ; ils appartenaient à ce sénat qui partageait la souveraineté avec le peuple ; des provinces considérables de l'Europe, de l'Afrique et de l'Asie reconnaissaient leur autorité.

Mais qu'était-ce que la Vendée ? une petite contrée obscure, sans armes, sans richesses. Quels furent ses premiers chefs? des hommes jusqu'alors ignorés, quelques pauvres gentilshommes, un voiturier, un garde chasse. Aucun pouvoir politique légal n'ajoutait de poids aux efforts de ces défenseurs des anciennes institutions. La Vendée n'avait jamais vu les rois pour lesquels elle versait son sang : l'un était mort sur l'échafaud, l'autre dans les fers : le troisième errait exilé sur la terre. Que la Vendée dans cette position, abandonnée à ses seules ressources, ait été au moment de triompher d'une république dont les armes menaçaient le monde, n'est-ce pas un magnifique éloge de nos vieilles lois? Quel principe de vie devait exister dans les entrailles de ce gouvernement pour produire une résistance aussi prodigieuse! Quand nous verrons les politiques du jour souffrir pour leurs doctrines ce que les Vendéens ont souffert pour leurs principes, alors nous dirons que ces doctrines sont fortes. Mais si les partisans de ces doctrines ont été depuis trente ans du côté des oppresseurs, et jamais parmi les opprimés ; si, au lieu d'élever contre la tyrannie une Vendée républicaine, ils ont porté tour à tour le bonnet de Robespierre et la livrée de Buonaparte, alors nous dirons que leurs doctrines sont faibles, qu'elles ne pourront fonder que des sociétés périssables comme elles.

Le tableau des faits d'armes et celui des souffrances des Vendéens sont sous les yeux des lecteurs : ils cherchent sans doute à présent le troisième tableau ; ils espèrent lire en lettres d'or le catalogue des récompenses, après avoir lu en caractères de sang le dénombrement des services : ils savent que la France n'a jamais oublié ce qu'on a fait pour elle. Le trésor de nos Chartes est rempli des grâces, des honneurs, des immunités accordées aux villes et aux provinces qui se sont dévouées à la cause de nos rois. Par une ordonnance du mois de septembre 1347, « le « roi (Philippe de Valois) donne aux habitants de Calais toutes « les forfaitures, biens, meubles et héritages qui échoiront au « roi pour quelque cause que ce soit, comme aussi tous les offices, « quels qu'ils soient, vacants, dont il appartient au roi ou à ses « enfants d'en pourvoir, pour la fidélité qu'ils ont gardée au roi, « et jusqu'à ce qu'ils soient tous, et un chacun, récompensés « des pertes qu'ils ont faites à la prise de leur ville. »

A-t-on donné aux Vendéens des *meubles* et des *héritages*? Ont-ils reçu des *offices quels qu'ils soient, vacants*, pour *la fidélité qu'ils ont gardée au roi*, jusqu'à ce qu'ils soient *tous et un chacun récompensés*? Le Vendéen n'a point été dégrevé d'impôts. Les ministres chassent les royalistes de toutes places ; ils ne reconnaissent que la *nation nouvelle*. Mais si la politique a ses lois *nouvelles*, la religion et la justice ont leurs *antiques* droits ; et quand ceux-ci sont violés, tous les sophistes de la terre n'empêcheraient pas une société de se dissoudre.

Le souverain d'une monarchie constitutionnelle ne se découvre pas dans tous les actes du gouvernement : il sait, selon sa sagesse, quand il doit survenir, ou quand il doit laisser paraître ses ministres. Lorsqu'il s'est agi du sort de la Vendée, Louis XVIII a pensé qu'il ne devait pas se retirer dans sa puissance : il a voulu montrer sa main au peuple généreux qui s'était donné pour lui en spectacle aux hommes. Ce que le roi a fait pour les royalistes de l'Ouest est admirable : non content de prodiguer à ces victimes les marques particulières de sa bienfaisance, il a exigé que ses ministres secondassent ses vues paternelles, que des actes du gouvernement assurassent à des sujets dévoués des secours mérités, une existence honorable : nous allons voir comment ses ordres ont été exécutés.

En 1814, on fit un travail relatif aux veuves et aux blessés vendéens ; dans ce travail on oublia une partie des malheureux qui avaient des droits à la munificence royale. On s'occupa encore moins de retirer quelques bons, de payer quelques dettes contractées au nom du roi pour la subsistance des armées royales, après que les chefs et les soldats eurent épuisé leurs dernières ressources. Les bons étaient à peu près semblables à ceux que la Convention avait consenti à payer.

Buonaparte reparut. La Vendée, oubliée des ministres, n'hésita pas à prendre les armes : l'honneur compte les périls et non les récompenses.

Pendant les négociations qui eurent lieu à Paris avec les puissances alliées, on fit valoir (on l'a déjà dit) l'existence des armées vendéennes et bretonnes comme contingent du gouvernement royal. Il était juste alors de s'occuper de ces armées. Le roi le voulut : il ordonna à son ministre de la guerre de lui présenter un plan ; il approuva, le 27 mars 1816, une proposition tendante à accorder aux officiers et soldats des paroisses une gratification qui leur tiendrait lieu de solde pour 1815. Le 1er avril 1816, les comités furent nommés dans chaque corps des armées royales de l'Ouest, afin d'en dresser les contrôles ; ces contrôles furent remis au ministère de la guerre où ils sont restés ensevelis.

Le travail incomplet sur les blessés et les veuves, fait en 1814, n'a produit de résultat qu'en 1816 : une ordonnance du 2 mars accorda des pensions à des officiers et soldats blessés dans les guerres antérieures à 1815. Quelques officiers ont eu quatre-vingts, quatre-vingt-dix, cent cinquante et jusqu'à cent quatre-vingts francs de pension ; les soldats ont eu trente, quarante, cinquante, quatre-vingts et quatre-vingt-dix francs. A la même époque on donna à d'autres royalistes blessés moins grièvement une gratification une fois payée. Ces gratifications ont été de quarante, cinquante, soixante, quatre-vingts, quatre-vingt-dix et cent francs. Les veuves des Vendéens morts au champ d'honneur ont obtenu, d'après une ordonnance du 10 novembre 1815, des pensions de cinquante, quarante et trente francs, ce qui fait pour les veuves de la troisième classe deux francs cinquante centimes par mois.

Le comité qui avait été chargé de dresser le contrôle du quatrième corps, lequel comité était composé d'un colonel, d'un conseiller de préfecture et d'un commissaire des guerres, trouva, en parcourant les communes, une si grande quantité de veuves et de blessés, oubliés sur le travail de 1814, qu'il crut devoir faire des propositions : il fournit une liste, courte à la vérité, car on aurait été épouvanté de trouver tant d'hommes fidèles. Voici cette liste :

Cinq cent soixante-sept blessés dans les guerres qui ont eu lieu depuis 1793 jusques et y compris celle de 1815.

Soixante-douze veuves dans les guerres antérieures.

Seize veuves dans la guerre de 1815.

Six femmes grièvement blessées dans les anciennes guerres, et si pauvres qu'elles sont à la charge de leurs paroisses.

Ce nouveau travail fut encore remis au ministère de la guerre

où l'on ne trouva pas le temps de s'en occuper, et d'où on l'a retiré pour ne pas le perdre.

Toutefois, quelques blessés et les veuves des royalistes de 1815 ont obtenu de faibles secours, parce qu'une ordonnance à laquelle on a bien voulu obtempérer assimilait heureusement les veuves et les blessés vendéens de 1815 aux veuves et aux blessés de la ligne, c'est-à-dire des troupes qui avaient combattu à Waterloo et dans l'Ouest, contre MM. de La Rochejaquelein, Sapinaud, Suzannet et Canuel.

Le roi, qui n'oublie aucun service, et qui répare les injustices aussitôt qu'il les connaît, voulut enfin que son ministère cessât de récompenser des sacrifices réels par des récompenses dérisoires. Il ordonna, au mois de février 1817, la répartition de deux cent cinquante mille francs de rente entre les officiers et soldats des armées de l'Ouest. Il plut également à S. M. d'ordonner que des épées, des sabres, des fusils d'honneur et des lettres de remercîment fussent distribués en son nom ; récompenses dignes des Bretons et des Vendéens.

La part de la Vendée sur les deux cent cinquante mille francs fut de cent quinze mille francs, donnés sans beaucoup de discernement à quatre corps d'armée entre lesquels il pouvait exister d'autre différence que celle du nombre d'hommes.

Le premier corps eut	50,000 fr.
Le deuxième	18,000
Le troisième	40,000
Le quatrième	7,000
Total	115,000 fr.

Cette répartition ainsi arrêtée, on nomma de nouveaux comités qui devaient se transporter dans les chefs-lieux pour distribuer ou plutôt pour promettre à chaque corps les épées, les sabres, les fusils, les lettres de remercîment, et pour assigner les pensions que les cent quinze mille francs devaient produire. Ces pensions étaient de trois cents, deux cents, cent, et cinquante francs par an. Les divers comités ayant terminé leur travail, le portèrent aux bureaux de la guerre ; voici ce qui en est résulté :

Les armes d'honneur ont été fabriquées, remises au ministère de la guerre, et définitivement déposées à Vincennes. A-t-on craint d'augmenter les armes des royalistes par quelques centaines d'épées, de sabres et de fusils de parade ; ou plutôt a-t-on voulu priver la Vendée d'une marque de la satisfaction du roi ? Il faut convenir que la Vendée méritait bien une épée : il est triste pour la France que des étrangers se soient chargés d'acquitter sa dette. Était-ce le roi de Prusse qui, au nom de l'armée prussienne, devait remettre une épée au jeune héritier de La Rochejaquelein ?

Les lettres de remercîment ont éprouvé le même sort que les armes d'honneur ; elles n'ont point été expédiées. Peut-être les ministres n'ont-ils su quel langage ils devaient parler. Dans ce cas ils auraient pu prendre pour modèle la lettre que le roi écrivit jadis à Charette ; ils y auraient appris ce qu'ils ignorent, la convenance et la dignité ; ils auraient trouvé dans cette admirable lettre pureté de style, noblesse de sentiment, élévation d'âme, enfin une sorte d'éloquence royale, qui semble emprunter sa majesté des adversités de Henri IV et de la grandeur de Louis XIV.

Quant aux pensions, M. le ministre de la guerre, ne sachant sur quels fonds les imputer, porta la somme de deux cent cinquante mille francs dans son budget de 1818, et elle lui fut allouée. Les Vendéens avaient cru, et on leur avait annoncé qu'ils auraient sur la somme votée des pensions royales, cependant on ne leur délivra ni lettres, ni brevets, et on leur fit entendre, lors du premier paiement, que ce paiement était un secours, et non une pension. Le ministre a reproduit la même somme de deux cent cinquante mille francs dans son budget de 1819, à titre de secours aux Vendéens. Ainsi, les pensions, devenues des secours, pourront cesser d'être des secours, aussitôt qu'il plaira à un ministre de la guerre de ne plus insérer la somme dans son budget, ou aux Chambres de ne plus l'accorder.

Voilà comment les bontés du roi pour sa fidèle Vendée ont été sans cesse contrariées par l'esprit ministériel. Après la seconde restauration, quelques chefs royalistes, se trouvant à Paris, et voyant qu'on payait aux officiers de Waterloo l'indemnité d'entrée en campagne, leur traitement, pertes, etc., crurent les circonstances favorables pour réclamer modestement l'*égalité* des droits. On refusa d'écouter leur demande sous prétexte qu'ils avaient fait la guerre sans *mission*. Ceux qui avaient reçu *mission* de Buonaparte pour fermer au roi l'entrée de son royaume furent payés, et ceux qui se battirent sans *mission* pour rouvrir à leur souverain légitime les portes de la France, ne reçurent pas même de remercîment.

Arrêtons-nous à quelques exemples. Nous avons souvent cité le nom de M. Dupérat, de cet officier si brave et si loyal, qui fit aux envoyés de la Convention, lors de la pacification de Charette, la belle réponse que nous avons rapportée. M. Dupérat vit encore. Volontaire et aide-de-camp de M. de Lescure dès 1793, il fit les premières guerres de la Vendée. Après la défaite des royalistes au Mans et leur déroute à Savenay, il se jeta dans les bois, et travailla à l'organisation de l'armée bretonne. Revenu dans la Vendée, il commanda en 1795 l'infanterie de Charette, se trouva a tous les combats, et reçut plusieurs blessures. Charette ayant succombé, M. Dupérat fut proscrit. Arrêté à Nantes en 1804, il fut d'abord mis au Temple, ensuite enfermé à Vincennes, d'où il ne sortit que pour être envoyé, chargé de chaînes, au château de Saumur. Il serait mort dans les fers si la restauration n'était venue délivrer la France. Dix ans de guerre, autant de blessures, onze ans de cachot, la perte entière de sa fortune, ne lui avaient encore valu aucune récompense, lorsque le 20 mars arriva. Il courut aux armes, et succéda au comte Auguste de La Rochejaquelein dans le commandement du quatrième corps de l'armée royale.

La campagne de 1815 étant terminée, M. Dupérat fut appelé à jouir du traitement et ensuite de la demi-solde de lieutenant général ; mais il plut à la commission de ne le reconnaître que comme maréchal de camp. Depuis il a été privé de tout traitement et rayé des contrôles des officiers généraux. Lorsqu'on a fait des réclamations, les bureaux de la guerre ont répondu que le brevet du général Dupérat était *honorifique*. M. Dupérat vit sans secours dans les bois où il combattit si longtemps pour la cause royale, comme s'il était encore obligé de se cacher du Directoire ou de la Convention.

La noble veuve de Lescure, qui est aussi la veuve de La Rochejaquelein, cette veuve de deux officiers généraux morts si glorieusement pour la défense du trône, n'a pas de pension.

Et la sœur de Robespierre touchait en 1814, sous la première restauration, une pension qu'elle touche peut-être encore : il y a des temps où les crimes d'un frère sont plus profitables que les vertus d'un mari.

Madame de Beauregard, sœur de Henri et de Louis de La Rochejaquelein, veuve de M. de Beauregard, officier supérieur tué auprès de Louis de La Rochejaquelein, dans la Vendée, pendant les Cent-Jours, a été gratifiée d'une pension de *quatre cents francs*.

Et Buonaparte avait offert à la veuve de M. de Bonchamp, le fameux général vendéen, une pension de *douze mille francs*, et il avait donné une compagnie de cavalerie au jeune Charette de La Colinière, neveu du général Charette.

Nous avons parlé plus haut de ces autres Vendéennes qui touchent *cinquante sous par mois*. Dans les temps d'abondance, cela fait à peu près une demi-livre de pain par jour, pour des femmes dont on a massacré les maris, égorgé les bestiaux, brûlé les chaumières, et qui sont peut-être assez malheureuses aujourd'hui, dans leur détresse, pour avoir dérobé quelques-uns de leurs enfants aux colonnes infernales.

Et ceux qui ont conduit ces colonnes, et ceux qui ont été dénoncés à la Convention même pour leurs cruautés, jouissent de pensions considérables. Nous ne les nommerons pas : on peut les chercher sur la liste des pensionnaires de l'État.

Et une foule de paysans bretons ou vendéens mutilés meurent de faim auprès des hôpitaux militaires,

Artillerie vendéenne.

qui ne leur sont pas même ouverts.

L'on a payé, placé, récompensé tous les hommes des Cent-Jours ; et l'on a soldé l'arriéré des fournitures des armées de Buonaparte, c'est-à-dire que le trésor royal a payé jusqu'aux balles qui pouvaient frapper le cœur de monseigneur le duc d'Angoulème.

Enfin, le bruit s'était répandu, il y a quelques mois, que les frais du procès et de l'exécution de Georges Cadoudal n'avaient pas été entièrement acquittés ; et il s'agissait, aux termes des lois, d'en demander le montant à la famille du condamné.

Il y a des régicides qui touchent vingt-quatre mille francs de pension : serait-ce aussi pour faire payer à la légitimité les frais du procès de Louis XVI ?

Tant de faits étranges s'expliquent pourtant : les ministres, ayant embrassé le système des intérêts moraux révolutionnaires, ont dû sentir pour les habitants des provinces de l'Ouest une grande aversion. La politique philosophique, le jeu de bascule, la nation nouvelle, le gouvernement de fait, la supériorité de la trahison sur la loyauté, de l'intérêt sur le devoir, de prétendus talents sur le mérite réel, toutes ces grandes choses sont en effet peu comprises par des hommes qui s'en tiennent encore au vieux trône et à la vieille croix. De là il est advenu que, depuis la restauration, le système ministériel, qui s'efforçait de ne rien voir dans les affaires de Lyon et de Grenoble, a voulu trouver quelque chose dans les dispositions de la Vendée. Puisque la Vendée était en conspiration permanente contre la révolution, n'était-il pas évident qu'elle conspirait contre la légitimité? Si les jacobins de Lyon avaient réussi, ils n'auraient chassé que la famille royale; mais si on laissait faire les Vendéens, ils ôteraient des grands et petits ministères les hommes incapables et les ennemis des Bourbons : il y a donc péril imminent.

Quoi! la Vendée aura eu l'insolence de se battre trente ans pour le trône et l'autel, de ne pas reconnaître les progrès de l'esprit humain, de ne pas admirer les échafauds et les livres dressés et écrits par tant de grands hommes ! Vite, mettons en surveillance les vertus vendéennes : quiconque aime le roi et croit en Dieu est traître aux lumières du siècle.

On a donc cru devoir tenir les yeux ouverts sur la Vendée, placer un cordon de têtes pensantes autour de ce pays tout empesté de religion, de morale et de monarchie. Jadis les médecins révolutionnaires y avaient allumé de grands feux pour en chasser la contagion, et ils ne purent réussir. La Vendée, frustrée en partie des récompenses de la munificence royale, a eu la douleur de voir qu'on soupçonnait sa loyauté. Des espions ont parcouru ses campagnes; on a cherché à l'aigrir, à la troubler : on semblait désirer qu'elle devînt coupable, qu'elle fournît une conspiration pour justifier les calomnies, pour servir de contre-poids à la conspiration de Lyon et de Grenoble. L'ingratitude ministérielle a cru lasser la longanimité royaliste; et pour attaquer

Femmes vendéennes.

l'honneur vendéen dans la partie la plus sensible, on lui a demandé ses armes.

C'est surtout après l'ordonnance du 5 septembre, lorsque le ministère, se jetant dans le parti de la révolution, suspendit les surveillances, rendit la liberté à des coupables pour les envoyer voter aux collèges électoraux, fit voyager des commissaires, se permit d'exclure ouvertement des royalistes; c'est, disons-nous, peu de temps après cette époque que l'on commença à demander les armes aux habitants des provinces de l'Ouest. Des lettres ministérielles du 10 décembre 1816 enjoignirent aux préfets de suivre cette mesure; l'injonction a été souvent renouvelée, et notamment au commencement du mois de mai de cette année.

Quelques-unes des autorités qui ont requis la remise des armes vendéennes occupèrent des places pendant les Cent-Jours : c'était alors qu'elles auraient dû faire leur demande; aujourd'hui il y a anachronisme.

M. le conseiller de préfecture Pastoureau, par délégation de M. le préfet des Deux-Sèvres, absent, prit le 25 mai dernier, l'arrêté qu'on va lire :

DÉPARTEMENT
DES DEUX-SÈVRES
Actes de la Préfecture.

Recherches des dépôts illicites d'armes et de munitions de guerre.

« Le préfet du « département des « Deux-Sèvres, officier de la Légion d'honneur, informé qu'il « a été découvert dernièrement, dans le département de la Ven- « dée, deux dépôts de poudre, cartouches, boulets et autres mu- « nitions de guerre provenant du débarquement fait en 1815, « et présumant qu'il peut en exister de semblables dans le dé- « partement des Deux-Sèvres, sans que les dépositaires se « croient en faut pour ce fait passibles d'aucune peine ou condamna- « tion;

« Voulant prévenir les dangers auxquels s'exposeraient ses

« administrés, s'ils se trouvaient détenteurs de pareils objets, et
« leur fournir les moyens d'y obvier,

« Arrête :

« Article 1er. — Tout particulier détenteur ou dépositaire
« de munitions de guerre, armes de calibre ou d'artillerie, de-
« vra, dans la quinzaine de la publication du présent arrêté,
« en faire la déclaration au maire de sa commune; celui-ci,
« après en avoir constaté par procès-verbal la nature, le poids,
« la quantité et la qualité, lui en remettra décharge, et fera
« transporter le tout, sans aucun délai et avec les précautions
« convenables, au chef-lieu de la sous-préfecture.

« Les frais de transport seront acquittés de suite et sur la pré-
« sentation des pièces régulières.

« Art. 2. — A défaut de la déclaration prescrite par l'article
« ci-dessus, toute personne chez qui se trouveraient déposées
« des munitions de guerre ou des armes de calibre et d'artillerie,
« sera traduite devant les tribunaux pour y être jugée et con-
« damnée conformément aux dispositions des lois et règlements
« dont les extraits sont relatés ci-après.

« Le présent sera imprimé, publié et affiché dans toutes les
« communes du département. »

A la suite de cet arrêté se trouvent des extraits de la loi du
13 fructidor an V, et du décret du 23 pluviôse an XIII; le tout
corroboré d'extraits d'ordonnances conformes à ladite loi et audit
décret. Ces actes rappellent les peines encourues par les délin-
quants qui recèleraient poudres, armes de calibre, etc.

Mais quels sont les boulets, poudres, cartouches et autres munitions de guerre dont on a fait dans la Vendée la grande décou-
verte? L'arrêté a pris soin de vous le dire : ce sont les boulets,
poudres et cartouches qui furent débarqués pour le service du
roi, pendant les Cent-Jours, dans la Vendée. Ces munitions de
guerre, dont l'entrée a coûté la vie à La Rochejaquelein, Beauregard et Suzannet, rendent passibles de peines et de condamnation les Vendéens qui en seraient dépositaires!

Et par quelles lois les Vendéens seront-ils frappés? par la loi
du 13 fructidor an V, et par le décret du 23 pluviôse an XIII.
Ainsi les autorités ministérielles de la légitimité font exécuter
contre les Vendéens les lois du Directoire et de l'Empire.

Buonaparte avait aussi réclamé ces mêmes munitions de guerre;
mais il s'en rapporta à la loyauté des signataires de l'acte de pacification pour les lui remettre. Il ne menaça point les Vendéens
du décret du 13 fructidor. Toutefois il traitait avec les ennemis,
et les poudres n'avaient point été fournies pour soutenir son autorité, mais pour la combattre.

L'article 2 de l'arrêté de M. le conseiller de préfecture ordonne
la déclaration et la remise des armes de calibre ou d'artillerie.
Nous ne savons pas si les Vendéens ont conservé des armes de
calibre ou d'artillerie : nous ne le croyons pas; mais, dans tous
les cas, ce sont donc les fusils et les canons qu'ils ont enlevés au
prix de leur sang qu'on leur demande? Mais quand on leur aura
ravi ces glorieux trophées de la fidélité, on n'aura désarmé ni
les Bretons ni les Vendéens. Ne leur restera-t-il pas ces bâtons
avec lesquels ils ont pris ces canons qui vous inquiètent? Voulez-
vous aussi qu'on vous apporte ces bâtons suspects? Mais tous les
bois n'ont pas été brûlés dans la Vendée, et ces arsenaux ne
fourniront-ils pas au paysan de nouvelles armes pour enlever
les canons aux ennemis du roi? Vous n'avez pas voulu distribuer
aux royalistes de l'Ouest les armes d'honneur que la magnanimité du roi leur destinait; ne peuvent-ils du moins garder celles
qu'ils ont conquises pour le roi au champ d'honneur?

Vous réclamez les fusils des Cathelineau, des Stofflet, des
Bonchamp, des Lescure! Que ne demandez-vous aussi l'épée
des Charette et des La Rochejaquelein? Ah! la main qui porta
cette épée ne put être désarmée par quatre cent mille soldats;
elle ne s'ouvrit pour céder le fer que lorsque la mort vint glacer
le cœur qui guidait cette main fidèle! On avait promis à cette
épée la restauration de la monarchie; on lui avait juré de livrer
à sa garde le jeune Louis XVII et son auguste sœur. Le traité
fut conclu à la vue des ruines de la Vendée, à la lueur des
flammes qui dévoraient ce dernier asile de la monarchie. Quand
on vous aura remis les armes vendéennes, qu'en ferez-vous?
Elles ne sont point à votre usage : ce sont les armes de vieux
Francs, trop pesantes pour votre bras.

Si les royalistes de l'Ouest ont des armes, si on les leur demande de par le roi, ils les abandonneront, puisqu'ils ne les ont
prises que pour le roi. Mais est-on bien sûr qu'on n'aura jamais
besoin des Vendéens? Le système ministériel n'a-t-il pas produit
un premier 20 mars, et ne peut-il pas en amener un second? Qui
nous défendra alors? Seront-ce les hommes qui nous ont déjà
trahis? Chose remarquable! on veut désarmer les paysans de la
Bretagne et de la Vendée, et l'on a fait rendre les armes qu'on
avait prises aux paysans de l'Isère, dans un département qui s'é-
tait insurgé contre le souverain légitime.

La faction qui pousse les ministres, et dont ils seront la victime, a ses raisons pour presser le désarmement de la Vendée.
A diverses époques on a tenté ce désarmement et l'on n'a jamais
pu y réussir. Le nom du roi présente une chance : en employant cet
auguste nom, on peut espérer que les paysans royalistes s'em-
presseront d'apporter les fusils qu'ils pourraient encore avoir.
Mais dans ce pays il y a aussi des jacobins, et ceux-là ont très-certainement des armes, et ceux-là ne les rendront pas au nom du
roi. Alors, s'il arrivait jamais une catastrophe, non-seulement la
population royaliste de l'Ouest deviendrait inutile dans le premier
moment à la cause de la légitimité, mais encore elle serait livrée
sans armes à la population révolutionnaire armée. Voilà pourtant
à quoi nous exposent ces mesures déplorables.

La Vendée, que la Convention laissa libre, qu'elle exempta de
réquisitions et de conscriptions; la Vendée, à qui elle permit de
garder ses armes, et même la cocarde blanche; la Vendée, dont
elle paya les dettes, et dont elle promit de relever les chaumières;
les Vendéens, que Buonaparte appelait un peuple de géants, et
au milieu desquels il voulait bâtir une ville de son nom; les Vendéens, que l'usurpateur traitait avec estime; les Vendéens, dont
il reconnaissait la loyauté, dont il plaçait les enfants et pension-
nait les veuves : cette Vendée, ces Vendéens n'ont donc pu mériter, par trente années de loyauté, de combats et de sacrifices, la
bienveillance des ministres du roi?

Que si la loi des élections, en amenant une Chambre démocra-
tique, produisait, par une conséquence naturelle, des ministres
semblables à cette Chambre; que si ces ministres, ennemis de
toute monarchie, et surtout de toute monarchie légitime, cons-
piraient contre le gouvernement établi, que pourraient-ils faire de
mieux que de persécuter la Vendée? Ils obtiendraient, par cette
persécution, des résultats importants : ils feraient accuser le gouvernement monarchique d'ingratitude, d'absurdité et de folie; ils
le rendraient méprisable aux yeux de tous, odieux à son propre
parti; et quand la catastrophe arriverait, ils auraient ou désarmé
les seuls hommes qui pourraient s'opposer à cette catastrophe, ou
refroidi dans le cœur de ces hommes le sentiment de la fidélité.
En administration, l'incapacité orgueilleuse et passionnée produit
les mêmes effets que la trahison.

Heureusement il n'est donné à personne de détruire la haute
vertu vendéenne; elle a résisté au fer et au feu de l'effroyable
Convention, ce ne sont pas de tristes agents ministériels, d'ob-

curs traîtres des Cent-Jours, des espions, des commissaires de police, qui achèveront de démolir des débris impérissables : les petits serpents qui se cachent à Rome dans les fondements du Colisée peuvent-ils ébranler ces grandes ruines ?

Quiconque a quelque goût de la vertu aime à s'entretenir des hommes qui sont devenus illustres par de saintes adversités et des devoirs accomplis. Leur mémoire, bénie de race en race, fait le contrepoids de l'abominable renommée d'une autre espèce d'hommes, lesquels vont aux âges futurs tout chargés de prospérités maudites et de crimes si énormes que ces crimes en prennent un faux air de gloire. Nous devions à la patrie et à l'honneur de venger la Vendée des outrages ministériels, de parler des Vendéens avec le respect et l'admiration qu'ils inspirent. Les noms immortels des Charette, des Cathelineau, des La Rochejaquelein, des Bonchamp, des Stofflet, des Lescure, des d'Elbée, des Suzannet et de tant d'autres n'avaient pas besoin de nos éloges ; mais du moins nous les aurons marqués dans cet écrit, comme le sculpteur inconnu qui grava les noms des compagnons de Léonidas sur la colonne funèbre aux Thermopyles.

FIN DES MÉLANGES HISTORIQUES.

NOTICES NÉCROLOGIQUES.

SUR LA MORT DE M. DE LA HARPE.

FÉVRIER 1803.

La littérature vient de perdre presque à la fois M. de Saint-Lambert et M. de La Harpe. Le premier était âgé de plus de quatre-vingt-quatre ans; son lit de mort a été entouré de nombreux amis; il a devancé dans la tombe ceux qui firent le bonheur de sa vie; ses opinions, toujours les mêmes, l'ont mis à l'abri des outrages dont on a accablé les derniers ans de l'auteur de *Philoctète* et du *Cours de Littérature;* on ne pourra donc pas dire de M. de Saint-Lambert :

Malheur à qui le ciel accorde de longs jours !

Tandis que l'auteur des *Saisons* mourait au milieu de toutes les consolations de la philosophie, M. de La Harpe expirait au milieu de toutes les consolations de la religion. L'un fut visité des hommes à son dernier soupir; l'autre fut visité *de Dieu*, selon la belle et tendre expression du christianisme pour peindre la mort du fidèle. M. de La Harpe quitta ce monde le vendredi 11 février 1803, entre sept et huit heures du matin. Il conserva toute sa tête jusqu'à son dernier moment. Il put sentir avec reconnaissance ce que le ciel faisait pour lui; plus heureux que M. de Saint-Lambert, qui ignora les derniers soins que lui rendait la terre.

M. de La Harpe a montré le plus grand courage et la piétié la plus sincère pendant sa longue maladie. Il se fit lire plusieurs fois les prières des agonisants. M. de Fontanes se présenta un jour au milieu de cette triste cérémonie : « Mon ami, lui dit le mourant en lui tendant une main desséchée, je remercie le ciel « de m'avoir laissé l'esprit assez libre pour sentir combien cela « est consolant et beau; » c'est à la fois le dernier regard du chrétien et de l'homme de lettres.

Les obsèques de M. de La Harpe furent célébrées le dimanche matin à *Notre-Dame*. Il s'était retiré depuis quelques années dans le cloître de cette cathédrale, comme s'il avait voulu se réfugier, loin d'un monde peu charitable, à l'ombre de la maison du Dieu de miséricorde. Ceux qui ont vu les restes de cet auteur célèbre renfermés dans un chétif cercueil ont pu sentir le néant des grandeurs littéraires, comme de toutes les autres grandeurs; heureusement c'est dans la mort que le chrétien triomphe, et sa gloire commence quand toutes les autres gloires finissent.

On eût dit que la présence du cercueil de cet homme, qui avait si bien senti les beautés de l'Écriture, rendait encore plus belles les prières que le christianisme a consacrées à la mort. Tous ces cris d'espérance : *Requiem dabo tibi, dicit Dom'nus :* JE VOUS DONNERAI LE REPOS, DIT LE SEIGNEUR; — *Expectabo, Domine, donec veniat immutatio mea : vocabis me, et ego respondebo tibi : operi manuum tuarum porriges dexteram :* — J'ATTENDS, SEIGNEUR, QUE MON CHANGEMENT ARRIVE : VOUS M'APPELLEREZ, ET JE VOUS RÉPONDRAI : VOUS TENDREZ VOTRE DROITE A L'OUVRAGE DE VOS MAINS; l'épître de saint Paul : *O mort, où est ton aiguillon!* l'évangile de saint Jean : *Le temps viendra que tous ceux qui sont dans les sépulcres entendront la voix du Fils de Dieu;* tous ces soupirs de la religion, toutes ces paroles prophétiques attendrissaient profondément les cœurs. Quand les prêtres ont chanté, à la communion; *ut requiescant a laboribus suis,* DÈS A PRÉSENT ILS SE REPOSENT DE LEURS TRAVAUX, les larmes sont venues aux yeux de tous les amis de M. de La Harpe.

Le convoi est parti à une heure pour le cimetière de la barrière de Vaugirard. Nous avons sincèrement regretté de ne pas voir marcher à la tête du cortège cette croix qui nous afflige et nous console, et par laquelle un Dieu compatissant a voulu se rapprocher de nos misères. Lorsqu'on est arrivé au cimetière, on a déposé le cercueil au bord de la fosse, sur le petit monceau de terre qui devait bientôt le recouvrir. M. de Fontanes a prononcé alors un discours noble et simple sur l'ami qu'il venait de perdre. Il y avait dans l'organe de l'orateur attendri, dans les tourbillons de neige qui tombaient du ciel, et qui blanchissaient le drap mortuaire du cercueil, dans le vent qui soulevait ce drap mortuaire, comme pour laisser passer les paroles de l'amitié jusqu'à l'oreille de la mort; il y avait, disons-nous, dans ce concours de circonstances, quelque chose de touchant et de lugubre.

On va maintenant entendre parler M. de Fontanes lui-même (1), interprète bien plus digne que nous d'honorer la mémoire de M. de La Harpe. Nous ferons observer seulement que l'orateur s'est trompé lorsqu'il a dit que la mort éteint toutes les haines. Les restes de M. de La Harpe n'étaient pas encore recouverts de terre; nous pleurions encore autour de son cercueil, près de sa fosse ouverte; et dans le moment même où M. de Fontanes nous assurait que toutes les injustices allaient s'ensevelir dans cette tombe, que tout le monde partageait nos regrets, un journal insultait aux cendres d'un homme illustre : on l'accusait d'avoir déshonoré le commencement de sa carrière par ses neuf dernières années. Nous appliquerons aux auteurs de cet article les paroles de l'Écriture que M. de La Harpe a citées à la fin de son dernier morceau sur l'Encyclopédie, et qui sont aussi les *dernières paroles* que ce grand critique ait fait entendre au public : *Malheur à vous qui appelez mal ce qui est bien, et bien ce qui est mal!*

(1) Voyez ci-après le *Discours de M. de Fontanes.*

DISCOURS

PRONONCÉ PAR M. DE FONTANES,

DEVANT L'INSTITUT,

AUX FUNÉRAILLES DE M. DE LA HARPE.

Les lettres et la France regrettent aujourd'hui un poëte, un critique illustre... La Harpe avait à peine vingt-cinq ans, et son premier essai dramatique l'annonça comme le plus digne élève des grands maîtres de la scène française. L'héritage de leur gloire n'a point dégénéré dans ses mains, car il nous a transmis fidèlement leurs préceptes et leurs exemples. Il loua les grands hommes des plus beaux siècles de l'éloquence et de la poésie, et leur esprit comme leur langage se retrouva toujours dans celui d'un disciple qu'ils avaient formé : c'est en leur nom qu'il attaqua, jusqu'au dernier moment, les fausses doctrines littéraires ; et, dans ce genre de combat, sa vie entière ne fut qu'un long dévouement au triomphe des vrais principes. Mais si ce dévouement courageux fit sa gloire, il n'a pas fait son bonheur. Je ne puis dissimuler que la franchise de son caractère et la rigueur impartiale de ses censures éloignèrent trop souvent de son nom et de ses travaux la bienveillance et même l'équité ; il n'arrachait que l'estime où tant d'autres auraient obtenu l'enthousiasme. Souvent les clameurs de ses ennemis parlèrent plus haut que le bruit de ses succès et de sa renommée : mais à l'aspect de ce tombeau, tous les haines sont désarmés. Ici les haines finissent, et la vérité seule demeure.

Les talents de La Harpe ne seront plus enfin contestés ; tous les amis des lettres, quelles que soient leurs opinions, partagent maintenant notre deuil et nos regrets. Les circonstances de sa mort le frappe rendent sa perte encore plus douloureuse ; il expire dans un âge où la pensée n'a rien perdu de sa vigueur, et lorsque son talent s'était agrandi dans un autre ordre d'idées qu'il devait aux spectacles extraordinaires dont le monde est témoin depuis douze ans. Il laisse malheureusement imparfaits quelques ouvrages dont il attendait sa plus solide gloire, et qui seraient devenus ses premiers titres dans la postérité. Ses mains mourantes se sont détachées avec peine du dernier monument qu'il élevait ; ceux qui en connaissent quelques parties avouent que le talent poétique de l'auteur, grâce aux inspirations religieuses, n'eut jamais autant d'éclat, de force et d'originalité. On sait qu'il avait embrassé avec toute l'énergie de son caractère ces opinions utiles et consolantes sur lesquelles repose tout le système social ; elles ont enrichi non-seulement ses pensées et son style de beautés nouvelles, mais elles ont encore adouci les souffrances de ses derniers jours. Le Dieu qu'adoraient Fénelon et Racine a consolé sur le lit de mort leur éloquent panégyriste et l'héritier de leurs leçons. Les amis qui l'ont vu dans ce moment où l'homme ne déguise plus rien, savent quelle était la vérité de ses sentiments ; ils ont pu juger aussi combien son cœur, malgré la calomnie, renfermait de droiture et de bonté. Déjà même des sentiments plus doux étaient entrés dans ce cœur trop méconnu et si souvent abreuvé d'amertume ; les injustices se réparaient ; nous étions prêts à le revoir dans le sanctuaire des lettres et du goût, dont il était le plus ferme soutien ; lui-même se félicitait naguère encore de cette réunion si désirée : mais la mort a trompé nos vœux et les siens ; puissent au moins se conserver à jamais les traditions des grands modèles qu'il sut interpréter avec une raison si éloquente ! Puissent-elles, mes chers collègues, en formant de bons écrivains qui le remplacent, donner un nouvel éclat à cette Académie française qu'illustrèrent tant de noms fameux depuis cent cinquante ans, et que vient de rétablir un grand homme si supérieur à celui qui l'a fondée !

SUR LA MORT

DE M. DE SAINT-MARCELLIN.

FÉVRIER 1819.

Monsieur de Saint-Marcellin, à peine âgé de vingt-huit ans, blessé à mort le 1er de ce mois, a expiré le 3, entre neuf et dix heures du soir. Il avait fait l'apprentissage des armes dans la campagne de 1812, en Russie. Il donna les premières preuves de sa valeur dans le combat qui eut pour résultat la prise du village de Borodino et de la grande redoute qui couvrait le centre de l'armée russe. Le rapport du prince Eugène au major général sur cette journée se termine par cette phrase : « Mon aide-de- « camp de Sève et le jeune Fontanes de Saint-Marcellin méritent « d'être cités dans ce rapport. »

M. de Saint-Marcellin s'était précipité dans les retranchements de l'ennemi, et avait eu le crâne fendu de trois coups de sabre. Après le combat, il se présenta dans cet état à un hôpital encombré de quatre mille blessés, où il n'y avait que trois chirurgiens dénués de linge, de médicaments et de charpie ; il ne put même obtenir d'y être reçu. Il s'en retournait, baigné dans son sang, lorsqu'il rencontra Buonaparte : « Je vais mourir, lui « dit-il ; accordez-moi la croix d'honneur, non pour me récom- « penser, mais pour consoler ma famille. » Buonaparte lui donna sa propre croix.

M. de Saint-Marcellin, jeté sur des fourgons, arriva à moitié mort à Moscou ; il y séjourna quelque temps, et fut assez heureux pour trouver le moyen de revenir en France, où nous l'avons vu, pendant plus de dix-huit mois, porter encore une large blessure à la tête.

La France ayant rappelé son roi légitime, M. de Saint-Marcellin fut fidèle aux nouveaux serments qu'il avait faits. Il était aide-de-camp du général Dupont à l'époque du 20 mars. Il se trouvait à Orléans avec son général, lorsque des soldats séduits quittèrent la cocarde blanche ; M. de Saint-Marcellin osa la garder : circonstance que peut avoir connue M. le maréchal Gouvion de Saint-Cyr, qui fit reprendre la cocarde blanche aux troupes égarées. Rentré à Paris, M. de Saint-Marcellin eut une altercation politique avec un officier, se battit, blessa son adversaire, et partit du champ clos pour aller rejoindre ceux à qui il avait engagé sa foi.

Nommé capitaine à Gand, il sollicita l'honneur d'accompagner le général Donnadieu, chargé pour le roi d'une mission importante. Débarqué à Bordeaux, il fut arrêté et remis aux mains de deux gendarmes qui devaient le conduire à Paris pour y être fusillé. En passant par Angoulême, il échappa à ses gardes, excita un mouvement royaliste dans la ville et rentra dans Paris avec le roi.

M. de Saint-Marcellin fut alors envoyé comme chef de bataillon dans un régiment de ligne à Orléans. Blessé de nouveau, il fut obligé de revenir à Paris. Depuis ce moment, il consacra ses loisirs aux lettres : il avait de qui tenir. Il donna quelques ouvrages à nos différents théâtres lyriques. Compris comme chef d'escadron dans la nouvelle organisation de l'état-major de l'armée, il avait refusé dernièrement un service actif qui l'eût éloigné de Paris. La Providence voulait le rappeler à elle. Pour des raisons faciles à deviner, l'administration avait subitement, dit-on, changé en rigueur sa bienveillance politique. On assure que M. de Saint-Marcellin allait perdre sa place de chef d'escadron quand la mort est venue épargner aux ennemis des royalistes une destitution de plus, et rayer elle-même ce brave militaire du tableau d'où elle efface également et les chefs et les soldats.

M. de Saint-Marcellin n'a point démenti, à ses derniers moments, ce courage français qui porte à traiter la vie comme la chose la plus indifférente en soi, et l'affaire la moins importante de la journée. Il ne dit ni à ses parents ni à ses amis qu'il devait se battre, et il s'occupa tout le matin d'un bal qui devait avoir lieu le soir chez M. le marquis de Fontanes. A trois heures, il se déroba aux apprêts du plaisir pour aller à la mort. Arrivé sur le champ de bataille, le sort ayant donné le premier feu à son adversaire, il se met tranquillement au blanc, reçoit le coup mortel et tombe en disant : « Je devais pourtant danser ce soir. » Rapporté sans connaissance chez M. de Fontanes, on sait qu'il y rentra à la lueur des flambeaux déjà allumés pour la fête. Lorsqu'il revint à lui, on lui demanda le nom de son adversaire : « Cela ne se dit pas, « répondit-il en souriant; seulement c'est un homme qui tire « bien. » M. de Saint-Marcellin ne se fit jamais d'illusion sur son état; il sentit qu'il était perdu, mais il n'en convenait pas, et il ne cessait de dire à ses parents et à ses amis en pleurs : « Soyez tranquilles, ce n'est rien. » Il n'a fait entendre aucune plainte; il n'a témoigné ni regrets de la vie, ni haine, ni même humeur contre celui qui la lui arrachait; il est mort avec le sang-froid d'un vieux soldat et la facilité d'un jeune homme. Ajoutons qu'il est mort en chrétien.

Les lettres et l'armée perdent dans M. de Saint-Marcellin une de leurs plus brillantes espérances. On remarque dans les premiers essais échappés à son goût une gaieté de bon goût appuyée sur un fonds de raison et sur des sentiments nobles. Lorsqu'il parle d'honneur, on voit qu'il le sent, et quand il rit, on s'aperçoit qu'il méprise. Sa destinée paraissait devoir être heureuse dans un ordre de choses différent de celui qui existe aujourd'hui ; mais aussitôt qu'il est entré dans la ligne des devoirs légitimes, il a été atteint par cette fatalité qui semble s'attacher aux pas de tout ce qui est devenu ou resté fidèle. Est-ce une raison pour renoncer à une cause sainte et juste? Bien loin de là, c'est une raison pour s'y attacher : les hommes généreux sont tentés par les périls, et l'honneur est une divinité à laquelle on s'attache par les sacrifices mêmes qu'on lui fait.

Devons-nous plaindre ou féliciter M. de Saint-Marcellin? Il n'était pas fait pour vivre dans ces temps d'ingratitude et d'injustice. Le sang lui bouillait dans les veines; son cœur se révoltait quand il voyait récompenser la trahison et punir la fidélité. Son indignation avait l'éclat de son courage, et il ne faisait pas plus de difficulté de montrer ses sentiments que de tirer son épée : avec une pareille disposition d'âme, nous ne l'eussions pas gardé longtemps. D'ailleurs nous marchons si vite, le système adopté nous prépare de tels événements, que Saint-Marcellin n'a peut-être perdu que des orages : il s'est hâté d'arriver au lieu de son repos, et du moins il n'entend plus le bruit de nos divisions.

Mille raisons nous commandaient de payer ce tribut d'éloges à la mémoire de Saint-Marcellin; mais il y en a surtout une qu'une vieille amitié sentira. Cette amitié a été éprouvée par la bonne et la mauvaise fortune; elle nous retrouvera toujours, et

particulièrement quand il s'agira de la consoler : *Ille dies utramque duxit ruinam.*

SUR LA MORT DE M. DE FONTANES.

Mars 1821.

A M. le Rédacteur du *Journal des Débats.*

MONSIEUR,

Il est de mon devoir de répondre à l'appel que vous avez fait à l'amitié dans votre journal du 19 de ce mois. J'y répondrai mal, car ce n'est pas quand on a le cœur brisé qu'on peut écrire. L'école à jamais célèbre fondée par Boileau, Racine et Fénelon, finit en M. de Fontanes; notre gloire littéraire expire avec la monarchie de Louis XIV.

Mon illustre ami laisse entre les mains de sa veuve inconsolable et de sa jeune et malheureuse fille les manuscrits les plus précieux; et telle était son indifférence pour sa renommée, qu'il se refusait à les publier. Ces manuscrits consistent en un Recueil d'odes et de poëmes admirables, en des Mélanges littéraires écrits dans cette prose où le bon goût ne nuit point à l'imagination, l'élégance au naturel, la correction à l'éloquence, et la chasteté du style à la hardiesse de la pensée.

Devais-je être appelé si tôt à parler des derniers ouvrages de l'écrivain supérieur qui annonça mes premiers essais! Personne (si ce n'est un de ses vieux amis, qui est aussi le mien, M. Joubert), n'a mieux connu que moi cette bonhomie, cette simplicité, cette absence de toute envie, qui distinguent les vrais talents, et qui faisaient le fond du caractère de M. de Fontanes. Singulière fatalité! notre amitié commença dans la terre étrangère, et c'est dans la terre étrangère que j'apprends la mort du compagnon de mon exil!

Comme homme public, M. de Fontanes a rendu à son pays des services inappréciables : il maintint la dignité de la parole, sous l'empire du maître qui commandait un silence servile; il éleva dans les doctrines de nos pères des enfants qu'on voulait séparer du passé pour bouleverser l'avenir. Vous aussi, monsieur, vous avez admiré, aimé ce beau génie, cet excellent homme, qui peut-être est déjà oublié dans la ville où tout s'oublie.

Mais le temps de la mémoire reviendra; la postérité reconnaissante voudra savoir quel fut ce dernier héritier du grand siècle, dont elle lira les pages immortelles. Je suis incapable aujourd'hui d'entrer dans de longs détails sur la personne et les travaux de mon ami; la perte que je fais est irréparable, et je la sentirai le reste de ma vie. Au moment même où votre journal est arrivé, j'écrivais à M. de Fontanes : je ne lui écrirai plus ! Pardonnez, monsieur, si je borne ma lettre à ce peu de mots que je vois à peine en les traçant.

J'ai l'honneur, etc.   CHATEAUBRIAND.

Berlin, 31 mars.

SUR M. LE GÉNÉRAL NANSOUTY.

Février 1815.

———

Nansouty (Étienne-Antoine-Marie Champion, comte de), né à Bordeaux le 30 mai 1768, descendait d'une famille noble originaire de Bourgogne, qui se distingua dans la double carrière des armes et de la magistrature. On trouve, au seizième siècle, un seigneur de Nansouty, qui contribua puissamment à faire rentrer la Bourgogne sous l'autorité légitime. Pour récompenser ses services, Henri IV l'admit dans son conseil ; il accorda la même faveur à son fils, et ordonna que le château de Nansouty, à moitié détruit par les troubles de la Ligue, fût réparé aux frais du trésor. L'histoire remarquera que, dans notre siècle, si fécond en vertus guerrières, les anciennes races militaires ne dégénèrent point de leur valeur : chevaleresques à la Vendée, héroïques à l'armée de Condé, aussi brillantes et plus heureuses dans les légions de la république et de l'empire, elles ont fourni des généraux habiles, des maréchaux célèbres ; Buonaparte même est sorti de leurs rangs. Envoyé à l'âge de dix ans à l'école royale et militaire de Brienne, Étienne de Nansouty passa le 21 octobre 1779 à l'école militaire de Paris. Il obtint une sous-lieutenance d'infanterie le 30 mai 1785, et Monsieur, aujourd'hui le roi, le créa chevalier novice du Mont-Carmel. La croix de cet ordre ne s'accordait qu'à l'élève de l'école militaire qui, pendant deux ans, avait été le premier dans toutes les classes, et qui s'était autant distingué par sa conduite que par ses études. Étienne de Nansouty était destiné à recevoir ses premiers et ses derniers honneurs de la main de son roi. Conduit au régiment de Bourgogne par son père, qui avait laissé des souvenirs honorables dans son régiment, il obtint, en 1788, par la protection du maréchal de Beauvau, un brevet de capitaine de remplacement au régiment de Franche-Comté, cavalerie ; il parut à peine à ce corps, et entra le 24 mai de la même année dans le sixième régiment de hussards, commandé par le duc de Lauzun, depuis duc de Biron, personnage trop petit pour la révolution, mais qui vivra pourtant, parce qu'il existe quelque chose des aventures et des malheurs dont son premier et son dernier nom rappellent le souvenir. Étienne de Nansouty se trouva mêlé à Nancy dans l'affaire du régiment de Châteauvieux, et courut des dangers en restant fidèle aux ordres du roi. La révolution commençait par accréditer ses doctrines ; elle mit d'abord quelque discernement dans ses choix. Étienne de Nansouty, malgré sa jeunesse, fut désigné par les officiers et les soldats pour commander une compagnie de son régiment : chaque compagnie, devenue une espèce de république militaire, avait acquis ce droit d'élection. La guerre ayant éclaté, le capitaine Nansouty y fut successivement nommé lieutenant-colonel du 9ᵉ régiment de cavalerie (4 avril 1792), chef de brigade, ou colonel du même régiment (19 brumaire an II, 1793), général de brigade, ou maréchal de camp (17 fructidor an VII), général de division, ou lieutenant général (3 germinal an XI, 1803), et enfin colonel des dragons (11 janvier 1813) ; tous grades qu'il acquit avec son épée. Il apprit en Allemagne avec le général Moreau, et en Portugal avec le général Leclerc, ce qui fait les succès et les revers à la guerre ; il commandait la grosse cavalerie sous les ordres du général Mortier, à la conquête du Hanovre. Nommé premier chambellan de madame Joséphine Buonaparte, alors impératrice, il donna bientôt sa démission d'une place peu compatible avec l'indépendance d'un soldat : il ne voulut ramper ni sous les crimes ni sous les honneurs de la révolution. Retourné aux camps, il attacha son nom à la plupart de ces grandes journées où nos soldats prodiguèrent leur sang pour faire oublier celui qu'on avait versé sur les échafauds. Il se battit à Wertinghen et à Ulm, acheva la victoire à Austerlitz, commença celle de Wagram, se trouva au feu à l'affaire de Friedland, et fut blessé à la Moskowa ; la cavalerie de l'armée et de la garde l'avait pour chef à la bataille de Leipzig ; et ce fut lui qui, dans le défilé du Hanau, rouvrit à nos étendards le chemin de la France. Dans la campagne de 1814, où Buonaparte manifesta pour la dernière fois son génie (car l'homme extraordinaire finit en lui au 20 mars, et Waterloo, placé hors des limites assignées à sa puissance, ne compte plus que dans sa destinée), nos soldats étaient rentrés dans la cause de la monarchie, accompagnés plutôt que repoussés par l'Europe, qui les suivait comme à la trace de leurs victoires. Après douze siècles, notre gloire militaire, débordée sur toutes les nations, se retira vers sa source ; on se disputait la capitale des Gaules dans les lieux mêmes d'où les premiers Francs avaient marché à la conquête. L'éclat de nos armes faisait sortir de l'obscurité les hameaux de l'Île de France, comme il avait donné un nom aux villages inconnus des Arabes et des Moscovites : les derniers boulets de cette guerre de vingt-cinq années, qui nous avait soumis Berlin, Vienne, Moscou, Lisbonne, Madrid, Naples et Rome, vinrent tomber sur les boulevards de Paris. Le général Nansouty assiste à tous les combats livrés aux bords de la Marne et de la Seine, comme il s'était trouvé aux batailles données sur les rives du Borysthène et du Tage ; il protège la retraite à Brienne, ouvre l'attaque à Montmirail, à Berry au Bac, à Craonne, et voit enfin la couronne impériale tomber à Fontainebleau, dans ce même palais où Buonaparte avait retenu prisonnier le pontife qui l'avait marqué du sceau des rois. Ainsi s'écroula, après trente années, ce prodigieux édifice de gloire, de folies et de crimes, qu'on appelle la *révolution*. Les conquêtes utiles de Louis XIV existent entières ; et de l'Europe envahie, il ne restait à la république et à l'empire que le camp des Cosaques autour du Louvre. Pendant la campagne de France, le général Nansouty ressentit les atteintes de la maladie à laquelle il devait bientôt succomber. Il manquait souvent des secours que son état exigeait ; mais il voulut rester à cheval tant qu'il y eut un champ de bataille ; il avait vécu sous la tente au milieu des triomphes et loin de nos malheurs ; lorsque le bruit des armes cessa, il fit parvenir à l'autorité cette adhésion, remarquable par sa simplicité : « J'ai l'honneur de prévenir le gouvernement « provisoire de ma soumission à la Maison de Bourbon. » Cette adhésion entraîna celle d'une grande partie de l'armée : en déterminant ses compagnons d'armes à rejoindre le drapeau blanc, le général Nansouty obtint pour sa patrie sa dernière et sa plus belle victoire. Les souverains de l'Europe, réunis à Paris en 1814, lui donnèrent des témoignages d'estime d'autant plus flatteurs, que, si la faveur était venue quelquefois le trouver, il ne l'avait jamais recherchée ; mais un suffrage que le cœur d'un Français ambitionnera toujours lui était réservé : Monsieur l'accueillit avec bonté ; Louis XVIII l'honora de sa confiance ; le général parcourut la Bourgogne en qualité de commissaire du roi, et fut nommé, au retour de cette mission, capitaine-lieutenant de la première compagnie de mousquetaires. Le général Nansouty, un des meilleurs officiers de cavalerie que les guerres de la révolution aient produits, était brave, humain, désintéressé, et conservait au milieu de la rudesse des camps, la politesse de nos anciennes mœurs. Il sauva constamment la vie aux émigrés que le sort des armes jetait entre ses mains ; il épargna au Tyrol les horreurs du pillage, et fit distribuer aux hôpitaux une somme considérable, que les autorités du pays avaient voulu lui faire accepter par reconnaissance. Logé à Moscou, avec des soldats affamés, dans le palais du prince Kourakin, on trouva, après son départ, les scellés intacts et tels qu'ils avaient été apposés sur les armoires par les ordres du prince. S'il avait souvent gémi des maux que la guerre avait fait souffrir sous ses yeux aux peuples étrangers, il fut plus sensible encore à ces mêmes maux quand il les vit retomber sur sa patrie. « On ne se figure pas, disait-il, « ce que c'est que d'entendre de malheureux paysans se plaindre « en français. » A une affaire près de Fontainebleau, Buonaparte lui commande d'enlever un retranchement d'où l'ennemi faisait un feu épouvantable : des files entières de cavaliers tombent dans cette entreprise désespérée et inutile. Tout à coup le général Nansouty arrête les escadrons et s'avance seul hors des rangs : Buonaparte lui envoie demander la raison de cet ordre et pourquoi il cesse de marcher sur la redoute : « Dites-lui que j'y vais seul, répondit le général : il n'y a là qu'à mourir. » Le général Nansouty ne vit point les nouveaux malheurs de France : une maladie dangereuse l'emporta le 12 février 1815. Il expira dans ces sentiments religieux qui font de la mort la plus simple une grande action, et qui, donnant de la noblesse aux moindres faits d'une vie chrétienne, les élèvent à la dignité de l'histoire. Le comte de Nansouty avait épousé, en 180.. Adélaïde de Vergennes, et, après avoir pu disposer d'une partie des dépouilles de l'Europe, il laissa un fils sans fortune, qu'il recommanda, en mourant, aux bontés d'un roi qui a connu l'adversité.

Bataille de Laval.